100개의 키워드로 읽는 한국 아동청소년문학

100개의 키워드로 읽는 한국 아동청소년문학

한국아동청소년문학학회 지음

창비

간행의 말

2023년은 한국 아동문학계에 특별한 의미를 지닙니다. 어린이들의 해방과 평등을 이 땅에 선언한 지 100주년이 되는 해이기 때문입니다. 한국의 어린이날은 1922년 5월 1일 천도교소년회가 주최한 '어린이의 날'로부터 시작되었습니다. 그리고 이듬해인 1923년 5월 1일에는 여러 어린이운동단체가 연합된 조선소년운동협회가 '어린이날'을 공공의 기념일로 공식화합니다. 어린이를 윤리적·경제적 압박으로부터 해방시키고, 그들이 고요히 배우고 즐겁게 놀 수 있도록 가정과 사회를 개혁하라는 「어린이해방선언」이 인류 역사상 최초로 선포된 것도 이때입니다. '어린이'라는 새 말을 깃발처럼 세우고, 「어린이해방선언」을 횃불처럼 밝혔던 100년 전의 출발점을 다시 생각해 보는 이 시점에, 각계의 아동청소년문학 연구자들이 힘을 모아 새 책을 내놓게 된 것을 더없이 기쁘고 감사하게 생각합니다.

『100개의 키워드로 읽는 한국 아동청소년문학』은 한국 아동청소년문학 초창기부터 현재까지의 역사적 전개 과정과 특징을 가장 잘 드러낼 수 있는 키워드 100개를 선정한 후 이를 정확하고 간명하게 집필함으로써, 전문 연구자는 물론 일반인도 편하게 읽고 쉽게 이해할 수 있는 '주제어 사전'으로 기획되었습니다. 이 책의 구상이 처음 시작된 것은 어린이날 100주년을 앞두고 기념사업에 관한 아이디어를 모으며 고심하던 2021년 여름이었습니다. 아동청소년문학을 공부하는 사람들이 모인 학회인 만큼 지금까지의 한국 아동청소년문학의 역사를 집약한 책을 내면 어떻겠냐는 의견이 나왔고, 어린이날 100주년을 기념하는 의미로 100개의 키워드를 정해 집필해 보자는 제안이 보태졌습니다. 그 자리에서 이미 『100개의 키워드로 읽는 한국 아동청소년문학』이라는 제목까지 일사천리로 정했던 것 같습니다. 2021년 12월부터는 편찬위원회가 꾸려져 단행본 출간 업무에 본격적으로 착수했습니다. 수차례에 걸친 릴레이 회의 끝에 아동청소년문학 관련 장르 및 비평 용어, 작가 및 작품, 문학사적 사건이나 논쟁, 단체 및 미디어 등의 영역에서 총 100개의 키워드를 추리고, 2022년 4월에는 이를 집필해 주실 57인의 연구자를 모시게 되었습니다. 일종의 사전 형식으로 쓰는 글인지라 길이는 짧아도 번거롭고 손이 많이 가는 데다, 반백 명이 넘게 참여하는 만큼 개인의 이름은 묻혀서 빛이 안 날 것이 뻔한 일임에도 정말 모두들 흔쾌히 힘을 보태주셨습니다. 출간의 취지에 공감해 주시고 귀한 시간과 앎을 나누어 주신 집필위원들께 존경의 마음을 보냅니다.

이제 어렵게 첫 발을 내디뎠으니 함께 더 나아갈 욕심을 내 봅니다. 한국 아동청소년문학을 아무리 가볍게 스케치한다고 해도 100개의 항목에 짧게 요약한 글로는 희미한 윤곽조차 그리기 어렵다는 것을 이번 기회에 깨달았습니다. 사실 이 책을 처음 만들 때부터 개정판, 증보판도 미리 준비해야 하는 것이 아니냐는 말이 농담처럼 오가기도 했습니다만, 이제 책을 내놓으려니 정말 그래야겠다는 생각이

듭니다. 다음 기회가 있다고 생각하면 집필위원들 간에 더 많이 소통하고 토론하는 자리를 만들지 못한 아쉬움도 조금은 가벼워지는 것 같습니다. 다음 책에는 어떤 항목이 새로 쓰이게 될까요? 혹은 더 쓰여야 할까요? 결론이 무엇이든 그 자체로 우리 아동청소년문학이 걸어온 길에 대한 생생한 기록이자 헌사가 될 것입니다.

이 책은 다른 문학사전이나 외국의 아동문학 자료에서는 찾을 수 없는, 한국 아동청소년문학에 관한 지식과 정보를 압축적으로 제공한다는 점에서 특별합니다. 같은 용어라고 하더라도 아동문학장에서 사용되는 개념이 다른 경우가 있으며, 외국 아동문학의 역사와 작품의 실제에 근거하여 만들어진 이론을 우리 아동문학에 그대로 적용하기는 곤란할 때가 많기 때문에 한국 아동청소년문학의 맥락을 짚어 주는 주제어 사전의 필요성은 오래전부터 제기되어 왔습니다. 물론 우리에게 아동문학 개론서나 사전이 없었던 것은 아니지만 역동적으로 발전해 온 한국 아동청소년문학의 현재를 담고 있지 않은 경우가 많아 아쉬운 점이 적지 않았습니다. 이번 기회에 연구·비평·출판·창작·교육 영역에서 두루 통용되는 기본 개념과 용어를 재정비함으로써 아동청소년문학계의 상호 소통과 협력의 발판이 마련되기를 기대해 봅니다. 책을 내는 데 큰 도움을 주신 창비에 감사의 인사를 전합니다.

2023년 5월 1일

한국아동청소년문학학회 회장 조은숙

차례

3부 *1940년대*

4부 *1950년대*

5부 *1960년대*

9부 2000년대

10부 2010년대

일러두기

1. 본문에 쓰인 단행본의 서지 정보는 초판본을 기준으로 작성되었다.
2. 작품명은 뜻을 해치지 않는 범위 내에서 현대어로 표기하였다. 원문의 한자는 한글로 바꾸고 필요한 경우 괄호로 밝혔다.
3. 100개의 키워드는 시대별로 총 10부로 나눈 뒤, 그 안에서 '장르와 개념' '단체와 사건' '인물' '작품과 매체' 별로 분류했다.
4. 이 책의 최신 정오표는 한국아동청소년문학학회 홈페이지(www.childlit.or.kr)에서 확인할 수 있다.

1부 1910~20년대

동화

동화는 사전적으로 '어린이를 위하여 동심을 바탕으로 지은 이야기'를 가리킨다. 요정담(fairy tale)을 동화로 번역해서 썼지만, 의미가 정확하게 일치하지는 않는다. 현실에서 경험할 수 없는 경이로운 요소와 사건이 들어 있는 이야기, 곧 '비인간 캐릭터가 나오는 비현실적인 이야기'를 소설과 구분하기 위해 동화라고 지칭했다. 요정에 대응하는 우리의 비인간 캐릭터는 옛이야기(민담)의 도깨비, 산신령, 반쪽이, 구미호, 이무기 등이다. 민담도 동화와 구별된다. 민담은 민간에서 구전으로 전승되는 근대 이전의 양식이지만, 동화는 근대 '아동의 발견'과 더불어 전문 작가가 어린이를 위해 지어낸 서사문학을 가리킨다. 작가가 민담을 아이들에게 맞추어 고쳐 쓴 것은 동화에 속하는데, 전래동화라는 명칭을 써서 창작동화와 구분한다. 역사적으로 소년소설(아동소설)과 구분되는 협의의 동화는 과장·환상·의인화 요소가 두드러진 비현실적인 이야기가 중심을 차지한다. 동심에 기반해서 인생의 진실을 시적이고 상징적으로 서사에 담아낸 '어른을 위한 동화'도 하나의 범주를 차지하고 있다. 지금은 아동문학의 산문 영역을 모두 동화로 지칭하는 광의의 동화 개념이 통용되고 있다.

아동문학 장르가 제도적으로 정착된 것은 1920년대 『어린이』 『신소년』 『별나라』 등의 아동잡지에서 작품을 분류하고 명칭을 붙이면서부터다. 한동안 여러 명칭들이 혼용되었지만, 산문 영역을 양분한 '동화'와 '소년소설'이 함께 대표 명칭으로 굳어졌다. 둘을 구분하는 기준은 대체로 현실성 여부였다. 옛이야기에나 존재하는 괴물이 등장한다든지 동물이 사람처럼 말하는 비현실적인 이야기는 현실성을 지니는 소년소설과 구분해서 동화라고 지칭했다. 그런데 계급문학 고조기에 리얼리즘의 문제의식으로 동화에서도 현실성을 요구하는 목소리가 거세지면서 동화의 속성이자 자질로 여겨지던 비현실성과 충돌하는 혼선이 발생했다. 임금·공주·왕자·효자·효녀가 나오는 옛이야기라든지 허황한 공상 이야기를 비판하면서 강조된 동화의 현실성은 소년소설과 크게 다르지 않은 사실동화·생활동화를 낳았다. 그렇긴 해도 지난 세기의 아동잡지, 작품집, 아동문학 전집, 대표작 선집 등에서는 대체로 동화와 소년소설을 구분하는 편이었다.

과거의 주요 작가들은 동화와 소년소설 집필을 병행했다. 독자 연령이 장르를 구분하는 기준일 수는 없으나, 동화와 소년소설은 어느 정도 독자 연령과 상관관계를 지니고 발전했다. 동화의 비현실성은 캐릭터와 사건을 대폭 단순화해서 이해하기 쉽게 만들려는 의도와 무관하지 않기에 상대적으로 동화가 소년소설보다는 낮은 연령대를 향했다. 한국 창작동화의 기본은 의인화였고, 판타지는 극히 제한적이었다. 방정환의 「사월 그믐날 밤」, 마해송의 「바위나리와 아기별」 「토끼와 원숭이」 「꽃씨와 눈사람」 「사슴과 사냥개」, 이주홍의 「가자미와 복장이」 「청개구리」, 현덕의 '노마 연작' 동화, 강소천의 「돌멩이」「꿈을 찍는 사진관」, 김요섭의 「꽃을 먹는 기관차」, 이원수의 「꼬마 옥이」「토끼 대통령」「불새의 춤」, 권정생의 「강아지똥」「똘배가 보고 온 달나라」「오소리네 집 꽃밭」, 이현주의 「살꽃 이야기」, 정채봉의 「오세암」, 윤기현의 「서울로 간 허수아비」 등은 소년소설과 구분되는 동화의 대표작들이고, 주요섭의 『웅철이의 모험』, 이원수의 『숲속 나라』『잔디숲 속의 이쁜이』, 김요섭의 『날아다니는 코끼리』 등은 장편동화이자 판타지의 대표작들이다.

오늘날 '동화'라는 명칭은 '소년소설(아동소설)'을 포함하는 광의의 개념으로 쓰인다. 둘을 구분했던 지난 세기의 동화를 언급할 때에는 협의의 개념인지 광의의 개념인지 구분할 필요가 있다. '청소년소설'이 분화 발전해 가고 있는 이상, '소년소설(아동소설)'이라는 명칭이 다시 살아날 가능성은 없으므로, 21세기에는 광의의 동화 개념이 더욱 널리 통용될 것이라고 본다. '동화' '동시' '동심' 같은 말은 역사적으로 특화된 용어라서 외국어 번역이 어렵다. 그럼에도 워낙 대중성을 지니고 있기에 전문가들이 뜻대로 개념을 바꾸거나 한정해서 사용하기는 쉽지 않다. 20세기 한국 동화는 단순한 알레고리 성격의 의인동화가 주종을 이뤘으나, 금세기 들어서는 다종 다기한 판타지가 대세다. 장르는 고정불변이 아니다. 동화 장르는 명칭이 바뀌기보다는 수많은 갈래로 뻗어 나가면서 내포를 확대해 갈 것이라고 예측된다.

원종찬

동요와 동시

동요와 동시는 아동문학 운문 장르를 지칭하는 용어다. 동요는 어린이들의 생활 감정이나 심리를 표현한 정형시 또는 거기에 곡을 붙여 부르는 노래로, 동시는 주로 어린이를 독자로 예상하고 어린이의 정서를 읊은 시로 정의된다. 동요와 동시는 아동문학 운문 장르의 하위 범주로 함께 나란히 놓이기도 하고, 혹은 동요가 '정형시로서의 동시'로 분류되어 동시의 하위 장르에 포함되기도 한다.

동요(동시)의 역사는 근대 아동문학의 출발부터 함께 했다고 볼 수 있다. 최남선의 『소년』『아이들 보이』『붉은 저고리』에도 어린이(소년) 독자를 상정한 운문들이 발표되었지만, 본격적인 동요(동시)가 창작되기 시작한 것은 1920년대부터다. 일본에서 일기 시작한 창작동요운동의 영향과 당시 대두된 소년문예운동의 일환으로, 어린이 잡지와 신문 지면을 중심으로 정형률을 강조한 동요들이 쓰이기 시작했다. 목적성을 지닌 종래의 창가와 달리 개인의 감성 해방에 초점을 맞춘 동요들은 곡이 붙여져 아동가요의 형태로 불림으로써 대중의 관심을 받았다. 방정환의 「형제별」, 윤극영의 「반달」, 한정동의 「따오기」는 이때 나온 동요들이다. 이들의 뒤를 이어 나온 윤석중·이원수·윤복진·최순애 등의 동요에도 곡이 붙여져 널리 불렸다.

1920년대까지만 해도 아동문학 운문 장르를 대표하는 것은 가창을 전제로 한 동요였다고 할 수 있다. 그런데 1930년을 전후로 계급주의 아동문학 흐름이 확산되면서 고정화된 정형률의 동요보다 자유시 형식의 동시를 모색하자는 주장이 제시되기도 했다. 가창이 아닌 묵독을 전제로 한 동시는 사실 이보다 앞서 1923년 창간된 『금성』의 백기만·손진태에 의해 처음 시도되었는데, 이것은 1920년대 중반 정지용, 1933년 윤석중 동시집 『잃어버린 댕기』를 거쳐 이후 윤동주·박목월·김영일·강소천 동시들로 차츰 확대되어 갔다.

해방을 거쳐 1950년대를 지나는 동안 동요는 점차 침체기에 접어들고, "시로서 형상화된 완벽한 동시"를 추구하자는 본격동시운동이 1960년대 초반 펼쳐짐으로써 음악성(가창)을 전제로 하던 동요는 회화성(묵독)을 지향한 동시에 자리를 내주게 되었다. 동시가 아동문학 운문 장르를 대표하는 명칭으로 굳어지며 동요는 동시의 하위 장르 자리에 머물게 된다. 언어와 형식의 새로움을 표방한 본격동시는 차츰 관념적 비약과 자기 폐쇄적인 언어 실험에 몰두한 결과, 독자를 잃고 난해시라는 비판에 봉착했다.

1970년대는 관념적 동심주의와 기교주의에 대한 대안으로 아동 현실과 어린이 독자를 중시하는 리얼리즘 동시론이 이오덕에 의해 제기되었다. 본격동시에 대한 반성과 어린이 독자에 대한 관심은 아동 현실을 반영한 동시를 낳기도 했지만, 다른 한편으로 아동 세계의 단순한 모방이나 재현을 넘어서는 시적 발견과 언어적 조탁을 추구하려는 분위기를 조성하기도 했다. 이 과정에서 우리 동시는 유수의 시인들을 많이 배출했다. 그러나 한편으로 70년대 동시논쟁 과정에서 불거진 순수와 참여의 이분법 구도는 2000년대에 이르기까지 온전히 극복되지 못한 측면이 있다.

우리 동시에 새로운 전기가 마련된 것은 2005년 최승호의 『말놀이 동시집』의 출현 이후라고 볼 수 있다. '재미'에 중점을 둔 그의 말놀이 동시는 독자들의 폭발적인 반응을 얻었고, 그 여파로 우리 동시단에는 지각 변동이 일어나게 되었다. 기존 동시단의 시인들이 기성 그룹으로 물러앉고, 성인시단에서 활약하던 시인들을 비롯한 새로운 신인들이 등장하여 앞 시기 언어와 상상력과 구별되는 시 세계를 보여 주었다. 참신한 비유의 활용, 유희 본능과 난센스를 바탕으로 한 과감한 언어 구사 등은 기존의 동시에서 쉽게 맛볼 수 없는 것이었다. 한편 2005년 이후 새로워진 언어와 상상력의 성과 뒤에 '동시의 독자는 누구인가' 하는 의문부호가 따라붙게 되었다. 2005년 이후 이룩한 동시의 성과가 동시를 향유하려는 어른 독자들에게 집중될 뿐, 정작 동시의 주된 독자여야 할 아이들에게는 무심한 편이라는 지적이 제기되었던 것이다. 현재 우리 동시는 새로운 개성, 도전 정신의 발현과 함께 어린이부터 읽는 시로서의 조건을 충족할 수 있는 다양한 방안을 모색 중이다.

김제곤

아동극

아동극은 아동을 위해 상연되는 연극으로 동화극·동극·학교극·어린이연극·아동청소년연극 등을 통틀어 일컫는 말이다. 아동극은 크게 아동 관객을 위한 연극과 아동이 하는 연극으로 구분되는데, 아동극의 개념은 시대마다 다소 차이를 보인다.

1910년대 초부터 신파극과 종교극에서 아이들이 연행하면서 유아연극·어린이연극·아이연극 등 아동극과 관련된 새로운 용어들이 사용되었으나, 이런 연극들은 아동을 도구로 삼는 연극이었다. 아동극이 본격적인 장르로 등장한 것은 전근대적 아동관으로부터 아동 해방을 주창한 소년운동이 전개된 1920년대 초반이다. 소년운동의 일환으로 아동을 위한 예술문화가 중요해졌으며, 소년회와 아동잡지의 다양한 행사에서 아동극이 공연되고 동요·동화·동화극 대회가 개최되면서 아동극 공연이 활성화되었다. 특히 아동잡지가 아동극 활성화에 중요한 역할을 했는데, 1923년 『어린이』 창간호에 방정환이 「노래주머니」를 발표한 이후 1926년에 정인섭이 『어린이』에 「백설공주」「솔나무」「백로의 사」 등을, 마해송이 『신소년』에 「도깨비」를, 1927년에는 송영이 『별나라』에 「자라사신」 등을 발표했다. 1920년대에는 동화와 우화를 극화하거나 동화적 세계를 구현한 동화극이 아동극의 대표적인 형식으로 인식되었다. 1930년대에 당대 아동의 현실을 반영한 작품이 창작되면서 아동극이라는 용어가 일반화되었고, 동화극·동요극·동극·유년극·소년극 등 다양한 용어들이 아동극으로 수렴되었다.

해방 이후 아동극은 학교 교육으로서의 아동극과 전문적인 아동극으로 나눌 수 있다. 1960년대에는 학교 교육으로서의 아동극이 학교극으로 불렸다. 아동중심주의 교육 방법의 하나로 교과 단원을 극화하고 아동극을 공연하는 것이 중요했다. 이런 맥락에서 주평은 『국민학교 교과서에 따른 아동극집』(1961), 『교사를 위한 아동극 입문』(1963) 등을 출간했고, 한국아동극협회는 전국아동극경연대회와 교사를 대상으로 하는 아동극강습회를 개최해 학교극의 확산을 이끌었다. 현재는 학교극 대신 교육연극 개념이 자리 잡았다. 물론 엄밀한 의미에서 학교극과 교육연극이 동일한 개념은 아니지만, 어린이들의 정서 함양, 교과목 및 사회화 교육 등을 위해 연극적인 방법을 활용한다는 측면에서는 같은 범주에 넣을 수 있다.

한편 전문적인 아동극은 1962년 주평이 아동배우들로만 이루어진 '새들'을 창단하면서 시작했다. '새들'은 국립극장에서 「토끼전」 「숲속의 꽃신」 등 완성도 높은 공연을 선보였으며, '새들'의 성공 이후 '동연' '때때' '신동' '어린이극회' 등이 창단되었다. 그러나 1970년대에 전문 아동극단은 점차 상업화되었고 TV 드라마 출연을 위한 아동배우 양성 기관으로 전락했다. 이때 아동을 위해 전문 예술인이 만드는 아동극이 등장했고, 대표적인 극단으로는 '현대극장' '민중' '광장' 등이 있다. 현대극장은 대기업의 후원 아래 「피노키오」(1972),

「피터팬」(1974), 「보물섬」(1978) 등 대규모 작품을 주로 상연했다. 1982년에 설립된 국제아동청소년연극협회(ASSITEJ Korea, 아시테지 코리아)는 아시테지 국제여름축제, 서울 아시테지 겨울축제, 지역아동극축제, 아동청소년극 포럼 발간, 아동청소년연극교실 등 다양한 활동을 통해 한국 아동극의 질적 성장을 가져왔을 뿐만 아니라 국제 교류 활성화에 기여했다.

지금까지 아동극은 아동을 위한 예술이자 교육으로, 아동의 보다 더 나은 삶을 위해 존재해 왔다. 2015 개정교육과정에서는 초등학교·중학교 국어 교과에 연극 단원을 신설하고 고등학교 교육과정에 연극을 보통 교과로 지정하기에 이르렀다. 이는 바른 인성을 갖춘 창의 융합형 인재 양성에 연극의 역할이 중요해졌음을 뜻한다. 현재 아동극은 아동예술과 연극 교육의 활성화로 큰 전환점을 마련했으며, 아동극 발전을 위해서는 국립아동극극단(극장) 설립과 어린이·청소년 문화예술 정책 보완 등이 그 어느 때보다 필요해졌다. **손증상**

아동소설

아동소설이란 작가가 어린이 독자를 대상으로 사실 또는 상상력에 바탕을 두고 허구적으로 이야기를 꾸민 산문문학 양식이다. 아동소설은 동화와 함께 가장 주류적인 산문 장르다. 아동소설은 단순히 아동 화자를 내세우거나 아동을 초점화한 일반소설과 다르다. 아동소설은 아동이 이해할 수 있는 내용 및 형식을 지닌 독자적인 산문문학이다. 따라서 일반소설과 많은 미학적 요소를 공유하면서도 어린이 독자를 고려한 독특한 주제, 줄거리, 문체, 서술 관점 등 일반소설과 구별되는 미적 규준을 지닌다.

한국에서 아동소설은 1920년대 중반 이후에 등장하여 아동서사 장르의 중요한 갈래로 자리 잡았다. 소설을 표제로 내세워 처음 수록된 창작 아동소설은 『어린이』 잡지에 수록된 방정환의 「졸업의 날」(1924)이다. 일제강점기 조선인의 고등교육을 제한했던 식민 정책과 농업이 주된 산업 구조였던 사회적 배경 속에서 많은 소년 소녀는 학교에 진학하지 못하거나 중도에 탈락했다. 따라서 학교, 가정 등을 배경으로 한 한국 아동소설에서 근대적인 학교와 도시 중산층 가정은 주인공이 편입되고 싶은 동경의 대상으로 제시된다.

근대 아동소설에서는 학업의 지속이나 가정의 회복이 그 자체로 해결하기 어려운 난제로 그려지는 경우가 많았다. 방정환의 「만년샤쓰」(1927), 이주홍의 「눈물의 치맛감」(1929), 이태준의 「눈물의 입학」(1930), 현덕의 「하늘은 맑건만」(1938) 등이 대표적이다. 제도권 교육에 진입하지 못한 고학담은 해방과 한국전쟁 이후에도 1960년부터 1980년까지 아동소설의 주요 서사로 반복되었다. 전쟁의 폐허를 극복하고 압축 성장을 강조하는 사회문화적 배경 속에서 낮에는 품팔이 노동이나 사환, 식모살이, 신문 배달, 학용품 팔이 등의 각종 노동을 하는 주인공이 다수 등장했다. 그 예로 1968년 발표된 손창섭의 『길』과 1981년 발표된 권정생의 『몽실 언니』 등을 들 수 있다. 하지만 1990년대와 2000년대를 거치면서 오늘날 아동소설은 가족과 학교를 배경으로 일상의 서사를 주로 다루는 것으로 변모했다. 또 현실과 환상의 경계를 넘나드는 판타지소설 역시 다양하게 창작되고 있다. 공지희의 『영모가 사라졌다』(2003), 이준호의 『할아버지의 뒤주』(2007), 김진경의 『고양이 학교』(2001~2016) 등이 대표적이다.

한국 아동문학사에서 아동소설은 '소년소설'에 편중해서 발전해왔다. 과거 반세기 이상 소년소설은 곧 아동소설을 지칭하는 용어로 사용되었다. '소년소설'은 가장 주류적인 아동소설 장르였으며, '소녀소설'이라는 아동소설의 하위 장르가 분기해 나갔다. 하지만 다양한 아동소설 장르가 고르게 발달한 오늘날, 특정한 젠더 규범을 강조하는 장르 명칭의 사용은 더 이상 적절하지 않은 것으로 평가할 수 있다.

오현숙

동심

동심(童心)은 본디 자라나는 어린이의 순수무사기한 심성을 일컫는 말로 아동문학의 정체성을 담보하는 용어다. 이를 일반문학에서 아동문학을 구분하는 요체로 처음 제시한 이는 소파 방정환이다. 어린이를 '하느님의 얼굴'이요, 동심여선(童心如仙)으로 예찬한 그의 다분히 이상적인 면은 그 후 프로문학파로부터 지나친 '동심천사주의'라고 폄하되기도 했다. 그러나 이 용어는 아동문학의 정체성을 담보할 핵심 개념일 뿐더러 당시 봉건적 윤리 일변도에 맞서 아동 해방과 아동을 위한 범예술 운동을 일으키는 데 구심점 몫을 해 왔다.

1920년대부터 잡지 『어린이』를 통해 동심을 현양해 온 방정환이 동심 예찬을 제기한 것은 「어린이 찬미」(『신여성』 1924.6)에서다. 이는 당시 민족주의적 순수문학파이던 윤석중·박영종·강소천 등에 의해 구체화되고 이원수와 이오덕을 통해 다양화되었다. 그리고 1970년대 들어 석용원을 거쳐 조명렬에 와서는 동심을 '모든 속박이나 구속 이전의 마음'이요, '모든 고락을 초월하고 총섭한 이상향이고 구원의 마음이며 모든 사람들의 원초적인 심전(心田)'(『독서신문』 1978.7)이라고까지 그 의미를 심화해 왔다.

윤석중은 동심이야말로 아동의 물활론적인 심리적 특성 위에 세워진 것이요, 윤리적으로도 가장 이상적인 상위의 존재라고 이상화시키는 방향으로 그 개념 범주를 넓혀 놓았다. 이어서 이원수는 동심을 윤리적으로도 흠 없는 순수한 인간 본연의 이상적 마음 상태로 미화시키는 한편, 그의 작품 속에 형상화한 동심도 좀 더 폭을 넓혀서 아동 세계의 부정적 측면까지 포용하여 리얼리티를 확보함으로써 관념적 동심관을 극복해 낸 면을 보였다. 즉 동심을 보는 기존의 획일화된 이상주의적 입장이나, 프로문학의 도식주의 입장 어디에도 치우침 없이 현실에 접근한 보다 균형적인 시각을 보여 준 셈이다. 또 이오덕은 동심을 자칫 어른의 유희적 완상물이나 회고적인 것으로 오인하는 경향에 대해 경각심을 촉구하면서, 본디 인간 본연의 순수한 정신인 동심을 혼탁한 세파가 훼손시켜 온 역사와 사회 현실의 노정을 토로했다(「동심의 승리」, 『시정신과 유희정신』, 창비 1977). 그리고 이런 사회 현실에 대해 관심과 이해를 갖는 일 또한 '양심적이고 정직한 인간 정신, 곧 동심을 바탕으로' 해서만 가능하다면서 바로 이런 주체적인 동심이 아동문학의 중심에 설 때 비로소 아동을 외면하지 않는 올바른 아동문학이 선다고 보았다.

이처럼 이오덕에까지 이어져 온 동심론에서 동심을 보는 관점은 이상화된 순수 동심으로의 개념화 경향이라는 공통점을 보이나, 다만 이 동심에 맞선 현실에 대한 문제의식 여부에 따라 차별성을 보인다. 앞으로도 이 동심론의 구체상은 동심의 순수성을 얼마나 높고 깊게 보느냐와, 이 동심을 훼손시키는 시대적·사회적 현실에 대한 문제의식을 얼마나 치열하게 갖느냐에 따라, 다양한 편차로 전개되리라고 본다.

이상의 동심론에 대하여 좀 더 나름의 문제의식을 가지고 언급한 동심론은 1980년대 이후 채찬석·이지호·김종헌 등에서 간헐적으로 드러난다. 채찬석은 동심에 대한 기존의 견해가 타당한 근거나 본질과 무관한 채 다분히 감상적이고 주관적인 견해임을 비판하면서 그 동심의 실체를 좀 더 객관적인 근거를 가지고 밝히려는 뜻에서 아동 발달심리학 등의 연구 성과에 기대는 작업을 비록 소루한 수준에서나마 시도해 보인 바 있다(「동심, 그 본질과 특성」,『아동문학비평』 13권 1호, 1988). 이지호는 동심에 대한 기존의 좌우 견해를 각각 동심천사주의와 동심본성주의로 대조하고, 둘 다 동심 소재주의적인 사이비 아동문학에 그칠 뿐이라면서 동심론을 인지발달론에 좀 더 기대면서 사유적 주체로서의 능동성을 추구하는 것으로 선보인다(「아동문학교육론: 동심(童心)문제를 중심으로」, 『문학과교육』 1999). 끝으로 작품 속에 내재된 동심을 객관적으로 규명해 내고자 한 김종헌은 기존의 동심을 휴머니즘적 동심, 계몽적 동심, 당위적 동심, 계급주의적 동심, 관념적 동심으로 나누면서 앞서 이지호가 제기한바, '사유 주체로서의 동심'이라는 견해의 연장선 위에 아동을 주체로 내세운 '주체적 동심'을 담론으로 삼아 규명하고자 시도한 바 있다(『동심의 발견과 해방기 동시문학』, 청동거울 2008).

이로써 어른 위주로 된 관념적 동심론을 벗어나 실제의 살아 숨쉬는 주체적 동심을 파악하고자 한 점은 기존의 피상적 동심론을 격상시킨 효과를 보인다. 이런 동심론의 지향이야말로 장차 아동문학 정체성의 규명에 보다 효과적으로 기여할 수 있으리라고 본다. **신현재**

계급주의 아동문학

계급주의 아동문학은 프롤레타리아 계급을 해방시키려는 정치 이념을 문학에 반영한 개념이다. 1917년 러시아혁명 이후 사회주의 사상의 영향을 받아 조선에도 1920년대 초반 신경향파 문학이 새롭게 등장했다. 당시 조선의 문학은 『창조』 『백조』 등을 중심으로 한 감상적이고 자연주의적인 문학이 중심이었는데 신경향파 문학은 이를 비판하고 나섰다. 1925년 카프(KAPF, 조선프롤레타리아예술동맹)를 결성하면서 계급주의 문학은 조직적인 활동을 통해 이른바 '운동으로서의 문학'을 전개해 나가기 시작했다. 이와 같은 문학적 경향을 수용한 것이 계급주의 아동문학이다.

계급주의 아동문학 매체로 손꼽히는 『신소년』은 1923년 10월에, 『별나라』는 '가난한 동무를 위하여 값싼 잡지'를 표방하면서 1926년 6월에 창간되었다. 그러나 초창기 두 잡지는 뚜렷한 이념적 지향성도 보이지 않고 이렇다 할 작품적 실천도 없었다. 1929년경 카프가 제2차 방향 전환을 전개한 후 두 잡지와 더불어 계급주의 아동문학은 활기를 띠었고 문단의 주도권을 잡다시피 발전했다. 소년운동 단체로는 방정환의 조선소년운동협회가 아니라 정홍교 중심의 경성소년연맹 오월회와 보조를 같이했다.

계급주의 문학은 민족이나 국가보다 계급적 유대를 앞세웠다. 마키모토 구스로(槇本楠郞)의 동요집 『붉은 깃발(赤い旗)』은 표지에 한글로 '푸로레타리아 동요집'이라 표기했을 뿐 아니라, 임화가 그의 작품 「コンコン小雪」을 「쌀악눈」으로 번역해 실었다. 마키모토 구스로의 계급주의 아동문학 이론서인 『신아동문학이론(新児童文学理論)』에는 「조선의 신흥동요(朝鮮の新興童謠)」란 항목을 통해 당시 조선의 계급주의 아동문학을 개관하기도 하였다. 『신소년』 『별나라』 『음악과 시』 『(푸로레타리아동요집)불별』 등의 아동문학잡지와 동요집을 들고, '신흥동요'의 예로 이구월의 「새 쫒는 노래」, 손풍산의 「거머리」, 양우정의 「망아지」, 신고송의 「잠자는 거지」, 김성도의 「우리들의 설」, 적악(허수만)의 「쌀 풍년」 등을 인용하는가 하면, 계급주의 아동문학작가로 김병호·엄흥섭·이향파(이주홍)·정청산·이동규·김우철·안용민(안용만)·북원초인(김치식)·홍구·김욱 등을 알렸다.

이 외에 김우철이 아키타 우자쿠(秋田雨雀)를 소개하고, 이주홍이 마키모토 구스로, 오쓰키 겐지(大月源二), 무라야마 도모요시(村山知義) 등과 교류한 예가 있다.

일제강점기는 조선 민족이 타민족에 의해 식민지가 된 현실, 곧 민족모순의 시기였는데 이는 조선인이라면 극복해야 할 과제였다. 동시에 조선인의 80퍼센트가 궁민(窮民, 프롤레타리아)이었던 계급모순이라는 현실 또한 해결해야 했다. 이처럼 일제강점기는 민족모순과 계급모순이 중첩된 시대였다. 문학도 감상적·낭만적 경향의 형식적 기교보다 정론적인 방향을 추구할 수밖에 없었는데 이에 부응한 것이 계급주의 문학이었다. 문학이 정치 이념의 보조적 임무를 수행해야 한다는 것은 이러한 배경에서 나온 개념이었다. 박영희가 '얻은 것은 이데올로기요 상실한 것은 예술 그 자신'이란 유명한 전향문에서 한 말처럼 일제강점기 계급주의 문학은 문학적 특성을 간과하고 이데올로기를 교조적으로 적용한 잘못이 있다.

해방기 계급주의 진영에서는 조선문학건설본부 측의 정지용·임원호·윤복진 등과 조선프롤레타리아문학동맹 측의 송완순·이주홍·정청산 등이 대립했는데 이념적 갈등이 그 원인이었다. 1970년대에 대두된 리얼리즘 아동문학론은 일제강점기와 해방기의 계급주의 아동문학론에 젖줄을 대고 있는데, 비판적 계승을 통해 형식과 내용의 조화, 곧 회통(會通)의 아동문학으로 승화해야 할 것이다. **류덕제**

색동회

색동회는 1923년 5월 1일 방정환을 중심으로 한 일본 유학생들이 '아동예술'과 '아동에 관한 여러 문제' 연구를 표방하며 도쿄에서 창립한 아동문화예술 동인 단체이다. 5월 1일 창립 발회식 이전에 세 차례의 준비 모임을 가졌다.

첫 모임은 3월 16일 방정환의 하숙집에서 열렸으며, "동화 및 동요를 중심"으로 하되, "일반 아동문제"까지 다루기로 방향을 잡았다. 1회 모임에는 방정환 외에 진주 소년운동가 강영호, 와세다대학 역사과 손진태, 도요대학 문학과 고한승, 도요음악학교(현 도쿄음악대학) 정순철, 니혼대학 문학부 조준기(이명 조춘광), 도쿄고등사범학교 영문과 진장섭, 유학생 정병기 등 8명이 참여했다. 3월 30일 정병기의 하숙집에서 2차 모임을 가졌을 때 진장섭과 강영호는 본국 일정으로 참여하지 못했고, 정순철과 같은 학교에 다니는 윤극영이 새로 합류해 모임 이름으로 '색동회'를 제안했다. 4월 14일 3차 모임은 윤극영의 하숙집에서 열렸으며, 모임 이름으로 색동회가 정식 채택되었고, 5월 1일 색동회 발회식을 하기로 결정했다. 고한승·진장섭·윤극영 3인의 추천으로 도쿄고등사범학교 조재호가 4월 29일에 합류했다. 1923년 5월 1일 조선소년운동협회의 어린이날 선포에 맞춰 도쿄에서도 색동회원들이 색동회 창립 발회식을 가졌다. 이때 고한승·방정환·진장섭·정순철·정병기·손진태·윤극영·조재호 8명이 기념사진을 찍었다. 색동회 창립 회원에 관해서는 정확히 알려져 있지 않지만 『동아일보』 1923년 4월 30일자 기사 「소년문제연구의 색동회 발회식」에 따르면, '방정환, 고한승 등 유지 9명'으로 소개되었다. 창립 발회식 기념사진을 찍은 8인 외에 1인의 회원이 창립 회원일 것으로 추정되는데, 1923년 7월 전조선소년지도자대회를 통해 그 단서를 짐작해 볼 수 있다.

색동회는 창립 후 공식적인 첫 활동으로 1923년 7월 23일부터 7월 28일까지 어린이사와 함께 공동 주최로 전조선소년지도자대회를 개최했다. 정병기의 사회로 진장섭의 동요 이론, 윤극영·정순철의 동요 실제론, 방정환의 동화론, 조준기·고한승의 동화극론, 방정환의 소년문제에 관한 강연, 조재호의 아동교육과 소년회에 대한 강연이 이루어졌다. 전국의 소년지도자들을 대상으로 한 아동문제 강연회 겸 아동예술 강습회였다. 1, 2차 색동회 준비 모임에만 참석한 뒤 창립에 관여하지 않은 것으로 알려진 조준기는 6월 9일 5차 색동회 회의에 참여했고, 전조선소년지도자대회에서 동화극에 대해 강연을 한 것으로 알려져 있다. 더욱이 2023년 공개된 『어린이』 5호(1923.6)에 '조춘광'이 발표한 동화극 「어머니께 가요!」가 실렸는데, 같은 호 「남은말」에 "이번 동화극은 일본 동경에 있는 색동회에 계신 조준기 씨가 지어주신 것"이라고 밝혔다. 따라서 조준기도 색동회 창립 회원이었음을 알 수 있다.

색동회원들은 전문 분야별로 잡지 『어린이』의 주요 필자로 활동하면서 『어린이』 합평 의견을 방정환에게 전달하기도 했다. 마해송과 정인섭의 색동회 가입 시기는 1924년으로 알려져 있지만, 1925년 5월 1일 어린이날에 조재호, 진장섭, 손진태와 정인섭, 마해송 등이 도쿄에 있는 조선 어린이들을 위해 동화와 동요를 들려주며 어린이날 행사를 가졌던 일과, '색동회 마해송'이라고 하여 마해송의 작품이 『어린이』 1925년 5월호에 처음 등장하는 것으로 보아, 1925년 상반기쯤 색동회에 가입했을 것으로 보인다. 일본에 있던 색동회원들은 1925년 5월 1일 도쿄에서 조선 어린이들을 위해 어린이날 동화회를 가졌고, 1926년 설날을 맞아 마해송·진장섭·정인섭·조재호 등 색동회원들과 이헌구·이선근·김명엽 등 유학생들은 재미있는 동화와 동요, 음식 등과 함께 재일 조선 어린이를 위로하는 신년 축하회를 마련하고 동물원 구경을 다녀왔다. 1926년 4월 도쿄에서 색동회원 마해송·진장섭·정인섭·손진태·조재호 5인이 찍은 사진이 발견된다. 색동회는 1928년 10월 2일부터 10일까지 어린이사와 공동 주최로 세계아동예술전람회를 개최하는 등 어린이문화예술 활동을 주도했다. 1931년 방정환의 별세로 활동이 침체되면서 각자 개인 활동을 이어갔고, 일제강점기 말 동인 가운데 일부는 친일 행각을 보이기도 했다.

광복 후 고한승 주도로 『어린이』가 복간되었다. 조재호, 진장섭, 마해송, 윤극영, 정인섭, 이헌구 등 문단과 교육계의 지도층으로 자리잡은 색동회원들이 어린이날 기념 사업과 소파 추모 사업을 중심으로 다시 모이면서 색동회도 재기를 시도했다. 색동회는 1957년 '어린이헌장' 제정 선포에 앞장섰고, 1969년 '소파동상건립 추진 사업'을 대대적으로 펼치며 1971년 7월 23일 방정환의 동상을 남산에 건립했다. 1973년 '어린이날 기념 무궁화 달기 운동'을 전개하면서 '나라 사랑, 어린이 사랑'의 담론을 확산하며 어린이날 기념행사를 주도적으로 개최했다. 1976년 11월 제1회를 시작으로 전국어머니동화구연대회를 해마다 개최했고, 이 대회에서 입선한 사람들이 '색동어머니회'를 조직하여 전국어린이동화구연대회를 개최하고 있다.

색동회 회원이었던 정인섭은 동인들의 회고담을 비롯해 색동회 활동과 역사를 정리해 1975년 『색동회어린이운동사』를 펴냈는데 색동회가 『어린이』 창간, 어린이날 제정을 주도한 것으로 기록하는 등 행적에 대한 과장과 미화 등 오류가 없지 않다. 창립 이래 어린이를 위한 공적이 인정받아 1995년 11월 덴마크 레고 그룹이 수여하는 '레고상'을 수상했다. 색동회 창립 100주년을 맞아 일제강점기 색동회원 개개인의 활동과 공적뿐 아니라 해방 이후 색동회의 행적과 활동에 대해 객관적이고 본격적인 연구가 요구된다. **염희경**

세계아동예술전람회

세계아동예술전람회는 아동잡지 『어린이』의 주최로 1928년 10월 2일부터 10월 8일까지 경성 천도교회당에서 열린 전람회다. 색동회와 해외문학연구회가 협력했으며, 동아일보사가 후원했다. 세계 20여 개국 어린이들의 그림(자유화)과 수공품(자수, 편물, 목공 등) 3,000~4,000여 점이 출품되었으며, 각 지역의 어린이 책과 교재, 생활 풍속을 알 수 있는 민속 자료가 함께 전시되었다. 누적 관람객 수는 총 39,219명으로 보고되었다.

『어린이』가 세계아동예술전람회 개최 계획을 처음 발표한 것은 1925년 1월이었다. 그러나 어린이들의 예술 작품을 모아서 전시하겠다는 구상은 1924년 초에 어린이 독자들의 그림과 수공예 작품을 공개 모집하면서부터 이미 시작되고 있었다. 『어린이』는 공모에서 어린이들에게 책이나 남의 것을 보고 흉내 내지 말고 자기가 직접 보고 느낀 것을 자유롭게 그려서 보내라고 강조했는데, 이는 이 전람회가 '자유화' 예술교육운동과 맥을 같이하여 기획되었음을 알려 준다. 자유화운동은 근대 아동 중심 교육철학을 바탕으로 하여 일어났는데, 서구에서는 20세기 초에 프란츠 치제크(Franz Cizek)의 아동미술교육을 중심으로 전개되었으며, 일본에서는 다이쇼 데모크라시 시기에

야마모토 카나에(山本鼎)가 확산시켰다고 한다.

『어린이』는 다양한 경로로 세계 여러 나라 어린이의 작품을 모으는 데 힘썼으나 전람회 개최가 성사되기까지는 4년 이상의 시간이 소요되었다. 전람회 준비 막바지에는 당시 도쿄 유학생이었던 이헌구가 일본에서 구해 온 자료를 제공하여 크게 힘을 보탰다. 전시실은 10개의 부분과 특별관으로 구성되었다. 1부부터 5부까지는 조선과 일본 어린이의 작품, 6부는 해외 어린이의 작품, 7부는 세계의 어린이 풍속 사진, 8부는 세계 아동예술가의 초상화, 9부는 각 지역 소년소녀단체 포스터 및 프로그램, 10부는 조선과 일본의 어린이 장난감 등으로 채워졌으며, 특별관에는 일본동화가협회의 작품이 전시되었다. 전시장에서는 방정환이 도슨트로서 세계 어린이들의 작품을 해설했으며, 장외에서는 부대 행사로 어린이들의 무대 공연 및 아동예술 강연회가 개최되었다. 『어린이』는 1928년 10월호를 세계아동예술전람회 특별호로 꾸며 세계 각국의 아동문학과 예술을 소개하기도 했다.

방정환은 세계아동예술전람회를 기획하고 추진한 핵심 인물이었다. 이 전람회는 방정환이 중심이 되었던 1920년대 천도교 어린이운동 진영 및 색동회 유학생 그룹의 어린이 문화 기획 역량을 가늠하게 한다. 일제강점기의 열악한 상황에서도 이처럼 적지 않은 시간과 노력을 요하는 국제 전람회 개최를 추진한 바탕에는 어린이들의 자유로운 개성과 창의적이고 솔직한 표현을 존중하는 아동 중심 예술교육의 이념을 확산시키고, 서로 다른 지역과 문화의 국가 민족이 상호 평화롭게 공존하는 '세계일가(世界一家)'의 이상을 국내외에 피력하고자 하는 이중의 동기가 강력하게 작용하고 있었다. 즉 이 전람회는 어린이의 예술을 통해 동심의 보편성과 민족의 특수성이 동시적으로 발현되는 장면을 '전시'한 대중적인 계몽의 공간이자 탈식민적 문화 기획의 공간이었다고 할 수 있다.

조은숙

소년운동

소년운동은 '소년'이라는 용어가 나타난 시기와 맞물리는 사회운동의 하나였다. 소년이라는 용어는 전통 사회에서는 거의 사용하지 않았고, 전통 사회에서는 노인과 대응하는 젊은이 정도의 포괄적 개념으로 불렸다. 전통적 소년의 개념이 근대에 와서는 자율적 소년운동과 민족운동의 차원과 연계하여 실천적 아동운동으로 발전했다. 소년운동은 신라의 화랑도로부터 근대의 동학에 이르기까지 그 맥락을 이어 왔다고 주장하기도 하지만(김정의), 근대 초기에 계몽운동과 맞물리면서 소년운동이 눈에 띄게 부상하게 되었다. 소년운동은 사회운동의 차원으로 등장하면서 교육과 훈육이라는 계몽주의 정신을 표방하면서 시작되었으며 아동교육의 실천적 운동으로 자리 잡게 되었다.

개화기 이후 근대 교육의 중요성을 인식하면서 소년들의 자각이 무엇보다 중요한 문제로 부각되었다. 소년들의 각성이야말로 민족의 미래라는 생각이 지식인층에서 대두되었고, 정부 차원에서도 뛰어난 인재를 외국에 유학을 보내는 일을 장려했다. 1906년 11월 1일에는 『소년한반도』가 창간되고, 1908년 5월 15일에는 『소년』이라는 종합 문예지가 창간되었다. 이 시기를 전후해서 소년담론이 부상하기 시작했다. 1910년 이후 간도 지역의 독립운동 단체가 각종 학교를 세웠고, 국내뿐만 아니라 해외에서도 소년들을 교육하는 학교를 설립했다. 1909년 6월 박용만은 미국의 네브래스카에 한인소년병 학교를 세워 국외 소년운동의 효시를 보였다. 소년운동의 주체 세력은 초기에는 천도교를 중심으로 전개되다가 점차 민족주의 진영으로 확대되었으며, 전국 규모로 그 세력을 넓혀 갔다. 안창호·이승훈은 소년운동을 민족주의 교육운동으로 전개했고, 이인직·이해조·최남선은 애국계몽운동의 관점으로 발전시켰다. 1920년대를 전후하여 김기전·방정환은 소년에서 어린이교육운동으로 그 범위를 확대했다. 1917년 중앙청년회소년부가 조직되었고, 1922년 소년척후대(小年斥候隊), 조선소년군이 창설되었다. 1923년 3월 20일에는 『어린이』라는 아동 전문 문예지가 나오면서 소년운동이 아동을 포괄적 대상으로 삼는 운동으로 확산되었다. 1923년 5월에는 일본 도쿄에서 아동문제 연구 단체인 색동회가 창립되었고, 1925년 5월에는 사회주의 진영의 오월회(五月會)가 결성되었다. 소년운동은 국내뿐만 아니라 국외에서도 많은 조직이 결성됨으로써 민족주의운동으로 발전되었다. 소년운동은 각종 종교 단체를 중심으로 교육과 훈육의 목적으로 전개되었고, 1930년대 이후에는 민족주의 진영과 사회주의 진영으로 나뉘어서 아동교육에 힘썼다. 민족주의 진영과 사회주의 진영의 소년운동은 그 이념의 차이는 있을지라도 아동들을 교육함으로써 민족정신을 회복하려는 운동이었다는 점에서는 동일한 차원으로 볼 수 있다.

소년운동의 기원은 오랜 전통을 갖고 있지만 운동 차원에서 전개된 것은 근대 이후부터라고 보는 것이 타당하다. 소년운동은 외세의 침략에 맞서는 민족주의 교육과 훈육의 목적성을 갖고 있었다. 소년운동은 초기에는 나라와 민족을 구하는 측면에서 시작되었지만 나중에 소년들의 사회적 지위와 역할 분담에 중요한 초석이 되었다. 소년운동은 일제강점기라는 시대와 맞물려 외적 억압과 통제 속에서 전개되었지만 일제강점기뿐만 아니라 해방 후에도 그 정신을 이어가면서 아동교육과 아동인권운동에 지대한 영향을 끼쳤다. **황선열**

어린이날

어린이날은 일제강점기 어린이 인권을 옹호하고 어린이 해방을 선언한 어린이운동을 대표하는 기념일이다. 김기전과 방정환을 중심으로 천도교 소년운동을 주도했던 인물들이 천도교소년회 창립 1주년을 기념하는 1922년 5월 1일 '어린이의 날'을 선포하고 '10년 후의 조선을 생각하라'며 민족의 장래를 위해 어린이를 잘 키우는 일이 중요하다는 것을 선언한 날이 첫 시초이다.

1923년 5월 1일, 천도교소년회를 비롯해 조선소년군·불교소년단 등 여러 소년운동단체들이 연합하여 '조선소년운동협회'를 조직하여 '어린이날'을 전국적으로 선포했다. 이때 「소년운동의 기초 조항」을 통해 '어린이를 재래의 윤리적 압박으로부터 해방하여 그들에게 대한 완전한 인격적 예우를 허하게 하라' '어린이를 재래의 경제적 압박으로부터 해방하여 만 14세 이하의 그들에게 무상 또는 유상의 노동을 폐하게 하라' '어린이 그들이 고요히 배우고 즐거이 놀기에 족한 각양의 가정 또는 사회적 시설을 행하게 하라'는 3가지 조항을 발표하여 어린이 해방운동의 취지를 명백히 선언했다. 이는 1924년 제네바 선언보다도 앞선 세계 최초의 어린이 인권 해방 선언이다. 초창기 소년운동을 주도했던 천도교 소년운동의 대표적 이론가인 김기전은 「개벽운동과 합치되는 조선의 소년운동」에서 밝혔듯 어린이 보호나 애호, 수양으로서의 운동이 아닌 '해방' 운동임을 강조했다. 그는 어린이를 단순히 보호하고 사랑하는 차원을 넘어서서 어린이가 지닌 내적인 힘을 긍정하고, 어린이가 건강하게 성장할 수 있도록 제반의 억압적 환경과 제도를 변혁하는 일이 함께 이루어져야 한다고 강조했다.

일제강점기 조선 어린이운동은 민족주의 계열의 소년운동과 계급주의 계열의 소년운동의 분열과 갈등뿐 아니라 일제의 강압과 획책을 견뎌야만 했다. 1926년, 1927년 어린이날 행사가 따로 치러지면서 민족운동 내부에서 비판이 일어나자 1927년 10월 16일 조선소년운동협회와 오월회 두 단체는 통합을 모색하여 '조선소년연합회'를 결성하고 어린이날이 5월 1일 노동절과 겹쳐 일제의 탄압이 심할 뿐 아니라 어린이날 행사 참여를 금지하는 학교장의 방해가 심해지는 점을 들어 1928년부터 5월 첫째 공휴일로 어린이날을 변경하기로 결정했다. 1931년 서울 소년단체 대표 주최로 '전조선어린이날중앙연합회 준비회'가 결성되어 어린이날 행사를 성대하게 치렀으나, 일제는 1930년대에 들어서면서 조선의 어린이운동을 강력히 탄압했고, '유유아(乳幼兒) 애호' 주간을 본격화하며 아동 구호 사업을 선전하면서 조선 어린이운동의 해방적 성격을 지웠다. 1937년에는 어린이날 기념식만을 겨우 치렀고, 1938년부터는 어린이날이 폐지되었다. 일본은 이 틈을 타서 조선사회사업회 주최로 5일부터 11일까지 '아동 애호 주간'을 펼치며 국민정신 총동원이라는 취지로 아동 애호 관념을 강조했다.

1938년에 중단되었던 어린이날은 광복을 맞아 1946년 부활했다. 1946년 5월 첫째 주 일요일이 5일이어서, 향후 날짜가 달라지는 불편을 덜기 위해 어린이날은 5월 5일로 고정되었다. 좌우익 이념 대립과 갈등, 분단 체제하에서 이후 반쪽의 어린이날이 되었고, 1953년부터는 어린이날 기념식이 국가 주도 행사의 성격이 강해지면서 '반공의식'을 강화하는 장이 되기도 했다. 1957년 5월, 전후의 피폐한 상황에 놓여 있는 어린이의 복지와 건강을 지켜 주기 위해 「대한민국 어린이헌장」이 제정되었다. 어린이날은 1973년 법정 기념일로, 1975년 법정 공휴일로 지정되었다. 1999년 5월 1일, 방정환 탄생 100주년을 기념하여 1923년 어린이날 선언을 수정·보완한 「새천년 어린이 선언문」이 발표되었다.

2000년대에 들어 다문화, 탈북, 폭력과 학대, 실종 상황에 놓인 어린이 인권이 부각되고 어린이 안전, 놀이 권리 등의 중요성이 제기되었다. 2015년 「어린이 놀이헌장」이 선포되었고, 2016년 「2016 아동권리헌장」이 제정되었다. "모든 아동은 독립된 인격체로 존중받고 차별받지 않아야 한다. 또한 생명을 존중받고 보호받으며 발달하고 참여할 수 있는 고유한 권리가 있다. 부모와 사회, 국가와 지방자치단체는 아동의 이익을 최우선으로 고려해야 하며 다음과 같은 아동의 권리를 확인하고 실현할 책임이 있다." 등 9개 조항이 골자다. 이 헌장은 유엔 아동권리협약에 기초해 달라진 시대상을 반영하고 어린이의 처지에서 기술한 사실상의 첫 헌장으로 평가받는다. 2018년부터는 어린이날이 주말이나 다른 공휴일과 겹칠 경우, 그다음 비공휴일을 대체 휴일로 지정하고 있다. 앞으로도 어린이날은 가족 단위의 휴일이나 상술에 휘둘리는 상업화된 기념일을 넘어서서 모든 어린이가 독립적인 인격체로서 존중받고 안전하고 자유롭고 평화롭게 살아갈 수 있는 세상을 만들기 위해 실천을 모색하는 기념일로 거듭날 필요가 있다.

염희경

마해송

마해송(馬海松, 1905~1966)은 동화작가·수필가로, 아명은 창록(昌祿), 관명은 상규(湘圭)다. '해송'은 일본에서 연극동우회 활동을 하던 16살 때부터 사용했다. 경기도 개성군 송도면 대화정에서 5남 2녀 중 여섯째로 태어나 개성학당을 거쳐 경성중앙고등보통학교와 보성고등보통학교에 다니다가 동맹휴학으로 퇴학했다. 1921년 일본 니혼대학 예술과에 입학하고 1925년에 졸업을 했다.

마해송은 1920년 잡지 『여광』의 동인으로 활동하다 도일하여 도쿄 유학생들이 만든 극단 동우회에서 각지를 순회하며 공연하고, 1922년 공진항·고한승·진장섭 등과 녹파회를 조직했다. 1920년대부터 아동문학에 힘을 기울여 창작동화 개척에 헌신하고 수필문학도 병행했다. 1924년 일본의 『문예춘추』를 창설한 기쿠치 간(菊池寬)의 도움을 얻어 그곳에 입사한 후 편집위원으로 활동했다. 1928년 결핵에 걸려 일본 나가노현에서 요양 생활을 하다 1929년 완쾌됐다. 1932년 잡지 『모던니혼』을 인수하여 사장으로 취임하고 색동회 동인으로 활약했다. 광복 직전에 귀국하여 작품 집필에만 전념했다. 1950년 국방부 한국문화연구소 소장을 역임했고, 1957년 한국동화작가협회 회원들과 함께 '어린이헌장'을 기초하는 등 아동의 인권 회복 운동에 기여했다. 1958년 가톨릭에 입교(세례명 프란체스코), 자유문학상·한국문학상을 수상했으며, 1966년 11월 6일 만 61세로 서울에서 작고했다.

마해송은 1924년에 아동극 「복남(福男)이와 네 동무」를 『샛별』 3호인 1월호에 실으면서 작품 활동을 시작하고 동극과 동화 및 수필을 썼다. 1923년 11월 개성에서 열린 '새ㅅ별동무회' 모임에서부터 동화를 구연해 오다 1926년 『어린이』에 「바위나리와 아기별」을 게재했다. 1934년 『해송동화집』(동성사)을 출간했고, 창작동화 54편, 수필 20편, 노래 8편, 동극 5편 총 87편의 작품을 남겼다. 저서로는 『해송동화집』 『토끼와 원숭이』 『떡배 단배』 『모래알 고금』 『앙그리께』 『멍멍나그네』 『마해송아동문학독본』 등의 동화집과 『역군은』 『편편상』 『속편편상』 『전진(戰塵)과 인생』 『사회와 인생』 『요설록』 『아름다운 새벽』 『오후의 좌석』 등의 수필집이 있다.

마해송은 『샛별』에 「바위나리와 아기별」을 실어 한국 최초의 창작동화를 쓴 작가이며 동화 장르를 개척했다고 평가받는다. 그러나 『샛별』의 창간호가 실존해 있지 않고, 『동아일보』나 『조선일보』의 창간호 「신간 소개」란에 「바위나라와 아기별」이 실리지 않은 것으로 보아 1926년 『어린이』 1월호에 실린 가능성에 무게를 두고 있다. 그러므로 최초의 창작동화라는 것 역시 다시 생각해 볼 문제로 남아 있다. 그러나 일제강점기 우리 문화 말살 정책과 침략상을 신랄하게 고발한 동화 「토끼와 원숭이」(1931~46), 일제강점기와 해방기 민족 현실을 고발한 「떡배 단배」(『자유신문』 1948), 『사슴과 사냥개』 등을 쓴 풍자성과 민족문학의 지향이 뚜렷한 작가로 높이 평가받고 있다. **박금숙**

방정환

방정환(方定煥, 1899~1931)은 동요작가, 동화·아동소설 작가이며, 어린이운동가, 잡지 발행인·편집인이자 독립운동가이다. 호는 소파(小波)이며 필명은 소파생, SP생, 잔물, ㅈㅎ생, ㅅㅎ생, 삼산인(三山人), 북극성, 목성(牧星), 몽중인(夢中人), 몽견초(夢見草), 은파리(銀파리), 쌍S(쌍S생, SS생), 길동무, 파영(波影, 파영생), 운정(雲庭, 雲庭生, 雲庭居士, 方雲庭), 편집인 등 다수이다. 서울 종로구 당주동에서 태어나 보성소학교 유치반을 다니다 매동보통학교로 전학, 2학년 2학기에 미동보통학교로 전학한 뒤 1913년에 졸업했고, 1914년 선린상업학교를 중퇴했다. 1918년 보성법률상업학교(보성전문, 현 고려대학교) 법과를 다니다 1920년 9월 일본으로 건너가 도요대학 문화학과에서 1921년 4월부터 1922년 3월까지 청강생으로 다녔다.

방정환은 10대 시절 소년입지회를 조직해 활동했으며, 1917년 천도교 3대 교주 손병희의 셋째 사위가 되면서 천도교 청년운동가로 활동, 경성청년구락부를 조직했다. 1919년 1월 창간된 우리나라 최초의 문예동인지 『신청년』과 같은 해 11월에 창간된 최초의 영화잡지 『녹성』의 편집과 발행, 집필에 관여했다. 1919년 3·1운동 당시 지하신문인 『조선독립신문』을 등사판으로 찍어 발행하다 일본 경찰에

붙잡혀 1주일간 고문을 당했다고 전해진다. 1920년 9월 천도교 도쿄 지회 설립과 개벽의 도쿄 특파원 임무를 맡고 일본으로 건너가 천도교청년회 간부로 활동했다. 이후 민족운동의 일환으로 김기전과 함께 천도교소년회를 중심으로 어린이운동을 주도적으로 이끌었다. 1922년 천도교소년회의 '어린이의 날' 제정, 1923년 조선소년운동협회의 전국적 '어린이날' 선포를 주도하며 어린이운동을 본격화했고, 1923년 5월 1일 일본 유학생 중심의 아동문제 연구 단체인 색동회를 창립했다. 어린이운동의 일환으로 잡지 『어린이』를 발행·편집해 어린이 문화예술을 꽃피웠고, 서덕출·윤석중·이원수·최순애 등 아동문학작가를 배출하는 데에도 기여했다. 개벽사가 발행한 『개벽』『부인』『별건곤』 등의 기자이자 필자로, 『신여성』과 『학생』의 편집·발행인, 필자로 활동했다. 전국적으로 동화구연회와 강연회를 다녔고, 동화구연가로 대단한 인기를 얻었다. 1928년 10월 어린이사와 해외문학파, 색동회 주관으로 세계아동예술전람회를 개최했다. 1920년대 후반 어린이운동의 일선에서 물러서며 중앙보육학교 강사로 활동했고, 1931년 7월 사망 후 추모 10주기를 앞둔 1940년에 서울 중랑구 망우리 묘소(현 망우역사공원)에 안치되었다. 1980년 정부에서 '대한민국 건국 포장'을 추서했고, 1990년에 '건국훈장 애국장'을 추서했다. 탄생 100주년에 고려대학교로부터 명예 학사학위를 받았다.

방정환은 1910년대 한국 근대 단편소설사에서 주목할 만한 신인 소설가로 떠올랐으나 이후 어린이운동가이자 아동문학작가로 활동을 주력하면서 두드러진 문학적 업적을 남겼다. 외국 동화를 우리의 실정과 정서에 맞게 번역·번안하면서 형성기 근대 동화를 수립하는 데에 영향을 끼쳤고, 우리의 옛이야기를 근대의 어린이에게 맞게 고쳐 쓰면서도 구수한 입말체를 잘 살려 쓴 옛이야기 재화자 즉, 전래동화 작가로도 높이 평가받는다. 어린이날을 기념하며 창작한 환상적 동화 「사월 그믐날 밤」, 한국 근대 아동문학의 헌신적인 계보의 대표 인물이자 유쾌하고 호방한 기질의 매력적 캐릭터 창출로 평가되는 아동소설 「만년샤쓰」, 아동모험소설이자 탐정소설 개척자로서 「동생을 찾으러」, 『칠칠단의 비밀』 등을 창작했다. 『칠칠단의 비밀』은 시대의 변화 속에서 매체 전환을 거쳐 만화, 애니메이션 등으로도 제작되었고 어린이 독자들에게 꾸준히 사랑받은 스테디셀러 아동소설이다. 「어린이 찬미」로 대표되는 수필, 「노래주머니」 「토끼의 재판」 등 옛이야기를 각색해 실제 공연에 올리도록 한 동화극, 동요 「귀뚜라미 소리」 「늙은 잠자리」 등 아동문학의 각 장르를 개척한 선구자이자 각 장르를 대표할 만한 높은 문학적 성취를 이루었다.

방정환은 어린이의 천진성과 순진성에 대해 강렬하게 옹호한 「어린이 찬미」나 잡지 『어린이』 표지에서의 천사 어린이 표상 등으로 동시대뿐 아니라 후대에도 '동심천사주의'를 대표하는 아동문학작가로 평가되어 왔다. 최근에는 방정환의 동심주의를 근대 서구 낭만주의의 영향뿐 아니라 천도교 사상의 맥락에서도 조명하고 있으며 현실주의 아동문학을 대표하는 작가인 만큼 동심주의를 현실주의와 배타적인 것으로 평가하지 않는 추세이다. 어린이 인권 해방을 선언하며 어린이날을 제정한 어린이운동가이자 한국 아동문학의 기틀을 마련한 아동문학가이며, 동화회, 동요 대회, 세계아동예술전람회 등을 개최하는 등 어린이 문화예술 기획자로서의 면모도 두드러진다.

잡지 편집 및 출판에서도 뛰어난 역량을 발휘해 언론출판인으로서도 주목받는 인물이다. 특히 좌우의 경계를 넘나들며 잡지를 통해 다방면의 문화예술인들이 소통할 수 있는 인적 네트워크를 형성하는 데에 큰 역할을 했으며 『어린이』를 중심으로 독자가 적극적으로 참여할 수 있는 특정 지면을 마련하고 일종의 방정환 팬덤이라 일컬어질 만큼 어린이들에게 사랑받으며 독자 공동체를 형성하는 데에도 강한 영향을 끼쳤다. 어린이 중심 교육 사상을 실천한 인물뿐 아니라 최근에는 생태환경과 관련해 방정환과 천도교의 어린이 교육철학을 주목하는 등 다방면에서 영향을 끼친 방정환에 대한 다양한 분야의 연구가 진행되고 있다.

염희경

윤극영

윤극영(尹克榮, 1903~1988)은 동요 작곡가다. 서울 종로 소격동에서 아버지 윤장구와 어머니 청송 심씨의 3녀 1남 중 막내이자 외동아들로 태어나 교동공립보통학교 및 경성고등보통학교를 졸업했다. 경성법학전문학교에 진학했으나 적성에 맞지 않아 일본 도쿄행 후 도요음악대학(현 도쿄음악대학)에 적을 두고 작곡 및 성악 등을 수학했다.

윤극영은 1923년 도쿄에서 방정환·손진태·조재호·정순철 등과 색동회를 창립했다. 1924년 귀국 후 소격동 자택에 일성당(一聲堂)을 짓고 한국 최초의 어린이 동요 단체인 '다알리아회'를 조직하고 우리말 동요를 창작하여 일제강점기 어린이들에게 보급했다. 1926년 간도 용정행 이후 동흥중학교에서 음악과 작문을 지도하며, 우리말 동요를 창작했다. 이후 광명중학교 및 광명여자고등학교로 옮겨 교사 생활을 하다 1935년 서울로 돌아와 독창회를 가졌으나 여의치 않아 1936년 다시 도쿄행 후 극단 '무랑무즈'에서 성악가 및 연출가로 활동했다. 1940년 간도로 가서 가족과 상봉 후 하얼빈으로 가 동양 최고의 가무단을 꿈꾸며 '하얼빈예술단'을 조직했으나 일본 군정의 압력으로 1년 만에 해산 후 다시 용정으로 돌아가 장공장과 운수업 등의 일을 하며 창작에 몰두했다. 한편 일제의 만행이 극에 달하던 1942년 용정 헌병대장 이시다(石田)의 강요로 친일단체인 오족협화회(五族協和會)에 가입하게 된다. 이는 그의 삶에 있어서 부끄러운 이력으로, 동요 인생에 오점으로 남기도 했다. 해방 이듬해인 1946년 윤극영은 중국 팔로군(八路軍)에게 재산을 몰수당하고 징역을 살던 중 중병에 걸려 사경을 헤매다 풀려났다. 1947년 간도 탈출 후 서울로 돌아온 윤극영은 1948년 윤석중이 주관하는 '노래동무회'에 참여하여 동요를 창작했다. 1957년 제1회 소파상을 수상한 이후 타계하기 전까지 시, 수필, 동요 등 많은 작품을 창작했다. 1963년 서울교육대학교가 제정한 제1회 '고마우신 선생님' 추대 및 1970년 국민훈장 목련장을 받았으며, 1973년 제4대 색동회 회장을 역임했다. 1988년 노환으로 타계했으며 경기도 양평군 강상면 송학리 선산에 안장되었다.

윤극영은 1924년 동요「설날」과「반달」을 작사 및 작곡한 것을 시작으로, 1925년 동요작곡집『반달』을 펴냈다. 이후 일제강점기 아동잡지 및 신문에 동요를 발표하며 동요 작곡가로서의 명성을 다졌다. 1948년 '노래동무회' 참여 이후 2년 동안 100여곡의 동요를 창작했으며 1964년『윤극영111곡집』을 출간했다. 2004년 5월 5일 어린이날과 탄생 100주년을 기념하여『윤극영 전집』1, 2권을 현대문학에서 발간했다. 생애 통산 600여 곡의 동요와 교가를 지었으며, 동요(시) 외 동화·시·수필·시나리오 등 다수의 미발표 유고를 남겼다.

윤극영은 색동회, 다알리아회, 노래동무회 등의 활동을 통해 시대의 질곡 속에서 한평생 어린이 문화운동과 동요 창작 및 보급에 생을 바쳤다. 한국 아동문학사뿐만 아니라 우리들의 가슴속에 그가 남긴 노래는 아직도 회자되고 있다. 분열과 갈등 없는 순수 동심과 음악성은 나라 잃은 시대를 살아간 어린이들에게 삶의 위안자로서의 역할을 다했다고 인정받아야 한다. 그의 육신은 우리 문학사에서 사라졌지만 "오늘도 샛별이 되어 등대가 되어 어린이의 마음을, 그들이 걸어갈 길을 밝게 비추길" 바라는 그의 마음은 영원할 것이다. **정진헌**

계급주의 출판물

계급주의 출판물은 계급주의 아동문학을 표방한 매체로 『신소년』 『별나라』 『음악과 시』 등을 들 수 있다.

『신소년』은 1923년 10월호를 창간호로 시작하여 1934년 4·5월 합호를 발간하고 종간했다. 창간 당시 편집인은 김갑제였고, 발행인은 이문당 대표 쓰지 슌지로(辻俊次郞)였다. 발행인은 곧장 다니구치 데이지로(谷口貞次郞)로 바뀌었다. 1925년 1월호부터는 편집인이 신명균으로 바뀌었고, 8월호부터는 편집인 신명균, 편집 겸 발행인은 다카하시 유타카(高橋豊)였으나, 1926년 11월호 이후부터는 편집·발행인이 모두 신명균으로 바뀌었다. 『신소년』은 신명균을 앞세웠으나 사주는 이중건이었다. 정열모·송완순·이동규·이주홍 등이 일정 기간 편집을 맡았다. 쓰지·다니구치·다카하시 등 일본인들은 아무런 활동이 없었던 것으로 보아 사업의 편의상 이름만 걸어 놓은 것으로 보인다.

『별나라』는 1926년 6월호를 창간호로 발행하며 발행인은 시종 안준식이, 편집은 박세영과 송영 등이 맡았다. 가난한 어린이를 위한 잡지를 표방하면서 특집호 등 분량이 늘어난 예외적인 경우를 제외하곤 줄곧 책값을 5전으로 했다. 일제는 특히 계급주의 사상을 강하게 탄압했던 터라 『신소년』과 『별나라』는 삭제, 불허가, 압수 등으로 잡지가 발간되지 못한 경우가 허다했다. 1935년 1·2월 합호(통권 80호)를 마지막으로 폐간했다.

『**음악과 시**』는 1930년 9월호가 창간호이자 종간호가 되었다. 당초 제호를 '프롤레타리아 음악과 시'라고 하려다가 사정상 '프롤레타리아'를 뺐다고 할 만큼 계급적 성격을 드러내고자 했다. 편집 겸 발행인은 양창준이었고 인쇄인은 이주홍이었다.

방정환이 죽고 신영철이 편집을 맡았던 1931년 10월호부터 1932년 9월호까지의 『어린이』도 『신소년』과 『별나라』처럼 계급의식을 강하게 드러낸 바 있다. 카프(KAPF) 문학부에서는 단행본으로 『카프시인집』(집단사 1931)과 『카프작가칠인집』(집단사 1932)을 발간했고, 별나라사에서 『농민소설집』(1933)을 펴냈다. 계급주의 아동문학 측은 이보다 앞서 신명균의 이름으로 『(푸로레타리아동요집)불별』(중앙인서관 1931)과 『소년소설육인집』(신소년사 1932)을 발간했다. 카프의 산하단체에 아동문학부가 없었음에도 불구하고 계급주의 아동문학계는 실질적인 지도를 받고 있었는데, 『불별』은 카프 중앙집행위원과 서기장을 지낸 권환과 윤기정, 『소년소설육인집』은 권환과 임화의 서문을 싣고 있는 것을 보면 알 수 있다. 뮈흐렌(Hermynia Zur Mühlen)의 계급주의 아동문학 작품을 최규선이 번역한 것으로 『왜』(별나라사 1929)와 『어린 페터』(유성사서점 1930)도 있다. 『**왜**』는 아라하타 간손(荒畑寒村)이 번역한 『なぜなの』(無産社 1926)와 표지가 동일하고 수록 작품이 비슷해 이 책을 중역한 것으로 보인다. 아라하타 간손의 『なぜなの』와 뮈흐렌의 『*Fairy Tales for Workers' Children*』(Daily Workers

Pub. Co. 1925)은 수록 작품이 일치하나, 『왜』에는 『なぜなの』에 수록된 작품 이외에 4편의 작품이 더 들어 있어 무엇을 저본으로 번역한 것인지 분명하지 않다. 『**어린 페터**』는 하야시 후사오(林房雄)가 번역한 『小さいペーター』(東京: 曉星閣 1927)를 중역한 것이다. 하야시 후사오는 『*Was Peterchens Freunde erzälen*』(Berlin: Der Malik Verlag 1921)을 번역한 것으로 보인다.

그간 발표된 계급주의 동요를 묶어 펴낸 『**불별**』은 김병호·양창준·이석봉·이주홍·박세영·손재봉·신말찬·엄흥섭 등의 동요 43편을 수록했다. 계급의식을 바탕으로 가진 자에 대한 노골적인 적대감을 여실하게 표출했다. 내용 제일주의를 강조하다 보니 형식적인 측면은 크게 고려하지 않아 작품의 질적 수준을 떨어뜨리고 말았다. 8편에는 그림을 덧붙였고, 다른 8편에는 악보를 곁들여 독자들의 관심을 유도했다. 그러나 홍난파·박태준·정순철 등 뛰어난 작곡가들의 관심을 받지 못하고, 이일권·맹오영·이석봉 등 동인들이 곡을 붙이고 말아 널리 불리지 못해 소기의 목적을 달성하지 못했다.

주로 『신소년』과 『별나라』에 발표된 작품을 모은 『**소년소설육인집**』은 구직회·이동규·승응순·안평원·오경호·홍구 등의 작품 20편을 실었다. 소년의 눈으로 바라본 노농(勞農) 현실이 여실히 드러나 있는데, 구직회의 「가마니(叺) 장」과 같은 작품은 계급 문단에서도 우수작으로 평가한 바 있다. **류덕제**

기독교계 출판물

기독교계 출판물은 기독교(가톨릭) 정신에 입각하여 선교의 목적을 두고 기독교의 진리를 어린이들에게 이해 및 체득시키고 기독교의 대중화를 위해 만든 잡지나 출판물 등을 가리킨다. 아동문학에서 대표적인 기독교계 잡지는 『아이생활』 『가톨릭 소년』 『기독교 교육』 『새가정』 『새벗』 『아이동무』 등이 있다. 대표적인 작가로는 강소천·강승한·고장환·권정생·권오순·김성도·김요섭·마해송·목일신·박경종·박목월·박화목·신지식·유영희·윤복진·오영민·임인수·이영철·이봉구·이태선·이현주·장수철·장세문·전영택·최효섭·최영일·최일환·한석원·황광은 등이 있다.

『아이생활』은 기독교 월간 아동잡지로 1926년 3월에 창간되어 1944년 1월호를 마지막으로 폐간되었다. 일제 식민 치하에서 18년간 발간된 최장수 아동잡지로, 창간 당시 잡지의 이름은 『아희생활』이고 편집인은 한석원이었으나 제5권인 1930년 11월호부터 『아이생활』로 제호를 바꾸었다. 조선야소교서회(朝鮮耶蘇教書會)와 조선주일학교 연합회를 배경으로 다수의 외국 선교사들이 발간과 재정에 관여했다. 처음에는 교회의 후계자인 어린이들이 세상의 악에 물들지 않고 교회나 사회생활에 더욱 건실한 정신을 닦도록 하는 데 도움이 되고자 어린이들의 읽을거리를 제공하고, 선교를 염두에 둔 투철한 기독교 정신의 바탕 위에 근대화와 민족주의적 운동을 전개한 아동지였다. 그러나 1937년부터는 일문을 섞어 사용하며 황국신민 정책에 부응하는 내용을 실었다. 역대 편집인은 정인과·송관범·전영택·이윤재·주요섭·최봉칙·강병주·장홍범 등이고 주요 필자는 목사와 신자 등 기독교계 인사들이었다. 고장환·전영택·송관범·이은상·윤석중·박용철·이헌구·윤복진·김영일·송창일 등이 새로운 작가 발굴에 기여했고, 김태영과 김태오의 동요 작법과 주요한·남석종 등의 비평은 독자들의 창작 능력을 키워 주었다. 발표 지면이 없었던 일제강점기에 아동 작가들에게 지면을 제공해 주어 역사적 기록을 남겼다는 것에 의의가 있다. 그러나 선교사들이 하나둘 귀국하면서부터 1941년부터는 기독교 전도지적 특성도 흐려지고 친일적인 면을 노골적으로 드러내 내선일체의 대표적인 월간지로 변모했다는 평가를 받았다.

『**새벗**』은 월간 아동 교양지로 1952년 1월에 창간되어 1968년과 1970년에 각각 휴간하였다가 복간되었다. 대한기독교서회 발행인 『아이생활』을 잇는 기독교계 아동잡지로서 창작발표지의 역할이 컸다. 최석주·강소천 등이 주간을 맡았으며, 집필진으로는 이원수·김영일·김요섭·임인수·박화목 등 월남한 기독교 작가들이 중심이 되어 반공주의와 결합한 특징을 지녔다. 1954년부터 매년 현상문예작품 모집을 했고, 1960년대부터는 신인추천제를 통한 아동문학가의 발굴에 앞섰다.

『가톨릭 소년』은 연길교구에서 발간된 것과 서울대교구에서 발간된 두 종류가 있다. 천주교 연길교구가 발간한 『**가톨릭 소년**』은 『탈시시오연합회보』를 개편하여 만들어졌는데, 1936년 3월에 창간하여 1938년 8월까지 2년 6개월간 총 27호로 발간된 어린이 교양지이며 문예지적 성격을 띤 아동잡지이다. 사장은 용정 천주교회의 주임이자 연길 탈시시오 소년회 연합회 총재인 배광피 신부가 맡았고 연길 교구장 백화동(테오도르 브뤼허) 주교가 총장으로 추대되었다. 여기에는 동화 69편, 소년소설 21편, 아동극 5편, 우화 및 일화 18편, 전설 및 탐험담 8편, 수필 및 작문 14편, 아동문학평론 9편이 수록되었다. 수록 작가로는 방수룡·이규엽·전상옥·박경종·김규은·윤동주·이강세·강영달(필명 목양아)·배용윤(필명 배풍)·조관호·황덕영·강승한·강소천·권오순·김성도·안수길·박영종·노양근·목일신·이구조·한정동·김복진·이상 등이다. 2년 6개월의 짧은 기간이었지만 『가톨릭 소년』에 실린 아동문학 작품들을 통해 일제강점기 만주 지역에서 이루어졌던 우리 아동문학가들의 삶, 더 나아가 어린이·청소년의 삶과 고뇌까지 이해할 수 있고, 1930년대 후반 한국 아동문학사를 받쳐준 하나의 축으로써 중요한 기능을 담당했다고 평가할 수 있다.

서울대교구에서 발간된 『**가톨릭 소년**』(편집 이석현)은 1960년 1월부터 1972년까지 간행되다 1972년 4월호부터 『소년』으로 개제되어 2019년 2월까지 월간지로 발간되다가 이후 계간지로 변경되어 지금까지 발간되고 있다. 어린이를 위한 종합잡지로 출발했지만 문예지적 성격을 많이 계승한 잡지이다. 대표적인 집필 작가로 김요섭·마해송·마종기·박송·박경용·박화목·박홍근·석용원·신현득·어효선·이해인·이선구·이원수·이주훈·이희성·오영민·윤사섭·임인수·최계락·한낙원 등이 있다.

특히 기독교계에서 출판한 잡지들은 아동문학을 주로 한 순수 어린이잡지임을 표방한 대로 아동문학의 신장을 위해 많은 지면을 할애했다. 1960년대 초등학교 교육이 폭발적으로 증가하던 시기에 어린이 교양과 정서 교육에 영향을 미친 잡지로서 큰 의미가 있고, 60년이 넘도록 장기간 발간된 어린이잡지라는 점과 다양한 문예 지면을 통해 한국 아동문학의 발전에 크게 이바지했다는 점에서 한국 문학사에서 중요한 의미를 갖고 있다고 평가된다. **박금숙**

『사랑의 선물』

소파(小波) 방정환(方定煥, 1899~1931)의 『사랑의 선물』(1922)은 어른과 아이가 모두 읽는, 일제강점기 최대의 베스트셀러 가운데 하나이자 당대 아동문학의 창작과 번역, 출판 시장의 방향을 선도한 기념비적 동화집이다. 이 책은 소위 '잡지의 왕국'으로 일컬어진 개벽사가 기획한 첫 번째 단행본으로, 천도교 사상의 내면화를 중심으로 한 계몽적 소년운동과 이에 기초한 '어린이 인식'의 확산을 도모하려는 취지 아래 탄생한 출판물이었다. 『사랑의 선물』은 목차, 방정환 서문, 김기전 서문, 원작의 국가명이 기술된 열 편의 번역물로 구성되었으며, 방정환은 동화작가 선언과 세 번째 수록 동화 「왕자와 제비」를 잡지 『천도교회월보』에 함께 발표한 1921년 2월부터 같은 해 말까지 약 열 달의 시간을 소요하여 원고를 준비했다.

『사랑의 선물』에는 에드몬드 데 아미치스의 「난파선」, 샤를 페로의 「신데렐라」, 오스카 와일드의 「행복한 왕자」, 로라 곤젠바흐의 「아아 이야기」, 게르하르트 하우프트만의 「한네레의 승천」, 그림형제의 「장미공주」와 「최고의 도둑」, 한스 크리스티안 안데르센의 「장미요정」, 작자 미상의 「어린 음악가」와 「마음의 꽃」 등 유럽 중심의 소년소설·전래동화·창작동화·동화극 등 다양한 갈래의 작품들이 망라되었으며, 이 같은 구성은 동화에 대한 갈래 의식이 불투명했던 1920년대 초반 한국의 독자들에게 동화의 상(像)과 전범을 체화하는 계기가 되었다. 한편 제호 앞에 '세계명작동화집'이라는 수사적 문구가 붙었음에도 불구하고 작자 및 국적 미상의 작품, 원작자의 문학관을 대변하기 어려운 예외적 작품, 더하여 '세계명작동화'라는 문학적 위상과는 거리가 먼 작품 등도 동화집에 포함된 것으로 미루어 보면 작자의 명성과 원작의 평판보다는 작품의 내용과 그것이 발화하는 메시지가 선별의 기준이 되었던 것으로 보인다.

수록작은 전부 20세기 초반 메이지시대와 다이쇼시대에 출간된 일본 아동잡지와 일역된 동화집을 번역의 저본으로 했으며, 방정환은 세세한 축자역 대신 곱고 힘 있는 한글체로 번안 또는 이본의 파생에 가까운 창조적 번역을 선보였다. 이 같은 특색은 번역의 미숙함으로 해석되기보다 원작의 완결성에 균열을 내어서라도 역간의 목적과 발화의 메시지를 강력하게 드러내고자 한 역자의 전략적 선택으로 판단된다.

『사랑의 선물』은 1922년 7월 7일 초판이 나온 이래로 1928년 11월 5일까지 11판을 돌파하여 누적 판매 부수가 2만 부에 달한 일제강점기 최대의 인기 서적이었다. 초판 직후 출판사에 속편 문의가 쇄도했으며, 1922년 11월 중순에는 한 익명의 독자가 2집의 조속한 출판을 기원하면서 역자 앞으로 다수의 동화집을 선물하기도 했다. 방정환은 이때부터 10여 편의 작품을 엮은 속편을 계획했다고 하며, 그 결과물이 4년 뒤에 발간된 이정호의 『세계일주동화집』(1926)이었다.

한편 현존하는 『사랑의 선물』 이본 가운데 최고(最古)의 것은 양장으로 제본된 10판이다. 이 이본의 판형은 국반판이며, 표지는 꽃을 한아름 안고 있는 소녀가 파란색으로 인쇄된 그림이다. 초판 발행 무렵의 기사 및 광고에 따르면 『사랑의 선물』의 본래 판형은 어른 손바닥 크기의 4·6판이었으며, 표지는 10판의 경우와 크게 다르지 않았다고 한다. 추측건대 '신본(新本)' '조그만 책' 등의 광고 문구로 소개된 4판에 이르러 판형이 종래의 4·6판에서 국반판으로 바뀌었던 것으로 짐작된다.

방정환이 『사랑의 선물』을 통해 확립한 멜로드라마적 양식과 숭고성의 미학은 그의 창작 작품 외에도 다른 작가들의 작품으로 확산·변형되어 아동문학의 중요한 문법으로 자리매김했다. 더욱이 한국 아동문학 학술사는 이 동화집의 연구를 바탕으로 현재에도 학문적 지평을 꾸준히 확대하고 있다. 수다한 연구의 축적을 통해 일제강점기 최대의 인기 도서였다는 사실이 학적 상식이 된 지 오래지만 이 동화집이 품고 있는 해석의 잠재력과 세월을 견뎌 내는 내구성은 100년의 시간을 초월하여 지금에도 여전히 유효하다. **정선희**

개벽사 출판물

방정환은 재미있는 이야기로 어린이의 지혜를 기르기 위해서 1923년 개벽사에서 잡지 『어린이』 창간호를 12면으로 구성하였다. 이후 지면이 40면에서 70면까지로 늘어 1935년 3월 제122호까지 간행되었다. 1948년 어린이날에 복간되어 1949년 12월에 제137호까지 이어졌다. 『학생』은 제1호(1929.3.1)부터 제18호(1930.11.10)까지 통상 110면 정도이다. 『학생』은 성장한 『어린이』 잡지의 독자층을 위한 자매지로 중등 과정에 진학하여 배우는 학생에 초점을 두고 학생들의 배움과 진로를 위해 기획되었다.

『어린이』는 발간 초기부터 동화, 동요, 동극, 아동소설류의 문학 작품과 과학 지식, 상식, 미담 등의 일반 지식과 관련된 글을 수록했다. 주요 필진으로는 색동회 회원인 방정환·손진태·윤극영·정병기·정순철·진장섭·고한승·조재호와 이정호·차상찬 등이 있다. 방정환은 동화극 「노래주머니」를 시작으로 다양한 필명을 사용해 외국동화를 번역하고 한국동화를 소개했다. 손진태는 역사동화, 고한승은 꽃전설동화, 박달성은 옛이야기를 담당했다. 「깔깔소학교」와 소담(笑談), 재담(才談), 우스운 이야기도 기획되었다. 이정호는 미담과 소설을 담당하고, 차상찬은 일화, 사화, 전기, 시사를 맡았다. 신영철은 「금강산」「공주산성」 등 지리에 대한 글을 실었다. 초기에는 외국 동화를 소개했으나 호를 거듭하면서 창작동화가 대두되고 동요 작품도 늘어났다. 특히 『어린이』를 통해 발굴된 동요 시인의 창작동요가 실리게 되었는데 이원수의 「고향의 봄」, 윤석중의 「오뚝이」, 서덕출의 「봄 편지」를 꼽을 수 있다.

『**학생**』의 필진으로는 김기전·박달성·차상찬·이성환·김진구 등과 일반 교사와 교장도 주기적으로 참여했다. 방정환의 창간사를 시작으로 「교장선생의 학생시대」, 차상찬의 「조선사화」가 있다. 「지상사교실」 「지상남녀대토론」 「학교자랑」 「응급시험준비법」, 각 학교의 「학생소설 릴레이」 등 실제 학교생활에서 벌어지는 일과 소식 등이 많이 소개되었다. 이러한 기획에는 조선인 사회의 유지인 교장과 학교 교육의 실무자인 교사를 『학생』의 동반자로 끌어들이려는 의도가 담겨 있다. '학생문단'에는 승응순의 「그리운 고향」과 「감격」이 실렸다. 김사엽의 「벗이여」 「파문」 「학생가」와 이원수의 「바닷처녀」와 「봄저녁」 「나도 용사」가 수록되었다. 특히 「학생가」와 「나도 용사」에서는 우리 민족을 억압하는 일제의 모순을 부수고 해방으로 나아가고자 하는 마음이 두드러진다. 최병화의 사극 「낙랑공주」와 탐정소설 「혈염봉」도 연재되었고, 현대 사상가를 소개하는 꼭지도 등장했다. 『학생』에는 조선인으로서 자긍심을 키우는 논설과 독물 등이 많이 실렸는데, 매호 김진구·차상찬·최진순 등이 우리 역사에 대한 글을 게재했다. 또한 다양한 학생 꼭지를 두어 학생들 사이에 유행하는 영화, 패션, 대중문화 등 각종 취미를 소개하거나 학교별로 학생들이 꾸미는 공간을 제공하여 학생의 흥미를 반영했고, 원족(소풍) 장소로 만월대, 선죽교, 월미도, 북한산성, 남한산성 등을 소개하기도 했다.

개벽사에서 발행한 9종의 잡지(『개벽』 『부인』 『신여성』 『어린이』 『별건곤』 『학생』 『혜성』 『제일선』 『신경제』) 가운데 방정환이 직접 발행인으로 참여한 것은 『어린이』와 『학생』 그리고 『부인』의 후신인 『신여성』이다. 『학생』은 『어린이』 창간 후 그 독자가 성장함에 따라 자연스럽게 후속 독자를 연결하자는 요청에 의해 출현되었다. 이에 따라 『어린이』에서 『학생』으로 유기적인 연속성이 이어지고 있다. 『학생』 폐간 이후, 종합잡지 『별건곤』에 '학생란'을 신설하고 『신여성』을 부활시켜 『학생』의 뜻을 발전적으로 지속하여 개벽사가 주관해 온 어린이와 학생에게 필요한 정신을 이어 나갔다.

『어린이』 이전에도 아동잡지가 존재했지만, 본격 아동잡지의 등장은 『어린이』를 기점으로 볼 수 있다. 다양한 문학 작품과 상식, 기사, 독물, 동요, 놀이문화 등은 어린이에게 문화예술을 통한 민족운동, 소년운동과 더불어 어린이 해방과 독립을 위한 민족적 역량을 함양하는 데 이바지했다. 『어린이』는 어린이 독자와 일방향이 아닌 쌍방향으로 독자 투고와 담화실을 통해 소통했다. 이를 통해 서덕출·이원수·윤석중과 같은 문인을 배출하고 어린이 독자가 원하는 내용을 잡지에 담을 수 있었다.

『학생』은 『어린이』 독자를 이어받아, 중학생 또는 전문 학생을 독자층으로 삼았다. 실제 학교생활을 배경으로 이루어지는 글과 문예 활동, 역사 이야기를 통해 힘을 길러 민족해방을 위한 실천적 노력을 기울였다. 이를 통해, 학생들의 취미를 독려하고 일제에 대한 저항

의식을 드러내었다. 더불어 학생들의 역사의식을 키워 식민주의 학교 교육의 한계를 극복하고자 노력했다.

김경희

신문관 출판물

육당 최남선이 설립한 출판사 신문관(新文館)은 계몽적 성격의 종합 교양 월간지 『소년』(1908.11~1911.5, 통권 23호)을 비롯하여 어린이잡지 『붉은 저고리』(1913.1~1913.6, 통권 11호), 『아이들 보이』(1913.9~1914.10, 통권 13호), 『새별』(1913.9~1915.1, 통권 16호) 등의 정기 간행물을 발간했다. 근대 잡지의 효시인 **『소년』**은 청년기의 독자들을 대상으로 다양한 신문물의 읽을거리를 제공하고 외국문학 작품을 번역·소개했다. **『붉은 저고리』**는 타블로이드 판형의 반월간지로 보통학교 학동에 해당하는 어린이 독자를 위한 "공부거리와 놀이감의 화수분"을 자처했고, 그 뒤를 이은 **『아이들 보이』**도 아동의 기호나 취향을 고려하여 "아동교육에 대하여 심대한 기대로써 발행"되었다. **『새별』**은 중등학교 학생을 독자로 하여 논설과 행사 후기, 동화와 부록 '읽어리' 등의 체제로 출간되었다.

최남선이 펴낸 『소년』은 창간호 권두언에서 "우리 대한으로 하여금 소년의 나라로 하라"고 밝힌 바와 같이 민족운동과 청년운동을 목적으로 '소년시언(時言)' '이솝의 이야기' '소년한문교실' '소년독본' '소년사전(史傳)' '소년훈(訓)' '소년통신' 등으로 구성되었다. 최초의 신체시(新體詩)로 평가받는 최남선의 「해(海)에게서 소년(少年)

에게」와 이광수의 「어린 희생」, 번안소설 「거인국표류기」 「로빈손 무인절도표류기」 등이 실렸다. 『붉은 저고리』는 춘원 이광수의 오산학교 제자 김여제가 발행자로 「바보 온달이」 「솔거의 꿈」과 같은 역사적 인물과 사건을 다룬 이야기와 「토끼와 개구리」 「여우와 이리」 등 서양 우화를 소개하는 한편 시와 노래, '이름난 이'와 '깨우쳐 드릴 말씀' 난도 마련했다. 『아이들 보이』는 삽화를 곁들인 이야기와 과학 지식, '웃음거리' '아이들 신문' '한글풀이' 등 다양한 읽을거리로 구성되었다. 서구 민담 「일곱 동생」 「수탉의 알」을 비롯하여 동화 「센둥이 검둥이」, 7·5조의 동화요(童話謠) 「남잡이가 저잡이」 등이 실렸다. 이광수가 편집을 담당한 『새별』은 문예 지면에 중점을 두고 이광수의 「물나라의 배판」과 「내 소와 개」, 최남선의 논설 「굽은 다리 곁으로서는」과 순우리말 창가 「게」 「말 듣거라」, 그 밖에 과학 이야기와 위인전 등을 수록했다.

『소년』은 민족주의와 계몽주의가 결합한 신문화운동의 일환으로 출간되었으며, 생애 주기에서 청년기를 분할함으로써 아동기가 새롭게 인식될 수 있는 계기를 마련했다. 발간 당시에 3,000부를 찍을 정도로 큰 인기를 끌었던 『붉은 저고리』는 최초로 어린이를 독자로 설정했으며, 『아이들 보이』는 "조선말로" 지은 독자들의 문장을 현상 공모한 '글 꼬느기'를 통해 신문관이 주도한 근대적 신문장 확립에 기여하고자 했다. 『새별』은 창작문예 면에 중점을 두고 아동문학잡지의 외연을 확대했다.

신문관에서 발행한 어린이책은 한국 근대 아동문학이 형성되는 과정에서 어린이 독자를 확보했다는 점에서 중요한 의의를 지닌다.

어린이를 위한 다양한 읽을거리를 제공하고 창작동화의 기틀을 마련했으며 1920년대에 이르러 아동문학이 본격적으로 성장할 수 있는 토대가 되었다. 김화선

2부 1930년대

유년동화

유년동화는 유년을 독자로 전제하거나 유년의 미적 특질을 바탕으로 한 서사물을 가리킨다. 이때 유년은 영아부터 초등학교 저학년까지 비교적 폭넓은 연령대를 포괄한다. 그러나 대체로 작품에는 취학 전부터 초등학교 저학년 아동이 등장하는 경우가 많다. 주제는 크게 동심과 교훈, 그리움과 동경 등으로 대별된다. 이는 각각 생애 첫 시기, 보호와 통제, 잃어버린 '낙원'이라는 유년의 이미지에서 비롯된 것이다. 큰 활자와 짧은 분량, 의성어와 의태어, 반복 구조 역시 유년동화에서 자주 볼 수 있는 형식적 특징이다. 유년동화와 함께 유치원소설·유치원동화·애기애기·아기소설·애기네소설이라는 명칭도 함께 쓰였다.

한국에서 유년동화는 여러 사회적 요인이 결합된 결과물이다. 첫째, 유치원 학제의 확립이다. 1922년 제2차 조선교육령에서는 보통학교에 유치원을 부설할 수 있음을 명시했다. 또한 1930년대 들어 유치원 숫자가 많아지면서 유년에 대한 관심 역시 커졌다.

둘째, 유년 독자에 대한 인식, 즉 어린이 독자 연령의 분화이다. 이광수와 홍은성, 송완순 등은 유년 아이들이 읽을거리의 필요성을 제시했다. 셋째, '근대'를 상징할 수 있는 신식 아동의 이미지를 대표했다는 점이다. 마지막으로 일제의 검열이 심해지면서 유년문학은 비교적 자유로운 창작이 가능한 장(場)이 되었다.

이 시기 주목할 만한 유년동화 작가로는 이태준과 현덕이 있다. 이태준은 『어린이』에 고난을 겪는 인물들이 등장하는 소년소설을 많이 썼다. 그러나 1930년 이후에는 엄마와 아이의 단란한 일상을 담은 유년동화를 창작하기 시작한다. 특히 유년 아동의 중요한 특징, 엄마와의 애착 관계를 그려 냈다. 현덕의 유년동화는 연작으로 『소년조선일보』에 실렸다. 일명 '노마 연작' 동화에는 주인공 노마와 친구들이 등장하는데 이들의 심리를 예리하게 포착해 내면서 그들만의 놀이 세계를 생생하게 구현한다. '낙천성'이라는 유년의 기질을 찾아낸 것 역시 현덕 유년동화의 탁월한 점이다. 유년 아동의 특징을 미학적 특질로 발전시켰다는 면에서 이태준과 현덕의 작품들은 유년동화의 전범(典範)이라 할 수 있다.

이 밖에 김동길과 임원호, 정우해 등도 유년동화에서 주목할 만한 성과를 남겼다. 김동길은 『아이생활』의 유년 꼭지를 담당하면서 많은 유년동화를 창작했다. 이때 이국적 감각으로 유년 아동의 공상성과 천진함을 강조했다. 임원호는 『조선일보』와 『동아일보』에 유년동화를 수록했으며 김동길의 뒤를 이어 『아이생활』의 유년 꼭지를 맡은 삽화가 임홍은과 짝을 이루어 발표한 작품도 다수 있다. 정우해(이명 정순철, 동요 작곡가 정순철과 동명이인)는 『동아일보』에 유년동화를 발표했는데 대체로 유년 아동 특유의 천진난만함과 더불어 교훈을 전달한다. 이영철·윤복진·노양근·이구조 등도 유년동화 창작에 관심을 기울였던 작가들이다.

유년동화는 '첫 읽기책'(창비), '꼬마책마을'(웅진주니어), 사계절 웃는 코끼리(사계절)와 같이 유년 독자를 대상으로 한 시리즈로 이어지고 있다. 이러한 시리즈들은 어린이가 본격적으로 문학을 접하는 첫 단계로 그 역할이 규정된다. 국내외 창작동화, 판타지, 생활동화, 동물 동화 등 장르와 소재도 다양하다. 근대 유년동화가 유년 아동의 미적 특질에 주목했다면 현재 유년동화는 유년 독자의 즐겁고 유익한 독서에 초점을 맞추고 있다. 앞으로 유년동화의 두 핵심 요소, '유년 독자'와 '유년의 미적 특질'이 균형을 이루는 창작이 기대된다.

이미정

추리탐정문학

추리탐정문학은 주로 아동소설, 탐정소설, 모험소설과 친연성을 가지며 이들 장르를 넘나들면서 혼합된 문학이다. 이처럼 추리탐정문학의 개념과 경계는 유동적이고 역동적이다.

성인문학에서 추리탐정문학은 대중문학의 주변적인 한 갈래로 이해되지만, 아동문학에서 추리탐정문학은 상당히 주류적이고 중요한 문학의 한 갈래다. 특히 추리탐정문학에서 모험의 요소가 두드러지게 나타나는 것은 아동문학의 발생 및 역사적 전개에 따른 고유한 특질로 이해할 수 있다. 아동을 초점화해서 사건을 종합하고 추론하는 탐정의 역할을 맡길 경우 어린 내레이터는 경험의 부족으로 완전한 신빙성을 지니기 어렵다. 이러한 서사적 한계를 보완하기 위해 추리탐정문학에서는 성인 조력자가 모험을 함께 하면서 사건 해결을 돕는 경우가 많다.

서구의 추리탐정문학은 자본주의 발달에 따른 도시화와 과학에 기초한 근대 이성의 발달 그리고 제국주의의 번성이라는 역사적 맥락에서 형성되었다. 반면에 한국의 추리탐정문학은 일본의 식민지배와 전시동원 정책이 가속화된 1920년대에 발생하여, 1930년대부터 활발하게 창작되었으며 상당한 정치적 검열의 대상이었다. 방정환의 『동생을 차즈려』(1925), 『칠칠단의 비밀』(1926~27), 『소년 삼태성』(1929), 마해송 외 『오인동무』(1927) 등은 한국의 창작 추리탐정문학을 정초한 대표 작품들로 평가할 수 있다.

1920년대 추리탐정문학을 정초한 방정환의 독보적인 성과는 1930년대를 전후로 하여 박태원·채만식·김내성·김영수 등의 작가를 중심으로 이어지면서 추리탐정문학의 계보가 형성된다. 1930년대 추리탐정문학은 기본적으로 제국 식민체제의 가속화 아래 번성한 것이 사실이나, 다른 한편으로는 고유한 문학적 전통과 식민지 배경의 간극으로 인해 간단히 체제 안으로 순치되지 않는 복잡한 변용 양상을 보인다. 식민지 조선 소년에 대한 '신체의 식민지적 동원'에 대한 비판적 인식을 형상화한 박태원의 「특진생」(1935)과 『소년탐정단』(1938), 전시체제의 가속화 속에 불안해진 제국의 위상을 강박적이고 그로테스크한 남성성으로 드러낸 김내성의 『백가면』(1937~38), 식민지 지배 질서 제도의 바깥에 존재하는 군상들의 귀환을 낭만적으로 드러낸 김영수의 『네거리의 순이』(1939~40) 등의 작품이 구체적인 사례가 될 것이다. 1950년대에는 외국의 추리탐정소설이 대중화되었고, 1960년대 추리탐정문학에서는 살인, 추격, 탈주 등의 모티프와 과학적 추리가 강조된다. 최요안의 『무지개 꽃』(1964~66), 장수철의 『비밀극장을 뒤져라』(1967), 유보상의 『공포의 흰 손수건』(1968~69) 등이 대표작이다.

최근의 추리탐정문학에 대한 평가는 한국 추리탐정소설이 지닌 고유한 가능성을 따져 보거나 혹은 문화적 차이를 받아들이면서 고유한 문학적 특질을 탐구하고자 하는 시도로 나아가고 있다. 한국 추리탐정소설은 감성적이고 행동적인 탐정의 성격과 그리고 모험의 플롯이 강조되는 특징이 있다.

오현숙

어린이방송

어린이방송은 어린이 수용자를 위해 제작된 방송을 가리킨다. 한반도 최초의 어린이 방송은 라디오 매체를 통해 방송된 경성방송국(JODK)의 『어린이시간』이다. 이때 주로 방송된 내용은 동화, 동요였으며 점차 동화극, 음악회, 자연·사회과학을 담은 지식 프로그램 등이 방송되었다. 이후에는 어린이 청취자가 방송에 참여하는 동요 경진 프로그램, 퀴즈 프로그램 등이 인기를 얻기 시작했다. 텔레비전 매체가 출현함에 따라 위의 프로그램을 계승하는 한편 율동, 창작 활동, 어린이 TV 드라마 등 시각 매체의 특성을 반영한 프로그램들도 방송·제작되기 시작했다. 현재는 인터넷과 디지털 매체를 활용하여 방송국만이 아닌 다양한 개인·집단에 의해 어린이 방송 콘텐츠가 제작되고 있다.

어린이방송의 역사는 경성방송국의 개국과 함께 시작한다. 경성방송국은 1926년 예비 방송을 개시하고 1927년 2월 16일부터 본방송을 시작했는데, 『어린이시간』은 18시부터 30분간 방송되었다. 주로 동화, 동요가 방송되었으며, 청각 매체인 라디오의 특성을 반영한 아동문예 프로그램으로 라디오동극과 노래극 등도 편성되었다. 다수 출연한 인물로 동화에는 방정환·이정호·이원규·송영 등, 동요로는 윤석중·고한승·가나다회·녹성동요연구회·꾀꼬리회 등이 있으며, 라디오동극 필진으로는 박태원·박의섭·안동민 등이 있다. 해방 이후 『어린이시간』은 한동안 중단되었다가 1945년 10월부터 방송을 재개한다. 열악한 환경 속에서도 동요, 노래 공부, 음악회, 동화, 동극 등 다양한 프로그램을 마련했고, 기존 옛 동요를 비롯해 새로운 창작 동요들이 소개되기도 했다. 이후 어린이를 위한 교양·상식 프로그램이 점차 마련되었으나 여전히 강세는 동요였으며 특히 이는 1947년 어린이 노래회가 조직되면서 더욱 활성화된다.

1950~60년대에 접어들면서는 양대 라디오방송국이었던 KBS와 CBS의 어린이방송이 재편되기 시작했는데 창작보다는 각색을, 극화보다는 낭독이 우위를 차지하게 되었다는 점이 특징이다. 하지만 이는 청각성과 소통지향성에 힘입어 어린이 청취자에게 많은 관심을 얻었던 라디오방송만의 매력을 반감시켰고, 반면 공개방송 등을 통해 어린이 청취자가 직접 참여할 수 있는 형태의 프로그램인 KBS의 「무엇일까요」 「누가누가 잘하나」, CBS의 「노래잔치」 등의 퀴즈쇼, 동요 경진 프로그램이 큰 사랑을 받았다. 특히 「누가누가 잘하나」는 선풍적인 인기를 구가하여 이후 『어린이시간』으로부터 나와 독립 프로그램으로 승격되기도 했다.

텔레비전 매체가 대중화되면서 시각 매체의 특성을 반영한 프로그램으로 율동, 창작 활동, TV 드라마 등이 방영되기 시작한다. 그 가운데 라디오방송 시절에도 큰 인기를 얻었던 동요 경진 프로그램은 텔레비전의 시대에도 계속되었다. KBS는 라디오방송 「누가누가 잘하나」를 TV 프로그램으로 계승하여 방송하였고, 이후 MBC의

「MBC 창작동요제」(1983~2010)를 필두로 KBS의 「KBS 창작동요대회」(1989~), EBS의 「고운노래 발표회」(1998~2010) 등 여러 창작동요제가 제작되었다.

한편, '유치원'을 표방하는 어린이 텔레비전 방송이 다수 제작되기도 했다. 대표적인 프로그램으로 KBS의 「TV유치원 하나둘셋」(1982~, 현 「TV유치원」), MBC의 「뽀뽀뽀」(1981~, 현 「뽀뽀뽀 좋아좋아」), EBS의 「딩동댕 유치원」(1982~2018, 2020~) 등이 있다. 이는 어린이 텔레비전 방송이 단순 오락성뿐만 아니라, 어린이의 교육 및 사회화 등 방송의 사회적 영향력에 따른 공익성을 표방하기도 했음을 시사한다.

이렇듯 어린이방송은 활자매체 이외의 통로로 어린이로 하여금 문예 활동, 교양 습득, 사회화, 오락 등의 역할을 수행하기 위해 노력했다. 특히 어린이는 새로운 매체·기술의 출현에 가장 민감하게 감응하는 집단에 속하므로 향후 대중매체와 뉴미디어를 통해 생산되는 방송 콘텐츠에도 지속적인 관심이 요구된다. 현재는 인터넷과 디지털 매체를 활용하여 방송국만이 아닌 다양한 개인·집단에 의해 어린이 방송 콘텐츠가 제작되고 있으며, 심지어 몇몇 어린이는 소비자를 넘어 생산자(크리에이터)로 활동하기도 한다. **강수환**

어린이신문

어린이신문은 어린이를 대상으로 하여 펴내는 신문을 말한다. 어린이가 재미있게 읽고 흥미를 느낄 만한 내용을 다루거나 어린이의 정서와 성장 발달을 위한 목적으로 발행한다. 어린이신문은 대체적으로 타블로이드판으로 간행되며, 발행 형태에 따라서는 독립 간행물로 발행된 신문, 부록으로 발행된 신문이 있다. 발행 주기에 따라 월간·반월간·주간·일간으로 구분되며, 주요 주제에 따라서 독서신문·경제신문·과학신문 등의 제호로 발행되기도 한다. 어린이신문은 어린이를 주 독자로 상정하는 만큼 소재, 소식, 문예물 등 각종 기사가 어린이의 눈높이로 서술되며, 독자 참여 꼭지가 활발한 것도 하나의 특징이다.

어린이신문으로서 첫 선을 보인 것은 1913년 1월 1일 창간호를 낸 반월간 『붉은 저고리』(~1913.6.1, 총 12호)이다. 편집주간은 최남선이었으며, '아이들이 반드시 보아야 할 신문'이라고 언급한 창간사를 통해 이 시기 신문 발행에 대한 의식이 전제되어 있었음을 볼 수 있다. 『붉은 저고리』에는 이야기(우화, 역사적 인물 소개, 훈화), 지식 상식, 만화, 7·5조 시가 등이 실려 잡지적 성격이 다분했다. 『붉은 저고리』가 종간된 이후에는 어린이 문예지 내의 소신문 형식으로 잔존하여, 「아이들신문」(『아이들 보이』 5호부터 연재), 「소년신문」(『신소년』 창간부터 연재), 「땡땡신문」(1925.9 창간) 기획 등이 대표적으로 선보였다. 이 가운데 『어린이』는 1925년 11월호부터 부록 격으로 어린이신문인 『어린이 세상』(~1931.9, 총 46호)을 내기 시작하여 매월 잡지와 함께 어린이에게 제공했다. 『어린이세상』은 처음으로 어린이 편집위원이 참여하여 제작게 하는 등 신선한 기획력을 선보이기도 했다.

일제강점기 동안 안정적인 발행 및 최다 발행의 성과를 보여 준 어린이신문은 1937년 조선일보사에서 간행한 『소년조선일보』라고 하겠다. 1936년 1월 13일자 『조선일보』의 부록 형태로 출발하여 1937년 1월 10일에 독립 신문으로 창간했으며, 1940년 8월 10일자로 『조선일보』가 폐간될 때까지 주간으로 간행되었다. 현덕·이영철·최병화 등 다수 아동문학가의 작품 발표 무대가 된 긍정적 측면이 있으나, 일제의 전시체제 영향이 어린이신문의 전면 기사에 고스란히 반영되는 부정적 측면도 일부 나타났다.

해방이 되자 그해 12월 1일자로 『어린이신문』이 창간되었다. 이는 해방 후 출현한 첫 번째 어린이신문이자 대표적인 어린이 미디어였다. 편집주간은 윤석중이었으며, 일본의 검열 없이 순 우리말과 우리글로 지면을 가득 채워 만든 창간호 1면에는 나라를 되찾은 어린이의 희망을 담은 동요 「새 나라의 어린이」(윤석중 동요, 박태준 곡)를 비롯하여 김용환의 만화 「복남이의 모험」이 연재물로 실리기 시작했다. 특히 만화 주인공 '복남이'가 타고 떠나는 배 '독립호'는 드디어 당당하게 독립된 나라의 위상을 상징적으로 표출했다.

가히, 어린이신문 발행이 전 사회적으로 확산·정착된 시기는

1960년대라고 할 만하다. 일간 신문사는 자매지로 어린이신문을 앞다투어 발행하기 시작하여, 가장 먼저는 『소년한국일보』가 1960년 7월 17일 창간을 한 데 이어, 1965년 2월 21일 『소년조선일보』와 1965년 4월 1일 『소년동아일보』 발행(1964년 7월 15일 주간지 창간 이후 변경)으로 이어졌다. 일간 어린이신문 시대의 개막이라고 해도 과언이 아니었다.

한편 1990년대 후반 일간 신문사에서 발행되는 어린이신문의 상업성을 극복하고, 어린이의 삶을 가꾸기 위한 문화 기획 신문이 창간되기 시작했다. 그 대표적 신문은 김찬곤이 발행한 어린이신문 『굴렁쇠』이다. 1998년 5월 5일 어린이날에 창간되어 2006년 3월 22일에 폐간호(총 357호)를 내기까지 약 9년간 어린이의 삶과 글쓰기를 담아낸 신문으로 의의가 있다. 2000년대 초부터는 어린이를 위한 영역별 기획 신문이 선을 보이기 시작했는데, 2001년 5월 '독서문화신문'을 표방한 『톡톡탁탁』(~2002.7, 웅진닷컴 발행)은 월간으로 어린이의 글쓰기, 교육, 문화를 담아내며 15호까지 발행되었다. 그 외에도 1998년 12월 18일 주간 『어린이경제신문』(이코노아이 발행), 2022년 2월 21일 『주니어생글생글』(한국경제신문사 발행) 등 경제 분야를 특화한 어린이신문이 창간되고, 2020년 1월 11일 어린이의 상식과 학습을 위주로 하는 『우다다뉴스』와 같은 스타일의 어린이신문도 창간되었다.

성인층을 대상하는 일반 신문과 달리, 어린이신문은 그 독자가 어린이라는 데에 근본적인 바탕을 두고 있다. 어린이가 그 주 독자인 점으로 인해, 어린이신문은 지면의 읽을거리와 각종 기획에 이르기까지 세심한 검토가 필요하다. '어린이신문'의 역할은 어린이가 그들만의 세계 속에서 경험을 넓히고 현실을 깊이 인식하고 자신의 꿈을 잘 키워 나갈 수 있도록 함에 중요한 하나의 목표가 있다. 이주훈은 "지면 전체가 모두 상호 연관을 가지면서 독자들의 꿈을 키워 주고, 정서를 순화시키며, 학습의 반려가 될 수 있는 흥미로운 배움의 광장"이라고 평가하기도 했다.

1913년부터 시작된 어린이용 신문의 발행은 어린이를 근대 주체로 반영한 역사적 결과라는 점에서 의의가 적지 않다. 1910~20년대 근대 어린이신문을 통한 새로운 문화의 수용부터 1960년대부터 일간 어린이신문 시대를 거쳐, 1990년대 이후 어린이신문의 상업성 극복을 위한 다양한 기획 신문 창간까지, 우리나라 어린이신문의 역사는 곧 어린이 시민의 사회화 운동이 적극적으로 구현되어 가는 과정이었다는 평가를 할 수 있다. **장정희**

송완순

송완순(宋完淳, 1911~1953)은 동요·동시인, 아동문학비평가로, 필명은 구봉학인(九峰學人), 구봉산인(九峰山人, 九峰散人), 송구봉(宋九峰), 송소민(宋素民), 소민학인(素民學人), 한밭(한밧), 송타린(宋駝麟), 백랑(伯郞), 호랑이, 호인(虎人, 宋虎人), 송호(宋虎), 송강(宋江) 등이다. 충청남도 대전군 진잠면(현 대전광역시 유성구 진잠동)의 소지주 집안에서 태어나 조실부모하고 형의 보호 아래 성장했다. 진잠공립보통학교 5년 수료 후 휘문고등보통학교에 진학했으나 병으로 인해 휴학했다가 1928년 4월 자퇴했다.

송완순은 1926년 대구 윤복진이 주도해 창립한 소년문예단체 '등대사'의 동인으로 참여하는 한편, 대전에서 '소년주일회' 활동을 했고, 1928년 '대전청년동맹'을 창립하기도 하는 등 문예 활동과 사회운동을 했다. 1929년 2월경부터 신명균을 도와 『신소년』 편집에 참여했다. 카프(KAPF)에 참여했으나 1930년 4월 20일 카프를 중상했다는 이유로 제명되었다. 1931년 『대중예술』을 발간하기 위해 준비했고, 1932년 건전 프로 아동문학의 건설 보급과 근로소년작가의 지도양성을 임무로 『소년문학』을 발행하는 데 동참했다. 1946년 조선문학가동맹 아동문학부 위원이었으나 개량주의적 행보에 반발하여 조직한 조선프롤레타리아문학동맹의 아동문학부 위원으로 활동했다. 1949년 11월경 정지용, 정인택, 양미림, 박노아 등과 함께 국민보도연맹에 가맹했지만 그 후 월북했다.

1925년 『신소년』에 동요 「상식」 「우후조경(雨後朝景)」 「합시다」 등이 선외가작으로 입선되면서 작품 활동을 시작했는데 이것들은 작품으로 남아 있지 않아, 이듬해 발표된 동요 「눈」(『신소년』 1926.2)을 등단작으로 쳐야 할 것이다. 이후 『신소년』 『별나라』 『조선일보』 『동아일보』 『중외일보』에 다수의 동요 작품을 발표했다. 아동문학사에 끼친 송완순의 업적은 동요 작품 외에 비평에서도 찾아야 한다. 대표적인 것으로 「공상적 이론의 극복—홍은성 씨에게 여(與)함」(『중외일보』 1928.1.29~2.1), 「비판자를 비판—자기 변해와 신 군 동요관 평」(총 21회, 『조선일보』 1930.2.19~3.19), 「개인으로 개인에게—군이야말로 '공정한 비판'을」(총 8회, 『중외일보』, 1930.4.12~20), 「동시말살론」, 「동요의 자연생장성 급 목적의식성 재론」(총 4회, 『중외일보』 1930.6.29~7.2), 「'푸로레' 동요론」(총 14회, 『조선일보』 1930.7.5~22), 「아동문학·기타」(『비판』 1939.9), 「조선 아동문학 시론—특히 아동의 단순성 문제를 중심으로」(『신세대』 1946.5), 「아동문학의 천사주의—과거의 사적(史的) 일면에 관한 비망초」(『아동문화』 1948.11) 등이 있다. 아동문학 매체 비평, 동요·동시 논쟁 그리고 계급주의 아동문학의 개념과 방향 등 당대의 주요한 논점을 두고 홍은성·신고송·이병기·양우정·김태오 등과 주도적으로 논쟁했다.

일제강점기와 해방기 아동문학은 대립과 길항을 통해 발전해 왔다고 할 수 있다. 한쪽은 동심을 내세워 아동이 처한 시대적 현실과 삶을 외면하고 형식적인 기교에 치중했다면, 다른 한쪽은 지나치게 이념과 현실을 강조했다. 송완순은 「아동문학·기타」 「조선 아동문학 시론—특히 아동의 단순성 문제를 중심으로」 「아동문학의 천사주의—과거의 사적(史的) 일면에 관한 비망초」 등의 비평을 통해 이러한 점을 날카롭게 적발했다. 방정환의 아동문학은 현실을 외면하지는 않았으나 센티멘털한 민족주의로 규정했고, 윤석중은 현실을 무시한 낙천주의라며 둘을 싸잡아 천사주의자, 순수아동주의자라고 비판했다. 반면 계급주의 아동문학은 식민지 현실 인식을 강조했으나 아동이 아니라 '수염 난 총각'을 내포독자로 하는 과오를 저질렀다고 보았다. 이는 한국 아동문학의 사적 전개 과정에서 볼 때 핵심을 짚은 비평으로 평가된다.

류덕제

윤석중

윤석중(尹石重, 1911~2003)은 동요·동시인으로, 필명은 석동(石童), 석동생(石童生), 돌중, 꽃동산, 윤석중(尹碩重)이다. 서울에서 태어나 교동공립보통학교를 졸업하고 양정고등보통학교를 다니다 광주학생사건의 여파로 졸업 직전 중퇴했다. 10년 뒤인 1939년 백석, 방종현 등의 주선으로 『조선일보』 계초 장학금을 받아 일본 도쿄 조치대학 신문학과에서 3년간 수학했다.

두 살 때 어머니를 여의고 외조모 손에 자란 그는 10대 초반부터 꽃밭사(1923), 기쁨사(1924) 등의 모임을 만들어 등사판 잡지 『꽃밭』 『기쁨』, 회람잡지 『굴렁쇠』 등을 내며 소년문예운동에 적극 참여했다. 아버지 윤덕병은 1925년 조선공산당 결성에 관여하다 투옥되어 1929년까지 형을 살았다. 1933년 개벽사에 입사, 『어린이』 편집을 했고, 『어린이』 폐간 이후 『조선중앙일보』에 입사하여 가정란과 『소년중앙』 『중앙』을 맡아보다 1936년 일장기 말소 사건으로 『조선중앙일보』가 폐간되자 조선일보사로 자리를 옮겨 『소년』 『유년』 『소년조선일보』의 편집을 맡았다. 해방 후 고려문화사에서 『어린이신문』을 창간했고, 같은 해 을유문화사로 자리를 옮긴 뒤 조선아동문화협회를 창설하여 『주간소학생』 『소학생』 등을 주관했다. 1947년 노래동무회를 창립하여 동요 창작과 노래 보급에 힘썼다. 한국전쟁 중 충남 서산에 거주하던 아버지와 계모가 좌익 협의로 우익에게 살해당하는 불행을 겪었다. 1951년부터 육군본부 심리작전과 문관(기감)으로 3년간 근무했으며, 1952년 '윤석중 아동연구소'를 설립하여 전쟁을 겪은 어린이들의 수기를 모아 책으로 펴냈다. 1955년 조선일보사에서 다시 입사하여 1969년 9월까지 15년 동안 편집고문으로 활동했다. 1956년 새싹회를 창립하여, 소파상, 장한 어머니상, 새싹문학상 등을 제정하는 한편 1977년 『새싹문학』을 창간, 주간을 맡았다. 한국문인협회 아동문학 분과위원장(1967), 초대 방송위원회 위원장(1981~84), 대한민국예술원 원로회원(1986~작고), 마해송문학비 건립위원회 위원장(1997) 등을 역임했다. 2003년 노환으로 별세, 대전 국립현충원 국가유공자 묘역에 안장되었고, 정부에서는 금관문화훈장을 추서했다.

윤석중은 1924년 동요 「봄」이 『신소년』에 입선된 것을 시작으로, 1925년 동극 「올빼미의 눈」(제1회 『동아일보』 신춘문예 선외가작), 동요 「오뚜기」(『어린이』 입선)를 발표하며 창작 활동을 시작했다. 1926년 조선물산장려회가 모집한 '조선물산장려가'에 1등으로 뽑히며 '천재 소년시인'으로 이름을 알리기 시작했다. 1932년 창작동요집 『윤석중동요집』(신구서림) 출간을 통해 동요시인으로서 본격적인 출발을 한 후, 1933년 두 번째 작품집 『잃어버린 댕기』(계수나무회)로 동시인으로서 입지를 확고히 했다. 이후 작고할 때까지 『어깨동무』(1940), 『초생달』(1946), 『어린이를 위한 윤석중 시집』(1960), 『엄마손』(1960), 『바람과 연』(1966), 『꽃길』(1968)등 13권의 창작동요(동시)집과 동요(동시)선집(동요곡집 포함) 18권, 우화시집 2권, 번역시집 2권, 동화집 5권 등 다수의 작품집을 출간했다. 1920년대 창작동요의 흐름 속에서 작품 활동을 시작했으나 애상적인 내용과 7·5조 정형률을 벗어나 발랄하고 새로운 형식의 동시를 선보임으로써, 분단 이후까지 후배 동시인들에게 깊은 영향을 끼쳤다. 그의 동요, 동시는 대부분 곡이 붙여져 '가창'의 형태로 널리 불림으로써 대중에게도 친숙한 시인이 되었다.

윤석중은 평생을 동요·동시 창작에 매진하며 아동문학잡지 편집자로서 유수한 시인들을 배출하는 등 한국 아동문학사에 선구적 발자취를 남겼다고 평가되지만, 한편으로 삶의 진정성과 현실의 엄정함을 외면하고 표피적인 언어 재간에만 치중한 시인이라는 비판을 받기도 했다. 그러나 그는 우리 아동문학이 간과했거나 간과하고 있는 어린이상을 발견하고 그것을 작품 속에 끊임없이 구현하고자 한 시인으로 평가할 수 있다. 그의 문학에 드러나는 명랑한 아동상은 식민지 아동 현실을 다만 감상성으로 치장하려던 관습과 아동을 실체로 파악하지 않고 개념으로만 인식하려던 풍토에 대한 문제 제기의 성격을 띠며, 그의 작품에 드러나는 유년 지향적 요소는 사회적 여건상 유년기 아동의 문학적 욕구를 충분히 수용하지 못한 우리 문학 실정에서 각별한 의미를 지닌다.

김제곤

이원수

이원수(李元壽, 1911~1981)는 동요 「고향의 봄」으로 널리 알려진 동시인·동화작가·평론가로, 필명은 이원수, 동원(冬原), 이동원, 이동수(冬樹), 정민 등이다. 1911년 11월 17일 경상남도 양산에서 태어나 생후 10개월 만에 창원 소답리로 이사하여 9세까지 살았으며, 1922년 마산 오동동으로 이사하여 이듬해 마산공립보통학교(현 마산성호초등학교)에 편입학했다(1928년 졸업). 이때부터 잡지 『어린이』를 애독했으며, 마산 신화소년회 창립위원으로 활동했다.

이원수는 윤석중과 함께 '기쁨사' 동인이 되어 소년문예운동에 참여하며 여러 매체에 작품을 발표했다. 1931년 마산공립상업학교(현 용마고등학교)를 졸업한 후 함안금융조합에 취직했으며, 1935년에는 반일문학그룹인 '독서회 사건'으로 1년간 감옥 생활을 했다. 1936년 출감한 후 「오빠 생각」을 쓴 아동문학가 최순애와 결혼했다. 1937년 함안금융조합 가야지소에 복직했으며, 1942~43년에는 조선금융연합회 기관지인 『반도의 빛』에 「지원병을 보내며」를 비롯하여 5편의 친일 글을 발표했다. 해방 후 상경하여 박문출판사에서 편집일을 하면서 본격 문학 활동을 했으며, 해방기 조선문학가동맹에 가입했다. 한국전쟁 중에 슬하의 여섯 남매 중 막내 두 아이를 잃어버렸다.

1952년에 피난지 대구에서 『소년세계』 창간에 참여하여 편집주간을 맡았다. 1954년 한국아동문학회 창립으로 부회장을 역임했으며, 1968년 전국에서 처음으로 마산 산호공원에 「고향의 봄」 노래비가 섰다. 1971년 한국아동문학가협회를 창립하고 초대 회장을 역임했으며 1973년에 한국문학상을, 1974년에 대한민국 문화예술상을 수상했다. 1981년 1월 24일 구강암으로 작고했으며, 1984년 정부에서 금관문화훈장을 추서했다.

1926년 『어린이』 4월호에 실린 이원수의 동요 「고향의 봄」은 1929년 홍난파가 펴낸 『조선동요백곡집』에 실리고, 이후 음반이 발매되면서 식민 치하의 전 국민이 부르는 애창곡이 되었다. 마산공립상업학교에 다니던 1930년을 전후하여 학생잡지 『학생』에 「꽃씨 뿌립시다」 「나도 용사」와 같은 시를 발표했으며, 「일본 가는 소년」 「화부인 아버지」 등의 동시를 발표하며 현실주의 경향을 드러냈다. 1947년에 첫 동시집 『종달새』(새동무사)를 발간했다. 해방 후부터 산문문학을 시작하여, 장편판타지 『숲속 나라』와 자전적 소년소설 『오월의 노래』 등을 발표했다. 1954년 『학원』에 동화 「꼬마 옥이」를 발표했으며, 1956년 어린이 월간지 『어린이세계』 주간을 맡았다. 1960년 4·19혁명이 일어난 후 「벚꽃과 돌멩이」, 『민들레의 노래』 등 혁명을 소재로 한 동화·동시·소년소설을 발표했으며, 1970년 전태일 분신을 그린 동화 「불새의 춤」을 발표하는 등 현실주의 문학 활동을 이어갔다. 작고하기 전 마지막으로 창작한 「겨울 물오리」(1980.12.13)까지 그가 남긴 작품은 동시·동화·소년소설·아동극·평론·수필·시까지 1,000편이 넘는다. 1983년 웅진출판사에서 『이원수 아동문학전집』

30권을 출간했으며, 2003년에는 「고향의 봄」 배경지인 경상남도 창원시에서 이원수문학관을 개관했다.

이원수는 가난한 문학인으로 평생을 살면서 서민 아동의 삶을 동시·동화·소년소설로 형상화했으며, 당시 아동문학평론의 불모지였던 우리 땅에 평론으로 한국 아동문학의 길을 열었다. 그래서 한국 아동문학의 거목 혹은 산맥으로 불렸다. 일제강점기 말기에 발표한 친일 글이 2002년에 발굴되면서 문학에 대한 그의 진정성을 의심받기에 이르지만, 분단시대 리얼리즘 아동문학의 길을 열었다는 평가를 받는다. 해방 이후 치열하게 작가정신을 일관하며 자유와 민주, 노동, 그리고 서민 아동의 삶을 이야기한 현실주의 아동문학의 성과를 평가하고, 특히 1970년대 아동문단의 재편 시기에 민족문학으로서의 아동문학이라는 새로운 물줄기를 만들어 낸 업적을 평가하는 것이다. 한국 아동문학인들의 독립적인 전국 단체로서 창립된 한국아동문학가협회는 아동문학인들의 활동력을 높이는 데 기여하였으며 현재에도 역사를 이어 가고 있다. **박종순**

이주홍

이주홍(李周洪, 1906~1987)은 동요·동시인·아동소설가·소설가이며, 호는 향파(香波, 向破), 필명은 주홍, 여인초(旅人草), 방화산(芳華山), 망월암(望月庵)이다. 경상남도 합천군 영창리에서 2남 3녀 중 장남으로 태어나 1918년 합천보통학교를 졸업하고 서당에서 한문을 수학했다. 가난한 살림에 상경하여 고학을 했고 1924년에는 일본으로 건너가 토목, 식료, 제과, 철물 등의 분야에서 노동을 하며 독학으로 공부했다. 광복 전후로 서울 배재중학 교사로 근무했고, 1947년 부산 동래중·고등학교 교사로 근무했다. 1949년 부산수산대학교(현 부경대학교) 전임 강사로 부임했고, 1955년 국어국문학과 조교수로 임용되었다. 1972년 정년퇴직을 했고 같은 대학 명예교수를 지냈다.

이주홍은 1928년 『신소년』에 동화 「배암새끼의 무도」가 실리면서 문단에 데뷔했다. 1929년 단편소설 「가난한 사랑」이 『조선일보』 신춘문예에 입선되었고, 1929년 「결혼 전날」이 『여성지우(女性之友)』에 당선되었다. 이후 『신소년』의 편집을 맡고 『신소년』 『별나라』 『우리들』 『음악과 시』 등에 동요·동화·동극·소년소설 등을 발표하면서 아동문학가로 활동했다. 1945년 광복 직후 조선프롤레타리아문학동맹 중앙집행위원, 아동문학부 위원을 맡았고, 1946년에는 조선문학가동맹의 아동문학위원회 위원으로 참여했다. 1958년 부산아동문학회를 창립하면서 부산 아동문학운동을 이끌었다. 1966년 월간 문예지 『문학시대』를 창간하여 주간으로 활동했다. 1958년 소설 「영웅」으로 제1회 부산시문학상을, 1962년 동화집 『외로운 짬보』로 경상남도 문화상을 수상했다. 소설 창작의 공로로 1979년 대한민국 예술원상, 불교 설화로 1983년 제1회 불교 아동문학상, 동화집 『사랑하는 악마』로 1984년 대한민국문학상 아동문학부문 본상을 수상했다. 1981년 제자들이 이주홍 아동문학상을 제정하여 매년 시상하고 있으며, 사후 1주기가 지난 1988년 부산 동래 금강공원에 이주홍 문학비가 건립되었다.

이주홍은 1920년대 후반부터 1980년대에 이르기까지 60여 년간 왕성하게 활동한 아동문학가로 동화·아동소설·동시·동극은 물론, 소설·수필·시나리오·희곡·번역 등에 이르기까지 폭넓게 문학 활동을 했다. 그는 일제강점기 식민지 현실 문제, 민족해방 및 계급해방 등을 적극적으로 다루었고 카프문학을 수용하면서도 지나친 목적성과 도식성을 배제하여 당대 전형적인 현실주의 동화를 그려 냈다. 그 결과 1930년대 카프 작가 중 아동들의 삶을 가장 현실적으로 그려 낸 작가로 평가받는다. 이후에도 혼란한 해방 공간, 한국전쟁의 참상 및 전후 암울한 현실, 산업사회의 구조적 모순 등을 작품에 형상화하여 아동들이 시대 현실을 총체적으로 인식할 수 있게 했다. 이주홍은 아동문학 작품이 관념적이거나 계몽적이면 아동들이 외면할 수밖에 없다고 비판했다. 실제 그의 작품을 보면 해학·기지·풍자·환상 등을 적극적으로 활용하여 현실 인식을 재미있는 문학적 형식으로 형상화했다는 특징이 있다. 대표작으로 「청어 뼉다귀」 「잉어와 윤첨지」 「메아리」 등을 들 수 있다. 「청어 뼉다귀」 「잉어와 윤첨지」는 1930년대 소작인의 궁핍한 생활상과 사회 구조적 모순을 현실감 있게 그린 작품이다. 「메아리」는 누나가 시집간 후, 산속 외딴집에 아버지와 단 둘이 남겨진 소년의 외로움과 그리움을 그린 작품이다.

김태호

현덕

현덕(玄德, 1909~?)은 동화작가·소설가로, 본명은 현경윤(玄敬允)이다. 서울 종로에서 태어났으나 부친의 사업 실패로 식구들이 각자도생으로 흩어져 경기도 대부도의 당숙네에서 어린 시절을 보냈다. 대부공립보통학교를 졸업하고 경성제일고등보통학교에 들어갔으나 가정 형편으로 학업을 포기하고 수원, 발안 근처의 매립 공사장에서 토공 노동자로 일했으며, 일본으로 건너가 교토, 오사카 등지에서 신문 배달부, 자유노동자 등의 최하층 생활을 지냈다. 흙 바구니를 지지 못하고 쓰러져서 감독에게 쫓겨나는 경험을 한 뒤, 허약한 몸으로 할 수 있는 최후의 수단으로 문학에 뜻을 두고 귀국해서 도서관에 다니던 중 김유정을 만나 뜻을 더욱 굳혔다.

1938년 현덕은 『조선일보』 신춘문예를 통해 단편소설 「남생이」로 등단했다. 농민층의 몰락과 도시 하층민의 생태를 어린 노마의 시선으로 그린 그의 단편들은 각별한 주목을 받았다. 조선일보사 출판부 윤석중의 권유로 『소년조선일보』에 '노마 연작' 동화를, 『소년』에 고학생들의 애환을 그린 소년소설을 집중적으로 발표했다. 해방 후 조선문학가동맹 출판부장을 맡았으며, 소설집 『남생이』(1947), 동화집 『포도와 구슬』(1946), 『토끼 삼형제』(1947), 소년소설집 『집을 나간 소년』(1946)을 출간했다. 조선문학가동맹이 불법화되자 지하로 잠적해서 장편소년소설 『광명을 찾아서』(1949)를 출간했다. 한국전쟁 때 인공치하에서 남조선문학가동맹 제2서기장을 지내다 9·28 서울 수복 때 가족과 함께 월북했다. 북한에서는 단편소설집 『수확의 날』(1960)을 펴낸 이후 활동 기록이 없어 숙청된 것으로 알려졌다.

현덕은 가난한 아이들에 대한 시선을 거둔 적이 없지만, 그의 작품은 계급적 도식이나 상투적 교훈과는 거리가 멀다. 그는 카프 리얼리즘과 구인회 모더니즘을 모두 소화한 1930년대 신세대 작가의 자리에 위치한다. 문단 교유에서도 카프 계열의 임화·김남천·안회남, 구인회 계열의 이태준·박태원·김유정 등과 두루 친밀한 관계였다. 그는 동화, 소년소설, 소설의 장르적 특성을 잘 살려 쓴 덕에 분야별로 개성적인 성취를 이뤘다. 동화는 노마, 기동이, 영이, 똘똘이 등이 등장하는 '노마 연작'이 유명하다. 대여섯 살 아이들의 놀이 세계를 살아 있는 입말과 리듬감 있는 문장으로 생생하고 간결하게 표현함으로써 거의 시적인 수준에 도달했다는 평가를 받는다. 천진하면서도 속이 깊은 '노마'는 꾀 많은 개구쟁이 캐릭터의 대명사가 되었다. 소년소설은 어려운 집안 형편과 그릇된 사회 구조로 뜻을 펴지 못하는 10대 소년들에게 희망과 격려를 전하는 메시지다. 어른 조력자의 등장으로 문제를 해결하는 한계가 더러 나타났으나, 소년 주인공이 내면의 갈등을 극복해 내는 '성장'에 초점을 두었다.

현덕은 월북작가라는 이유로 폄훼되고 무시되다가 1988년 해금 조치 이후 새롭게 발견됨으로써 정전작가의 반열에 올랐다. 생기발랄한 캐릭터가 돋보이는 '노마 연작' 동화는 "뛰어난 유년동화의 고전"(이오덕)이라는 찬사를 받았다. 소년소설은 생활의 교훈에 그치지 않고 현실 인식에 '성장'의 계기를 새겨 넣은 개척적인 성과로 주목되었다.

원종찬

『아기네동산』

『아기네동산』은 1938년 3월 30일 아이생활사에서 발간한 유년아동문학집이다. 1933년 『아이생활』 5월호부터 1938년 단행본 발간 전까지 삽화가 임홍은이 동화, 동요, 곡보, 그림이야기에 그린 삽화를 모아 발간했으며 아동화집(兒童畵集)의 성격이 강하다. 일신인쇄주식회사에서 인쇄를 맡았고 당시 가격은 85전이었다.

임홍은은 1937년 5월 『아기네동산』을 발간할 예정이었지만 사정이 여의치 못해 이듬해 3월에 발간했다. 『아기네동산』은 아이생활사에서 편집진으로 활동했던 전영택과 최봉칙이 서문을 적었다. 전영택은 1926년 3월 『아이생활』 창간호부터 편집 실무진으로 참여했으며, 1929년에는 『아이생활』 3대 편집주간을 맡으며 동화 및 아동 극본을 창작 발표했다. 최봉칙 또한 『아이생활』 6대 편집주간을 맡으며, 임홍은과 함께 1930년대 중후반 잡지 발간을 위한 노력과 연재물(위인전) 창작 활동을 꾸준히 했던 인물이다. 특히 최봉칙은 책 서두의 '감사의 말씀'이 밝히고 있듯이 임홍은이 그림책을 발간하는 데 임원호와 함께 많은 도움을 주었다.

『아기네동산』은 크게 글 없는 그림책, 그림동요, 그림동화, 그림곡보, 그림얘기로 되어 있다. 『아기네 동산』은 컬러풀한 장정으로 꾸며

져 있다. 표지 그림은 애기그림책답게 꽃과 나비, 잠자리 등을 의인화한 것으로, 다채로운 색을 통해 밝고 경쾌한 이미지를 주고 있다. 속지 또한 다양한 삽화, 문양, 타이포그래피로 정성을 들였다. 주로 펜으로 그린 선화(線畵)나 수채물감으로 엳게 채색한 그림들로, 작품과 분위기에 어울리는 그림이 백여 컷에 달하고 있으며 매우 아름답게 만들었다. 편집 체계를 보면 그림, 곡보, 노래, 이야기를 사계절별로 나누어 소제목을 달았는데, '파릇파릇 새싹이'(봄), '햇빛은 쨍쨍'(여름), '단풍잎 우수수'(가을), '새벽바람 찬바람에'(겨울), 그리고 '오너라 동무야'(기타)이다. 발간에 참여한 이들로는 먼저 작곡에 박태준·김세형·박태현·장락희, 동화에는 임원호·김복진·최이권·정우해·도정숙, 동요에는 윤석중·윤복진·박영종·장인균·김대봉·목일신·김태오·김영일·강승한·이은봉·박제성·최수복·강소천·이호영·박명옥 등이 있다. 그리고 철자 교정은 조선어학회의 유일한 목사회원으로서 한글보급운동을 펼쳤던 강병주가 맡았다.

『아기네동산』은 임홍은이 『아이생활』 잡지에 실은 자신의 글을 포함한 여러 작가, 작곡가의 동화, 동요, 곡보, 이야기 등에 삽화를 그려 놓은 선집 형태를 띠고 있다. 애기그림책란은 「봄바람」 외 13편의 그림을 실어 유년들을 위해 글 없는 그림책의 형태를 취했으며, 사계절로 나누어 실은 부분은 제목, 곡보, 노래, 이야기 순으로 배치하고 작품마다 삽화를 그렸다. 특히 마지막 작품 「꽃동리」는 서사마다 말풍선처럼 14컷의 삽화를 그려 넣어 만화가로도 활동한 임홍은의 면모를 볼 수 있다.

"보아서 예쁘고 읽어서 재미있는 아동문학집"이라는 당시 광고를 통해 알 수 있듯이 아동화집 『아기네동산』은 당시 조선인이 그린 그림책이 부재한 상황 속에서 어린이들에게 글 위주의 단조로움을 탈피해 글과 그림의 상호작용을 통해 예술성을 높이고, 어린이들이 미적 감각을 키워 상상의 세계를 펼칠 수 있도록 새로운 길을 열어 주었다. 또한 아동문단에 화단(畫壇)의 참여를 독려함으로써 조선의 어린이들을 위한 잡지의 시각화 및 그림책 성장의 토대가 되었다. 그리하여 『아기네동산』은 해방 이후 한국에 본격적인 그림책이 탄생하는 교량 역할을 하게 되었다.

정진헌

『웅철이의 모험』

『웅철이의 모험』은 주요섭(朱耀燮)이 잡지 『소년』(조선일보사)에 1937년 4월부터 1938년 3월까지 연재한 작품으로 한국 최초의 장편 아동 판타지로 평가된다. 주요섭은 소설가로 널리 알려져 있지만 일제강점기에는 옛이야기를 재화하고, 스티븐슨의 『보물섬』과 안데르센의 「부싯돌」을 번역하는 등 아동문학의 여러 분야에서 왕성하게 활동하였다. 『웅철이의 모험』은 주요섭의 아동문학 창작 활동을 보여 주는 대표작으로 그가 중국 베이징의 푸런대학교(輔仁大學校) 교수로 재직하던 시절에 발표한 것이다.

이 작품은 서구 판타지의 고전으로 꼽히는 루이스 캐럴의 『이상한 나라의 앨리스』(1865)에서 영향을 받았다. 『웅철이의 모험』은 웅철이가 친구 애옥이의 큰 언니가 읽어 주는 『이상한 나라의 앨리스』의 첫 대목을 들으면서 자연스럽게 환상에 빠지는 장면으로 시작하는데, 이는 작가가 『이상한 나라의 앨리스』를 오마주했음을 명확히 드러낸 대목이다. 그러나 『웅철이의 모험』은 식민지 조선의 상황 맥락에서 『이상한 나라의 앨리스』와는 차별화된 상상의 세계를 선보였다. 이러한 점은 『웅철이의 모험』과 마찬가지로 『이상한 나라의 앨리스』의 영향을 받아 창작된 중국 천보추이(陈伯吹)의 『앨리스 아가씨(阿丽思

小姐)』(1933)가 반자본주의적이고 반제국주의적인 의식을 강하게 드러냈던 것과도 통하는 것이다.

『웅철이의 모험』은 웅철이라는 남자 어린이가 말하는 토끼를 따라서 땅속 나라에 갔다가 달나라, 해나라, 별나라, 꿈나라 등의 환상 세계를 차례로 모험하고 다시 현실로 돌아오는 시공간 이동 판타지다. 그런데 이러한 환상 세계는 지배자들의 노동 착취, 야만적 믿음과 권력의 횡포, 식량과 재화의 불평등한 편재 등 자본주의와 식민지 현실의 모순을 반영한 부분이 많다. 특히 '해나라'는 계급 갈등과 빈부 격차가 절정에 이른 곳이었는데, 소수의 지배층인 그림자 원숭이들은 호의호식하며 살지만 종노릇하는 대다수의 그림자들은 아무리 일을 해도 먹을 것조차 구하지 못하고 있었다. 이에 해나라의 과학자들은 권력자의 횡포로 절망에 빠진 이곳에서 탈출할 수 있는 희망의 새 나라를 탐사하기 위해 우주로 로켓을 쏘아 올리는 계획을 세우며, 웅철이가 위험을 무릅쓰고 로켓에 탑승하게 된다. 이 로켓이 도착한 별나라는 돈과 어른도, 배고픔이나 차별도 없이 어린이들만 사는 아름다운 세계였다. 이와 같은 유토피아에 사는 별나라의 어린이들이 지구에서 힘들게 살아가는 어린이들을 위해 밤마다 횃불을 들어 별빛을 보내 주며 응원하는 장면은 이 작품에서 가장 인상적인 부분 중 하나다.

한편 『웅철이의 모험』은 당시 조선의 어린이 독자에게 친숙한 설화나 우화에서 캐릭터나 모티프를 차용하여 이야기를 엮은 것이 특징이다. 즉 해를 물어 훔치는 '불개', 하늘을 나는 '용', 꿈을 먹어 치운다는 '막'과 같은 설화 속 상상 동물이 등장하며, 『별주부전』의 토끼와 자라의 내력이 이솝 우화에 나오는 '거북이와 토끼의 경주' 이야기로 연결되고 여기에 다시 달나라 계수나무 밑에서 방아 찧는 토끼의 전설이 이어지는 식이다. 이처럼 잘 알려진 이야기들을 상호텍스트적으로 연결하는 참신한 구성은 당대 어린이 독자들에게 판타지 장르를 읽는 즐거움을 주는 데 일조했을 것이다. **조은숙**

일제강점기 아동문학선집

일제강점기 아동문학선집은 일제강점기 해외 동요(동시) 및 동화 번역(번안) 그리고 국내 여러 작가의 아동문학 작품을 모은 단행본을 말한다. 일제강점기 해외 동요(동시) 번역 선집은 『조선동요집』(엄필진, 1924), 『세계일주동요집』(문병찬, 1927) 등이 있다. 엄필진의 『조선동요집』은 총 150면으로 창문사에서 간행했으며, 동요·민요 80편과 부록으로 외국의 동요 6편이 실려 있다. 『조선동요집』은 창작동요보다는 1923년 『동아일보』 '지방동요란'에 소개된 전래동요와 민요가 다수를 차지하고 있다. 영창서관에서 발행한 문병찬의 『세계일주동요집』에는 138편의 동요가 실렸다. 이 중 우리 동요는 서덕출의 「봄편지」를 비롯해 구전동요 20편을 포함 모두 33편이다. 또한 영국 24편, 독일 21편 등 세계 여러 나라의 작품이 실렸다.

그리고 일제강점기 번역(번안) 동화는 오천원의 『금방울』(10편, 광익서관 1921), 방정환의 『사랑의 선물』(10편, 개벽사 1922), 노자영의 『천사의 선물』(22편, 청조사 1925), 노튼의 『님군의 새 옷과 다른 이야기』(11편, 1925, 조선야소교서회), 이정호의 『세계일주동화집』(31편, 해영사 1926), 최규선(청곡)의 『왜?』(8편, 별나라사 1929), 최청곡의 『어린 페터』(6편, 유성사서점 1930), 최인화의 『세계동화집』(21편, 대중서옥 1936), 장혁주 외의 『세계걸작동화집』(30편, 조광사 1936), 전영택의 『특선 세계동화집 ―안델센 특집』(15편, 복음사 1936), 최인화의 『기독교동화집』(21편, 교문사 1940) 등이다. 1927년 박문서관에서 발행한 고장환의 『세계소년문학집』은 동요와 동화를 포함해 71편이 실려 있다. 조선동요연구협회 회원들과 영국·중국·일본·프랑스·독일·러시아 등의 작품이 실려 있다.

한편 국내 작가 작품을 모아 발간한 주요 선집으로는 경상남도 남해의 정창원이 편찬한 『동요집』(삼지사 1928), 조선동요연구협회가 편찬한 『조선동요선집』(박문서관 1929), 카프 시인들이 발간한 프롤레타리아동요집 『불별』(중앙인서관 1931), 김기주가 편찬한 『조선신동요선집』(동광서점 1932), 박기혁이 편찬한 『비평부감상동요집 색진주』(활문사 1933), 윤석중이 엮은 『조선아동문학집』(조선일보사 1938) 등이 있다. 『동요집』에는 창작동요 92편, 동화시 3편, 동요극 1편이 있고, 『조선동요선집』에는 91명의 창작동요 180편이 수록되어 있다. 프롤레타리아동요집 『불별』은 노동 소년의 전위적인 모습을 표지화로 담았고, 권환과 윤기정이 서문을 적었다. 동요집에 참여한 작가는 김병호(5편), 양창준(6편), 이석봉(7편), 이주홍(6편), 박세영(5편), 손재봉(5편), 신말찬(5편), 엄흥섭(8편) 등이다, 43곡의 동요와 8곡의 악보, 8편의 그림을 통해 계급주의 이념을 드러냈다. 삽화는 이주홍을 비롯해 카프 미술분과위원인 이갑기·강호·정하보가 참여했다. 『조선신동요선집』에는 작가 선정과 작품 수집을 장기간에 걸쳐 광범위하게 함으로써 동요선집 편찬의 목적에 부합되는 당대 동요 문학의 성과를 담아냈다. 『조선신동요선집』은 123명의 작품 203편을 수록하고 있다. 『조선신동요선집』은 당초 신문과 잡지 등의 독자란을 통해 선집 발간을 공지한 후, 전국의 소년문예사들이 자선(自選)한 작품을 제공받았다. 따라서 한정동·고장환·이정구·유도순 등의 기성작가 외에 소년문예사들의 작품을 대거 수록했다. 『조선아동문학집』은 동요 57편, 동화 26편, 동극 3편, 소년소설 6편 등 총 92편이 실렸다. 장정 및 삽화는 정현웅이, 선고는 윤석중이 맡았다. 동요에는 주요한·윤석중·정지용·염근수 등 31명이 참여했으며, 동화는 이태준·박태원·정우해·방정환 등 20명이 참여했다. 그리고 동극은 마해송·신고송·정인섭이, 소년소설에는 이동규·최병화·현덕 등이 참여했다. 『조선아동문학집』은 1923년 이후 18년 동안의 작품 중에서 기성작가와 신진작가들의 작품을 골고루 선정했다.

일제강점기 동요(동시) 동화 선집은 단순히 외국 동요를 소개하는 차원을 넘어서, 동요(동시) 및 동화라는 장르를 통해 조선이 세계 일국임을 강조하기 위한 의도를 가진다. 또한 국내 여러 작가의 작품을 모은 선집은 최초라는 수식어의 의미도 있겠지만, 나라 잃은 시기 아동들에게 아름다운 우리말의 조탁을 통해 위안과 구원으로서의 역할 및 한국 아동문학의 성장 발전을 위한 노작의 결과물이었음을 간과해서는 안 된다. 산재해 있던 아동문학 작품을 모아 책으로 간행함으로써 아동문단의 결속을 다지고, 아동문학사 업적 정리 및 후대의 자료 수집 그리고 창작 및 연구 토대로서의 기능을 한 점 등 역시 인정받아야 할 것이다.

정진헌

조선일보사 출판물

창간 이래 경영난에 허덕이던 조선일보사는 1933년 방응모에게 인계되면서 상업화를 꾀하여 신문의 안정적 발간과 더불어 미디어 제국을 꿈꾸었다. 독자를 지식인·여성·어린이로 세분화하여, 각기 『조광』 『여성』 그리고 『소년』을 발간한 것은 그 일환이다. 아동 관련 출판물 간행을 위해 조선일보사는 1936년 윤석중을 영입한다. 신문사의 상업화와 1930년 중반 어린이잡지가 잇달아 폐간되자 아동문학의 지면 마련에 부심한 윤석중의 활약이 결합되어, 조선일보사는 신문·잡지·단행본 세 영역에 걸쳐 아동 대상 출간물을 내놓았다.

『소년조선일보』(1937.1.10~1940.8.10)는 『조선일보』의 부록으로 매주 일요일 발행된 아동용 주간신문이다. 4면 구성으로, 1면은 사진 화보, 2면은 뉴스, 3면은 교과별 학습 내용 및 독자투고, 4면에는 아동문학 작품과 만화, 퀴즈 등이 게재되었다. 『소년조선일보』 발간 전 『조선일보』는 가정란에 아동용 읽을거리를 제공하고 있었다. 제호 '소년조선일보'는 『조선일보』가 1936년 1년간 월요일 석간 한 면을 어린이를 위한 특별 지면으로 꾸미면서 사용하기 시작했는데, 이 '소년조선일보'가 1937년부터 4면짜리 독립지가 된 것이다. 1937년 10월부터 6개월간 1면으로 축소되어 『조선일보』 내 고정면으로 회귀하기도 했다. 이 기간을 제외한 독립 신문으로의 발행은 총 161호로 추정된다. 어린이신문으로 신문관의 『붉은 저고리』(1913.1~6)가 있고, 『어린이』도 발행 초입부에는 월 2회 발간의 신문 형태를 취한 바 있으므로, 『소년조선일보』가 우리 최초 아동 신문은 아니다. 그러나 3년 8개월의 발행 기간과 6만 부가량의 발행 부수로 우리 사회에 어린이신문의 존재를 명확하게 인지시킨 매체로 기록된다.

『소년』(1937.4~1940.12)은 아동용 종합 월간잡지이다. 조선일보사의 자본력과 기술력을 기반으로 당대 최고 수준의 사진, 정현웅 등의 그림 그리고 세련된 지면 편집을 보임으로써, 시각적인 면에서부터 독자를 사로잡았다. 내용 구성에서 문예·교양·오락 세 부문의 적절한 조화를 꾀했던 것은 종래 잡지들과 마찬가지였다. 문예면만 주목하면, 『소년』은 윤석중·강소천·이원수·송창일 등의 전문 아동문학가는 물론 채만식·현덕·박태원 등의 성인문학가를 적극 참여시켰다는 특징이 있다. 그 결과 현덕을 중심으로 우리 아동문학의 정수에 해당하는 작품들을 선보일 수 있었다. 두 번째 특징은 장편 연재의 활발함인데 그중 탐정 연재물이 뜨거운 반응을 얻었다. 인기 절정의 탐정물인 김내성의 『백가면』은 아동을 제국을 수호할 제2국민으로 호출했다는 평가를 모면하기는 어렵다. 반면 박태원의 『소년탐정단』은 말썽꾼 아동을 내세워 제국의 아이를 획책한 제국 중심 담론과 거리를 두고자 했다. 이러한 균열성은 교양 부문에서도 반복되었다. 조선적인 것을 알리는 기사와 전쟁 무기를 과학 지식의 주요 내용으로 삼은 글들이 동시다발적으로 게재된 것이다. 이러한 『소년』은 상업화를 꾀했던 매체가 조선을 지우고 제국을 건설하려는 일본 군국주의 광풍에 마주했을 때 어떤 대응 양상을 드러내는지 파악하게 하는 텍스트로 주목을 요한다.

『유년』(1937.9)은 미취학 유아 대상 월간잡지로 창간호에 그쳤다. 지면은 16면에 불과했으나, 매 지면마다 정현웅 등 당대 일급 화가의 그림을 올컬러로 제시함으로써 유년지로서의 특성을 강렬하게 발했다. 동시와 이야기, 지식 정보, 놀이 소개와 유치원 원아의 자유화가 수록되었다.

『세계걸작동화집』(1936)은 윤석중 입사 전 발행물로, 조선일보사가 아동 대상으로 처음 출간한 단행본으로 파악된다. 조선을 포함한 동서양 15개국의 동화 각 2편씩 수록되었다. 필자들이나 역자들은 백석, 채만식 등 성인문학가들이라는 특징이 있다.

『아동문학집』(1938)은 속지에는 '조선아동문학집'으로 표기되어 있다. 동요 57편, 동화 28편, 동극 3편, 소년소설 6편, 총 94편이 수록되었다. 이 선집을 통해 1920~30년대 주요 작가의 주요 작품, 그리고 장르에 대한 인식 등을 대략적이나마 일별할 수 있다.

『소년역사독본』(1940)은 아동용 역사 지식서로 『소년』과 『소년조선일보』에 역사 관련 글을 꾸준히 게재했던 문일평의 단독 저술물이다.

김현숙

3부 1940년대

친일아동문학

친일아동문학은 일제강점기에 일본의 식민 통치 정책에 협력하여 조선의 어린이를 일본정신을 지닌 황국신민, 전시체제 아래의 소국민으로 길러 내는 데 부응한 문학을 말한다. 내지 일본과 조선이 한 몸이라는 내선일체(內鮮一體)와 군국주의에 바탕을 둔 황국신민화를 선전하고 후방에서 나라를 위해 소임을 다하는 총후(銃後)국민의 자세를 강조하는 문학 작품이 이에 해당한다.

임종국의 『친일문학론』(1966) 이후 이재철의 『한국현대아동문학사』(1978)에서 아동문학계의 친일문제를 거론했고 『친일인명사전』(2009)에 아동문학작가 고한승·김영일·송영·신고송·이원수·정인섭·최영주 등이 수록되었다. 아동문학 작품 활동을 근거로 『친일인명사전』에 등재된 작가는 이원수와 김영일이다. 이원수는 금융조합의 기관지 『반도의 빛(半島の光)』에 동시 「낙하산 — 항공비행대회에서」(1942), 「지원병을 보내며」(1942), 농민시 「보리밭에서 — 젊은 농부의 노래」(1943), 수필 「농촌아동과 아동문화」(1943), 「고도감회(古都感懷)」(1943)를 발표했다. 고등계 형사로 근무하다 해방 후 경기도 경찰 간부를 역임한 김영일은 소학생들의 헌금으로 만든 비행기 '소국민호'를 찬양하는 동시 「애국기 소국민호(愛國機 小國民號)」(1942)와

「아시아의 동무」(1942), 「나아가자 반도소년아」(1942) 등을 잡지 『아이생활』에 발표했다. 고한승은 송도항공기주식회사 대표로 비행기 헌납운동을 벌였고, 송영과 신고송은 일제의 군국주의를 찬양한 연극을 발표했으며 색동회 회장을 지낸 정인섭은 친일문학단체인 조선문인보국회의 간부였다. 최영주는 총독부의 정책을 선전한 잡지 『신시대』의 편집을 맡았다. 윤극영은 『친일인명사전』에는 누락되었으나 일제가 세운 만주국의 친일단체 협화회 간부를 지냈으며, 이주홍은 『동양지광(東洋之光)』과 『반도의 빛』에 일제의 정책에 부역하는 내용의 만화를 발표한 바 있다.

일제강점기에 발표된 친일아동문학 작품으로는 장시욱의 시 「대일본의 소년」(『아이생활』 1943.1)과 애국소설을 표방한 김혜원의 「대선풍(大旋風)」(『소년』 1939.11), 근로보국의 가치를 주장한 계용묵의 동화 「개구리도 숨었건만」과 병사의 탄생을 그린 「생일」(『방송소설명작선』, 1943) 등이 있다. 송창일의 『소국민훈화집』(1943)과 총후의 어머니가 감당해야 할 역할을 강조한 김상덕의 『어머니 독본』(1942), 『어머니의 힘』(1943), 『어머니의 승리 — 군국모성의 미담가화집』(1944)과 내선일체를 선전한 아동극 「수업료」 역시 친일아동문학의 범주에 포함된다. 조선주일학교연합회에서 발행한 월간잡지 『아이생활』(1926~44)은 1938년 7월호부터 황국신민화에 편승하여 군국주의 성향의 악보를 수록하는 등 노골적으로 친일 색채를 드러내기 시작했다. 경성일보사가 발간한 일본어 아동잡지인 월간 『소국민』(1944년에 간행된 일부만 확인 가능)은 일제의 침략 전쟁을 옹호하는 기사와 총후 미담을 수록했다. 조선아동교육회를 설립한 김소운이 일본어와 한글 표기로 발행한 『신아동』(1935년 8월 발행)과 『목마』(1935년 12월 발행)도 일제의 국책 선전에 앞장선 아동잡지였다.

자료 확보의 어려움과 다수 작품에서 작가를 명확하게 파악하기 곤란한 문제, 체계적인 연구의 부족 및 친일문제를 바라보는 관점 차이로 인해 친일아동문학을 둘러싼 전반적인 양상이 온전히 규명되지는 못했다. 특히 이원수의 친일문학과 문학세계에 대한 평가는 이견을 보이므로 향후 지속적인 연구를 통해 친일아동문학의 면면을 밝히고 아동문학사의 여백을 채워 가야 할 것이다. **김화선**

권태응

권태응(權泰應, 1918~1951)은 동요·동시인으로, 호는 동천(洞泉), 남호(南湖)이다. 충청북도 충주에서 태어나 충주공립보통학교를 졸업하고 경성제일고등보통학교를 거쳐 1937년 일본 와세다대학 정경학부에 입학했으나 1939년 일제의 '치안유지법' 위반 혐의로 검거되어 퇴학 처분을 받았다.

항일의식이 남달랐던 그는 고등보통학교 시절 동기들과 함께 교내에 'U.T.R 구락부'라는 학생 모임을 조직하여 일제의 민족차별과 노예교육에 저항했으며, 대학 입학 후 일본 도쿄에 유학 중인 경성제일고보 33회 졸업생을 중심으로 비밀 결사를 조직하여 항일운동을 펼치다 일경에 검거되어 3년의 징역형을 언도받고 스가모 형무소에 갇혔다. 투옥 1년 여 만에 폐결핵 3기가 되어 목숨이 위태롭게 되자 병보석으로 풀려나 인천의 새너토리엄(적십자요양원)에 입원해 3년간 요양했다.

권태응은 1944년 고향에 돌아와 병 치료를 계속하며 시조와 단시, 소설을 습작하여 『등잔불』『청담집』『동천시집』『탄금대』 등 육필 문집을 엮었다. 해방 전인 1945년 5월 무렵부터 동요·동시를 쓰기 시작하여 사망하기 전까지 『송아지』『하늘과 바다』『우리 시골』『어린 나무꾼』『물동우』『우리 동무』『작품』『동요와 또』『산골마을』 등 모두 9권의 육필 동시집을 엮었다. 1947년 4월 윤석중이 주관하는 『주간 소학생』에 「어린 고기들」을 발표하며 문단에 나와 『소학생』『아동구락부』『어린이나라』 등에 작품을 꾸준히 발표했으며, 1948년 12월 글벗집에서 작품집 『감자꽃』을 펴냈다. 한국전쟁 중 두 차례 피란을 다니다 폐결핵이 악화되어 1951년 3월 28일 34세의 나이로 사망했다. 1968년 새싹회 주관으로 「감자꽃」 노래비가 충주 탄금대 공원에 세워졌고, 2005년 정부에서는 독립유공자로서의 공훈을 기려 대통령 표창을 추서했다.

권태응은 해방 전후 엄혹하고 어수선한 시대에 병자의 몸으로 "자연, 나라와 겨레, 사람다운 마음"을 주제로 한 순정한 동요·동시를 남겼다. 그의 대표작 「감자꽃」은 소박하고 친근한 소재를 통해 참다운 이치를 깨닫게 하는 수작이다. 이 외에도 「땅감나무」「고추잠자리」에는 우리말에 대한 감각과 어린이의 정서가 잘 살아 있으며, 「북쪽 동무들」 같은 작품에는 분단으로 멀어져 가는 북쪽 겨레에 대한 진정 어린 마음이 드러나 있다. 그는 일제강점기에 이룩한 한국 동요·동시의 전통을 섭렵하는 한편, 자신만의 언어 감각과 개성으로 어린이들이 지닌 밝음의 정서와 자연 속에서 뒹구는 어린이들의 생동감을 포착해 냈다. 뿐만 아니라 어린이란 존재가 단지 자족적인 세계 안에서 뒹구는 철부지가 아니라 부조리하고 모순된 현실을 동심의 눈으로 살필 줄 아는 존재임을 은근하게 그렸다.

작고한 지 30년이 흐른 1980년대까지만 해도 활발한 조명을 받지 못했으나, 1990년대에 들어 육필로 엮은 동요집이 공개되면서 그에 대한 비평적 관심이 높아졌다. 1995년 간행된 『감자꽃』(창비)은 시인 생전에 펴냈던 시집 수록작 30편과 육필 원고 중에 고른 64편을 보태 엮은 선집으로 그의 동시가 지닌 매력을 새롭게 각인시켰다. 이후 도종환은 권태응이 남긴 소설 및 희곡 자료와 함께 일제에 저항했던 행적을 면밀히 추적하여 해방 전후 식민지 현실과 농민문제를 고민한 작가로서의 면모를 입증했고, 이오덕은 육필 동시집 여덟 권에 수록된 미발표 작품들을 중심으로 권태응 동시의 미덕과 특질을 자세히 논한 『농사꾼 아이들의 노래』(한길사 2001)를 출간하기도 했다. 1997년 한국민족예술인총연합 충청북도지회 문학위원회 주관으로 제1회 권태응문학제가 개최되었고, 이후 이 행사는 현재까지 권태응 문학잔치와 권태응어린이시인학교로 이어지고 있다. 2018년 탄생 100주년을 기념하는 『권태응 전집』(창비)이 발간되었으며, 같은 해부터 그의 고향 충주에서는 그의 문학을 기리기 위한 권태응문학상이 제정되어 운영되고 있다.

김제곤

박영종

박영종(朴泳鍾, 1915~1978)은 동요·동시인으로, 필명은 목월(木月)이다. 경상남도 고성에서 태어나 건천공립보통학교를 거쳐 1935년 대구계성학교를 졸업했다. 그는 경주에서 좀 떨어진 마을에서 태어나 10여 리 통학 길을 걸어 다니며 문학에 대한 뜻을 키웠다. 1934년 대구계성학교 재학 당시 『아이생활』에 「이슬비」「선물」을 발표하고, 연이어 윤석중이 편집하던 잡지 『어린이』에 동시 「통·딱딱·통·짝짝」이 특선되었고, 같은 해 6월 『신가정(新家庭)』에 동요 「제비마중」이 당선되어 아동문학계에 입문했다. 이는 그가 1939년 『문장(文章)』에 박목월이라는 필명으로 등단하기에 앞서 박영종이라는 본명으로 문인 활동을 시작했음을 알 수 있다.

박영종은 한국 시단의 거목으로, 조지훈·박두진과 함께 『청록집』(1946)을 발간하여 '청록파 시인'으로 알려져 있다. 그는 일반 문인들과 활발한 교류 속에서 시 창작에 주력했고, 1946년 조선청년문학가협회 창립 간부 회원이었으며, 서정주·조지훈 등과 함께 문학의 개념과 작법 등을 정리하여 문학적 글쓰기의 전형을 확립하는 데 주력했다. 그는 예술원 회원과 한국시인협회 회장, 한양대학교 문리과대 학장 등을 역임했다. 아시아 자유문학상(1995), 대한민국 문학상

(1968), 서울시 문화상(1969), 국민훈장 모란장(1972) 등을 수상했다.

박영종은 한국시단에서 활발한 활동을 펼치면서도 동시 창작과 동시장르론, 동시 작법 및 동시 창작 교육까지 동시문학의 가치를 알리는 일에 주력했다. 그는 동시집 『박영종동시집』(1946), 『초록별』(1946), 『산새알 물새알』(1961) 등을 발표했다. 또한 해방 직후부터는 아동잡지 『아동』(1946), 『동화』(1947)와 『여학생』(1949), 아동비평지 『아동문학』(1962)의 편집위원으로 활동했다. 특히 박영종은 강소천, 최태호와 함께 글짓기연구회를 설립하여 학생들에게 동시를 지도하기도 했으며, 일선 학교에서 보조 교재로도 활용되었던 잡지 『소학생』(1946)에 「동요짓는법 — 동요작법」 「동요 맛보기」를 연재하며 어린이 동시 교육에 적극적으로 참여했다. 또한 아동문학 이론서 『문장강화』(1946), 『동시교실 — 지도와 감상』(1946), 『동시의 세계』(1962), 『소년소녀문장독본』(1963) 등도 출간했다. 박영종의 대표 동시로는 「잠자리」(1937), 「아버지와 나」(1938), 「여우비」(1949), 「산새알 물새알」(1959), 「다람다람 다람쥐」(1961) 등이 있으며, 동요에는 손대업의 작곡으로 탄생한 「얼룩 송아지」(1946)가 있다. 「얼룩 송아지」는 1948년 국정 교과서에 처음 수록된 이래 현재까지 널리 애창되고 있다.

박영종은 윤석중, 강소천과 함께 현대 동시를 개척한 선구자로 평가받고 있다. 동시 창작뿐만 아니라 동시론, 동요·동시 장르론, 동시 작법 등의 이론 정립과 비평에 힘쓰며, 동시문학의 의미와 가치를 알리는 데 주력했다. 『동시교실 — 지도와 감상』과 『동시의 세계』는 당대 아동문단에서 이루어진 전문 이론화의 시도로서 독보적인 행보였으며, 박영종이 동시 문단 및 교육 현장에서 권위를 얻게 되는 계기가 되었다. 유경환(1978)은 그를 동시에 운(韻)과 율(律)을 새롭게 살려 낸 우리나라 최초의 동시인이며 동요에 시를 성공적으로 투입시킨 공로자로 언급하기도 했다. 박영종의 동시는 목가적이고 자연친화적인 서정시, 소박한 생활시, 회화적인 감각시가 주류를 이루며, 국내 동시문학계의 낭만주의 시론 형성의 근간이 되었다고 볼 수 있다.

이향근

일제강점기 어린이책 삽화가

일제강점기 대표적인 어린이책 삽화가로는 김규택·김용환·김의환·임동은·임홍은·정현웅 등이 있다. 1920~30년대에 들어 인쇄 기술이 발전되면서 아동잡지에도 표지화와 삽화에 다양한 형식들이 시도되었다. 특히 4대 아동잡지인 『어린이』 『신소년』 『별나라』 『아이생활』 등에서 삽화 영역이 넓어지며 어린이책 삽화가의 활동을 촉진했다.

정현웅(鄭玄雄, 1911~1976)은 화가이자 어린이책 삽화가다. 서울 종로구에서 태어나 경성제2고등보통학교를 졸업했다. 일본에 유학하여 가와바타 미술학교에서 수학했다. 정현웅은 1927년 제7회 조선미술전람회에 「고성(古城)」, 제8회 조선미술전람회에 「역전의 큰길」 등이 입선했다. 그리고 1929년 10월 제9회 서화협회전에서 유채수채화 부문에 입선, 1930년 제10회 서화협회전 유채수채화 부문에서 「교회당」으로 당선되었다. 1935년 『소년중앙』의 표지화와 삽화를 그리기 시작했으며, 윤석중의 권유로 조선일보사에서 함께 일하는 8년 동안 수많은 잡지 삽화를 그리게 된다. 『조선일보』의 그림은 정현웅이 맡았으며, 『소년조선일보』의 삽화도 대부분 담당하게 된다. 1950년 남조선미술가동맹 서기장으로, 1951년 물질문화유물조사보존위원회 제작부장으로, 1957년 조선미술가동맹 출판화분과 위원장으로 사업을 하며 북한에서 활발하게 활동했다. 안악고분, 강서고분, 공민왕릉 벽화를 모사했으며, 「전주성 입성」(1961), 「거란 침략자를 격멸하는 고려군」(1965) 등의 역사화를 그렸다. 정현웅은 1930~40년대 주요 일간지에 삽화를 그리며 실력을 인정받았고, 당시를 대표하는 삽화가라 할 수 있다. 주요 업적으로 『홍길동』(1940), 『콩쥐팥쥐』(1946), 『노지심』(1948), 『베-토-벤』(1948, 이상 동문사) 『뀌리-부인』(『어린이세계』, 신기문화사 1949) 등이 있다. 그는 복제 가능한 삽화의 특징과 대중성이 지닌 근대성을 정확히 이해하고, 삽화에 독립적인 가치를 담아내기 위한 노력을 아끼지 않았다. 그가 인식한 대중적인 예술은 출판미술과 만나면서 아동삽화의 발전을 가져오게 되었다. 월북 이후에도 고분벽화 모사와 함께 『아동문학』 표지화를 그리며 아동삽화가로서의 활동을 이어 나간다. 아동그림책 『토끼전』(1955)을 시작으로 『친한동무』(1956), 『어느 때가 좋은가』(1957), 『아름다운 만경이』(1959), 『청개구리에 대한 이야기』(1959) 등을 출간했다.

임홍은(林鴻恩, 1914~1999)은 동화작가, 화가, 만화가, 어린이책 삽화가, 조선민주주의인민공화국의 화가, 그림책작가, 영화미술 담당이다. 필명은 평일(平一), 야영(野影), 임38, R이다. 황해도 재령에서 태어나 1935년 재령 명신중학교를 졸업하고 도쿄 니혼대학 미술과에 입학했으나 건강상의 문제로 귀국했다. 1928년 소년소녀작품전람회에서 도화(圖畵) 부분 3등을 차지하고, 8(7)·5조 형식의 동요 「그리운 고향」을 창작했다. 『아이생활』 1933년 5월호 그림동요 「눈물납니다」(박마리아 노래)를 시작으로 삽화, 그림, 만화 등을 그리며 잡지 편집에 참여했고, 주요 일간지에 '그림동요'를 그렸다. 월북 후에는 중앙미술제작소에 배치되어 그림책 『백두산』을 비롯하여 아동화, 창작화와 아동영화에 몰두하기도 했다. 대표적인 만화로는 「싼타크러-쓰」(『아이생활』 1933.12), 연재만화 「무쇠의 모험」(『아이생활』 1934~37) 등이 있다. 1939년 교문사에서 출간된 가요곡집 『물새발자옥』의 편집과 발행, 1941년 월간지 『신시대』의 표지화와 삽화를 맡아 그렸다. 유년 아동을 위한 삽화의 중요성을 인식하고 아동화집 『아기네동산』에서 '애기그림책'이라는 용어를 처음 사용한 아동 전문 삽화가로 남북한 그림책의 역사에서 빼놓을 수 없는 인물이다. 임홍은은 월북하여 「신기한 복숭아」 「금도끼 은도끼」 「꼬마 붉은별」 「놀고먹는 꿀꿀이」 「누렁이와 얼룩이」 등 30여 편에 달하는 아동영화의 미술을 담당했는데, 이 영화 중 일부는 문학과 예술까지 전담하며 미술가로서의 자질을 마음껏 발휘했다. 1960년대 들어서서 임홍은의 그림책은 다채롭게 변화했는데, 그림책 『즐거운 명절』(1960), 『고운새들』 등이 있다.

김용환(金龍煥, 1912~1998)은 만화가, 어린이책 삽화가, 일러스트레이터로, 필명은 목정(木丁), 기타코지(北宏二), 코주부이다. 경상남도 진영에서 태어나 가와바타미술학교를 거쳐 데이코쿠미술학교 제1호 양화과(洋畫科)에서 화가로서의 삶을 시작했다. 「코주부」 연재는 1940년경 일본에서 시작되었는데, 당시 재일조선인을 선도, 계몽하기 위해 창간된 『동경조선민보(東京朝鮮民報)』에 처음 등장해서 활약하다가, 귀국하여 『만화행진』에 임동은과 함께 만화를 맡아 그렸다. 1959년 무렵 일본으로 거처를 옮긴 후 김용환은 만화보다는 삽화와 동양화 작업에 더 큰 비중을 두었다. 1960년대 말부터 1970년대에는 한국의 역사와 전통문화를 소재로 한 동양화풍의 그림을 그렸다.

김용환은 『니혼쇼넨(日本少年)』에서 연재소설에 삽화를 그렸고, 이후 1945년까지 『쇼넨구라부(少年俱樂部)』에 다양한 삽화를 그렸다. 해방 이후 김용환은 『서울신문』 『평화신문』 등의 국내 일간지뿐만 아니라 『*Seoul Time*』 『*Korean Republic*』 등의 영자지와 『만화행진』 『만화주보』 『만화세상』 등의 대중잡지에 만화 「코주부」를 연재했다. 1945년 『홍길동의 모험』, 1946년과 1947년에 『토끼와 원숭이』(마해송 글)가 자유신문출판국 판본과 청구문화사 판본으로 각각 출간되었다. 1952년 연재된 「코주부 삼국지」는 오늘날 흔히 볼 수 있는 칸 나누기와 말풍선 형식을 국내 서적에 처음 시도하면서 현대 한국만화의 탄생에 큰 영향을 끼쳤다. 『코주부 삼국지』 단행본 3권(1953~55), 『코주부 표랑기』(1983), 『코주부 김용환 펜화집』(1991) 등을 출간했다.

일제강점기 어린이책 삽화가의 등장은 글의 종속적인 위치에 있던 삽화를 독자적인 영역의 한 형태를 발전해 가는 계기를 마련해 주었으며, 당시 유행하던 삽화 양식에 고정적인 틀을 제한하지 않고 다양한 시도를 하여 삽화의 수준을 높여 주기도 했다. 또한 해방 이후 글과 그림이 융합된 형태의 단행본 출간에 영향을 미쳤고, 그림책 장르의 발전을 가져오는 계기를 마련해 주었다. 1960년대에는 옛이야기 그림책이 다수 출간되면서 삽화가의 활동이 이루어졌고, 대표적인 작가로는 김용환·우경희·백영수·이우경 등이 있다. 1980년대를 지나며 아동용 도서에서 시각적 이미지의 의미가 강조되면서 그림을 지칭하는 용어에서도 '삽화'에서 '일러스트레이션'으로 변화하게 된다. 이와 함께 전문적인 직업인으로서 '일러스트레이터'의 영역도

확고하게 자리 잡게 되었다. 한국적인 정서를 그려 내며 삽화가에서 일러스트레이터로 자리매김한 이로는 송진헌·이억배·김환영·권윤덕 등이 있다.

조성순

을유문화사 출판물

을유문화사는 1946년 조선아동문화협회(이하 '아협')를 세워 '아협 그림얘기책' '아협 그림동산' '소파동화독본' 시리즈, 『소학생』 등의 어린이책을 출간했다. 을유문화사는 어린이 문화운동을 위한 아동서적의 출간을 계승하고 발전시켜 나가자는 뜻을 가지고 독자적인 로고타이프로 출판을 시작했다. '민족문화 향상에 기여한다'는 목표 아래 국민계몽운동을 전개하기 위해 도서 출판 및 판매를 시작하는 한편 아동서적 발행을 중심으로 아동문화사업을 병행했다.

'아협 그림얘기책' 시리즈로는 『흥부와 놀부』(제1집, 김용환 그림, 1946), 『손오공』(제2집, 김용환 그림, 1946), 『피터어 팬』(제3집, 김의환 그림, 1946), 『보물섬』(제4집, 스티븐슨 글, 김용환 그림, 1946), 『어린 예술가』(제5집, 위다 글, 김의환 그림, 1946), 『걸리버여행기』(제6집, 조나단 스위프트 글, 조자악 번안, 김의환 그림, 1947), 『토끼전』(제7집, 김용환 그림, 1947), 『로빈슨쿠루소』(제8집, 김용환 그림, 1947)가 있으며, 정현웅의 그림으로 제9집 『꿈나라의 아리쓰』(1948), 아협 꾸밈 제10집 『린큰』(1948)이 있다. '아협 그림얘기책' 시리즈는 우리나라 전래동화와 세계명작을 중심으로 출간했다.

'아협 그림동산' 시리즈는 제1집 『어린이한글책』(윤석중 글, 홍우백 그림, 1946), 제2집 『이소프얘기』(조풍연 글, 김의환 그림, 1946), 제3집 『우리 마을』(조지훈 글, 조병덕 그림, 1946), 제5집 『우리들 노래』(김용준, 정림 노래, 1947)가 있다. '아협 그림동산' 시리즈는 다섯 권을 출간할 계획이었으나 제4집이 출간되지 못해 네 권으로 마무리된 것으로 보인다.

'소파동화독본' 시리즈는 아협에서 발행한 소파 방정환의 1920년대 저작 36편을 모아 『까치옷』(제1집, 김의환 그림, 1946), 『울지 않는 종』(제2집, 정현웅 그림, 1947), 『나비의 꿈』(제3집, 윤희순 그림, 1947), 『귀먹은 집오리』(제4집, 김규택 그림, 1949), 『황금 거우』(제5집, 한홍택 그림, 1948)로 출간한 것이다. '소파동화독본'에 수록된 동화는 방정환의 창작동화·전래동화·번안동화를 중심으로 수록되었으며, 각 권마다 어린이책 삽화가를 따로 두었다. 이 책은 해방 최초로 출간된 아동물 개인 전집이라는 데에도 의미가 있다.

아협에서는 1946년 이각경의 『가정글씨체첩』과 『어린이글씨체첩』을 첫 출판물로 발행했고, 어린이잡지로는 **『주간 소학생』**을 1946년 2월 11일 창간했다. 『주간 소학생』은 46호(1947)부터 제호를 **『소학생』**으로 하고 월간으로 체제를 바꾸어 발행했으나 한국전쟁으로 인해 1950년 통권 79호로 발행이 중단되었다. 『소학생』은 당시 교육제도 개편에 발 빠른 대응을 하며 '학생' 집단을 호출했고, 해방 이후 교과서에 대한 수요가 급증하면서 학교에 배부되어 국어 교재로 활용되었다. 『소학생』에는 국어교육, 작문교육과 관련한 다수의 글을 싣기도 했고, 한글 문맹 퇴치를 위한 교육의 구심점 역할을 했다.

일제 식민지 정책으로 소멸된 우리 문화와 역사 그리고 말과 글을 소생시키는 건국 사업을 담당했던 을유문화사는 편집 경험이 풍부했던 윤석중과 조풍연을 중심으로 출판기획 및 편집을 시작했다. 아협은 아동문화 건설을 위해 아동교육가·아동연구가·아동예술가 등의 전문 필자와 함께 단행본 그림책을 출판했고, 아동 출판물의 전문성을 높이기 위해 열두 개 영역의 심의실을 두었다. 특히 편집실에는 『조선아동문화』와 아동잡지 『우리동무』 『우리그림책』 『우리노래책』 단행본 등 여섯 편집실을 두고 각각의 분과에서는 동화, 그림책, 동요 등으로 나누어 어린이를 위한 서적 출간에 전문성을 기했다. 그리고 기획실에서는 어린이병원, 어린이극장, 어린이도서관 등의 설계 연구를 담당했다.

을유문화사는 '아협 그림얘기책'을 출간하기에 앞서 마해송의 「토끼와 원숭이」에 김용환의 그림을 결합해 단행본을 발간했다. 1946년 『토끼와 원숭이』 발간을 계기로 3년에 걸쳐 출간된 기획물 '아협 그림얘기책'은 그림책의 지평을 넓혀 주었다. 당시 을유문화사는 어린이책 출판계의 선두에서 어린이 독자에게 양서를 제공하기 위한 노력을 했음은 물론이고 근현대를 잇는 선구적 역할을 했다. 『소학생』은 광복 초기 불모지와 다름없던 어린이 독서계에 커다란 반향을 일으켜 아동문화에 빼놓지 못할 공헌을 했다. **조성순**

4부 1950년대

교훈주의

교훈주의는 문학의 가치를 지식 정보 전달과 사회 교화 기능에 두고 있는 것을 말한다. 이는 전통적으로 문학의 효용성을 강조하는 것으로 인식되었던 문학의 기능으로, 그 전달 방식은 대개 교훈주의 입장을 취하고 있다.

한국 아동문학에서 교훈주의 경향은 근대 이후 복고적 민족주의 경향으로부터 출발했다고 주장하기도 한다(박세영). 일제강점기의 교훈주의 아동문학은 아동을 계몽의 대상으로 생각하면서 유물변증법적 사회주의 리얼리즘을 표방하기도 했으며, 동심천사주의를 내세운 또 다른 교훈주의로 나타나기도 했다. 해방 후 교훈주의 아동문학은 반공이데올로기 교육과 민족주의 교육을 표방하면서 아동교육이라는 목적성을 분명하게 보여 주었다. 아동문학의 교훈주의 경향은 아이들을 새롭게 인식하는 비판적 흐름을 거치면서(이오덕) 아이들과 함께하는 현실주의 아동문학으로 발전했다.

전통적으로 아동은 훈육의 대상이었고, 전래동화와 설화 등에는 윤리적 인간성을 담아내는 내용이 많았다. 이 때문에 교훈주의는 아동문학의 근원을 이루는 문학담론이었다. 특히 근대 이후 아동문학은 1908년 최남선의 『소년』이 나오면서 계몽에 초점을 맞춘 교훈주의 성격을 분명하게 보여 주었다. 1923년 방정환이 주재한 『어린이』는 공리주의를 표방하는 아동문예지였으며, 이는 감상적이고 동심천사주의의 경향을 띠고 있었다. 근대의 동심천사주의는 아이들을 미성숙한 존재로 보고 교육적 차원으로 접근하는 교훈주의 입장을 견지했다. 1926년에 발행된 『별나라』와 그 뒤의 『신소년』은 계급주의 관점의 아동문학을 표방했다. 이들 문예지는 이념을 표방한 아동문학으로 또 다른 교훈주의 경향의 아동문학이었다. 아동계몽의 성격을 띤 교훈주의 아동문학은 카프 이후 나타난 아동문예지에서 두드러지게 나타났다. 근대 아동문학은 교훈주의 요소를 표방하고 있었다는 점에서 사회주의 계열이나 민족주의 계열이나 동일한 맥락의 목적성을 벗어날 수 없었다. 1980년 민족민주주의운동과 더불어 나타난 아동문학도 교훈주의의 아동문학의 변종으로 분류되며 속류사회학주의라고 비판받기도 했다(원종찬). 아동문학의 기능이 아동을 대상으로 한다는 점에서 특수성을 띤 교훈주의 문학을 벗어날 수 없으며, 아동문학의 특성이 어린이를 위한, 어린이가 갖고 있는, 어린이가 읽는 문학이라는 점에서 아동이 주체가 되고 그 아동들을 위한 문학이기 때문에 교훈주의 문학담론은 오랫동안 아동문학의 주류 경향이 되었다. 최근 아동문학이 예술성과 교훈성을 동시에 담아내는 방향으로 다양화되고 있지만, 교훈주의는 전통적으로 아동문학의 한 축을 담당하는 문학담론이었다.

교훈주의는 문학의 두 가지 기능 중에서 효용론을 중심에 둔 것으로 아동문학에서는 무엇보다 중요한 문학담론이라 할 수 있다. 교훈주의는 성장 단계에 있는 아동들을 위하여 어른들이 아이들에게 들려주는 문학이라는 관점을 취하고 있으며, 이는 아동문학의 목적성을 분명하게 보여 주고 있다. 교훈주의 아동문학은 아이들에게 유익한 정보를 제공하거나 아이들이 현실에서 만나는 근본 문제를 공유한다는 방향으로 접근할 때 보다 유익한 아동문학으로서의 기능을 다할 수 있을 것이다. 아동문학에서 교훈주의는 아동의 현실을 보다 면밀하게 들여다볼 수 있다는 점에서 의의가 있다. **황선열**

명랑소설

명랑소설이라 하면 흔히 웃음, 유머를 가장 먼저 떠올린다. 1950년대에는 명랑유-모어소설, 유-모어소설, 명랑소설 등의 용어가 비슷한 의미로 혼용되어 쓰이고 있었다. 이러한 장르명은 명랑소설의 핵심 코드가 '웃음'이라는 인식을 심어 준다. 실제로 1950년대 '명랑'은 '우울'의 정서와 대조되는 용어로 사용되었다. '명랑소설'이란 장르명이 돌출된 것은 1950년대이지만, 일제강점기에도 유-모어소설이란 장르명이 있었다. 1930년대 유-모어소설은 주로 『별건곤』 잡지를 통해 발표되었고, 채만식·이기영·박태원·방인근·김내성·이종명 등도 유-모어소설 창작에 관심을 가졌다. 식민지시기 유-모어소설은 1940년대부터 국가의 기획인 '명랑'이란 용어가 투입되어 명랑소설이란 장르로 대체된다.

명랑소설이 '명랑'이라는 국가의 동원 명령 용어에서 장르명으로 잡지에서 종종 사용된 시점은 1950년대부터이다. 해방 이후 1950년대 명랑소설은 전후의 우울한 분위기를 걷어 내고 건전하고 건강한 국민을 기획하려는 국가의 의도 아래 '명랑' 표어와 함께 장려되었다. 주로 『아리랑』 『명랑』 『학원』 등의 대중잡지에 실렸으며, 1950년대 대표적인 명랑소설 작가는 조흔파·최요안·오영민·유호·추식 등이다. 『아리랑』이나 『명랑』에는 조흔파의 「결혼행진곡」 「청춘행진곡」, 최요안의 「삼만환짜리 콩나물국」 「인생은 즐겁다」, 유호의 「나는 미쓰예요」 「콩나물 에레지」, 추식의 「왈패구락부」 등이 실려 있다. 이들 명랑소설은 도시 소비문화를 이끄는 청춘 남녀의 연애, 드센 여자나 짠순이, 엄처시하에서 공처가로 사는 소심한 남자의 이야기들을 다룬다. 『아리랑』 『명랑』 등 성인 대상 대중잡지에서의 명랑소설이 체제 순응적이거나 가벼운 환기의 효과를 발휘한다면, 『학원』 『새소년』 『소년세계』 등 청소년 대상 명랑소설은 체제에 따르지 않는 말썽꾸러기 악동 캐릭터를 만들어 낸다. 조흔파의 『얄개전』(『학원』 1954.5~1955.3), 최요안의 『남궁동자』, 오영민의 『2미터 선생님』 등에서 독자는 학창 시절에 만났던 얄개, 꾸러기, 악동, 왈가닥 캐릭터를 만날 수 있다. 명랑소설의 괴짜 캐릭터는 따뜻한 감동과 웃음을 선사하며 어린이·청소년 사이에서 인기를 끌었다.

조흔파는 『얄개전』 『에너지 선생』 『고명아들』 『꼴찌 만만세』 『꾸러기 영웅전』 등의 수많은 명랑소설을 창작했다. 『얄개전』은 1965년 「얄개전」, 1977년 「고교얄개」 「얄개 행진곡」을 비롯하여 여러 편의 영화로 제작되어 인기를 끌었다. 오영민은 『2미터 선생님』 『6학년 0반 아이들』 『백만명의 하나』 『내일모레글피』 등의, 최요안은 『남궁동자』 『억만이의 미소』 『개구장이 나일등』 『인생은 즐겁다』 등의 명랑소설을 창작했다. 조흔파의 『얄개전』이 고등학교 남학생 두수의 이야기라면, 최요안의 『남궁동자』는 중학교 3학년 여학생 남궁동자의 이야기이다. 『얄개전』과 『남궁동자』는 1950년대 후반 전쟁으로 인한 폐허와 우울의 일상에 웃음과 희망을 줄 수 있었다.

성인 대상의 명랑소설이 좀 더 이른 시기에 명맥을 다했다면, 어린이·청소년 대상의 명랑소설은 1970년대와 1980년대까지도 꾸준히 창작된다. 그러다 1980년대 다른 대중문학 장르와 마찬가지로 학생들에게 건전하지 못한 생각을 불러온다고 하여 '명랑소설' 찬반 논쟁이 일었다. 1980년대 최승환의 『5학년 3반 개구쟁이들』(현암사 1985)은 영화와 드라마로도 제작되어 인기를 끌었고, 이후 이상훈의 『5학년 7반 코끼리함대』 『6학년 1반 올챙이 대작전』 『6학년 3반 돼지클럽』 등 시리즈까지 형성했다. 이오덕이 명랑소설을 아이들에게 천박한 웃음을 파는 것이라고 비판한 데 반하여, 명랑소설 작가 이상훈은 우리 사회에서 가장 보편적으로 쓰이고 있는 말과 행동을 재치있게 표현한 것이라고 받아쳤다. 1980년대 말에 일었던 명랑소설 논쟁을 계기로 명랑소설은 점차 쇠락해 가는 장르가 되었다.

명랑소설은 현재에는 거의 사라지고 없는 장르이다. 국가의 기획과 함께 등장했던 명랑이란 표어가 사라지면서 강요된 명랑은 힘을 잃었다. 명랑소설 역시 시대의 요청과 함께 등장했던 장르이며, 추리소설이나 과학소설과는 달리, 일본과 한국에만 있었던 특수한 장르였다. 명랑소설은 건전한 국민 만들기의 계획으로 기획된 강력한 이데올로기가 투영되어 있었지만, 1950년대 우울하고 피폐한 전쟁기를 거친 평범한 대중과 어린이·청소년에게 밝고 긍정적인 에너지를 전파하는 데 기여하기도 했다.

최애순

어린이헌장

헌장(憲章)이란 국가나 사회 구성원들이 무엇을 어떻게 할 것인가에 대한 목표를 공유하면서 이를 이행하기 위하여 정한 규범을 말한다. 어린이 헌장(Children's Charter)이란 국가와 사회가 어린이를 위해 무엇을 어떻게 해야 할 것인가에 대한 규범을 국가나 사회 단체가 만들어 선언하는 것이다. 20세기 초까지는 주로 보호에 관한 규범을 제시하는 선언이 많았다면, 그 이후로는 주로 권리에 대한 규범을 제시하는 선언이 주를 이룬다.

어린이에 관한 우리나라 최초의 사회적 선언은 1922년 5월 1일 천도교소년회가 '어린이의 날'을 선포하며 배포한 선전지에 실린 7개 조항이다. 그리고 1년 후 방정환은 1923년 4월 17일 조선소년운동협회를 조직하고, 같은 해 5월 1일 '어린이날' 행사를 하면서 「소년운동의 기초조건」 3개 조항과 「어른들에게 드리는 글」 9개 조항, 「어린동무들에게」 7개 조항을 선언했다. 이날 선언을 그 내용에 근거하여 「어린이해방선언」이라고 부른다. 최초로 '헌장'이라는 이름으로 발표한 것은 1957년 한국동화작가협회에서 마해송과 강소천을 비롯한 7명이 초안하고, 정부 보건사회부에서 확정하여 선언한 「대한민국어린이헌장」으로 앞글과 9개 조항으로 구성되어 있다. 1988년 보건복지부 주도로 이를 13개 조항으로 개정하여 발표했다. 이 개정 헌장에 문제를 제기하던 어린이 단체에서 1999년 방정환 탄생 100주기를 맞이하여 1923년 「어린이해방선언」을 바탕으로 분단극복·생명·평화 가치를 추가하여 「새 천년 어린이 선언」을 공표하고, 1923년 5월 1일 어린이날 재현 행사를 했다. 2012년 발표된 어린이도서연구회 「책 읽는 문화를 가꾸는 아홉 가지 약속」, 남북어린이어깨동무 「어린이 어깨동무 평화선언」, 공동육아와공동체교육 「어린이행복선언」은 각 단체가 어린이와 어른의 의견을 잘 종합해서 내용을 만들고 이후 꾸준히 실천했다는 데 의미가 있다. 2015년 「어린이 놀 권리 선언」도 전국교육감협의회가 어린이문화연대를 비롯한 사회단체와 협의하면서 어린이들 의견을 잘 반영하고 학교 현장에서 실천하려는 노력을 했다는 점에서 의미가 있다. 2016년 보건복지부에서 「아동권리헌장」 9개 조항을 발표했는데, 방정환 이후 면면이 이어 온 역사성을 제대로 반영하지 못했다는 비판이 있다.

방정환이 조직한 조선소년운동협회에서 1923년 5월 1일 발표한 선언문은 어린이 권리와 해방이라는 관점에서 발표한 우리나라 최초의 선언이면서 어린이가 어른들의 윤리적·경제적 압박으로부터 해방되어야 한다는 개념을 세계 인류사에서 최초로 명시했다는 평가를 받고 있다. 1957년 헌장은 최초로 사회 단체가 주관하고 정부 기관이 함께했는데, 1988년 개정 헌장은 정부 기관이 주도했는데, 88올림픽 개최 시기에 맞춰 「대한민국 어린이헌장」의 제7조인 '굶주린 어린이는 먹여야 한다.'라는 조항 삭제가 목적이었다. 이에 대해 주요 어린이 단체 활동가들이 어린이 생존권을 무시하는 개악이라고 비판하면서 학교에서 점심을 굶는 어린이 문제가 표출되었고, 무상 급식 운동이 일어나는 계기가 되기도 했다. 앞으로 1923년 방정환의 어린이 해방 선언 정신을 1989년 유엔(UN) 어린이 권리 협약 정신과 함께 내면화시키면서 더욱 발전시켜 나가야 할 필요가 있다. **이주영**

한국아동문학회

한국아동문학회(韓國兒童文學會)는 대한민국 정부 수립 이후 전국 최초로 결성된 아동문학 단체이다. 한국아동문학회는 1953년 12월 20일 발기하여 1954년 1월 10일 서울 서린동 태화관(중국 음식점)에서 창립총회를 열었다. 초대 회장은 한정동이고 부회장은 이원수와 김영일이 맡았다. 박화목·홍웅선·최태호·김상덕·이종환·박창해·장수철·어효선·김진수·강소천·손복원·방기환·윤태영·박목월·한정동·김영일·이원수 등이 발기인으로 참여했다. 창립 취지는 '전화(戰禍)로 거칠어질대로 거칠어진 이 나라의 어린이들에게 진지(眞摯)하게 연구하고 토의'하는 아동문학의 지향이었으며, 창립 당시 아동문학 선집 출간, 기관지 발행, 전국 아동문학 현상 작품 모집, 아동문학 예술제 등을 기획했다.

한국아동문학회는 1954년 창립하여 1961년 5·16 이후 문학단체 통폐합 조치로 탄생한 한국문인협회(초대 이사장 전영택)가 발족되기 전까지 활동했다. 역대 임원 구성을 살펴보면 초대 회장은 한정동, 2대 회장 김영일, 3대 회장 정홍교(1955), 4대 회장 마해송(1956), 그리고 마지막 회장은 김영일(1960)이다. 그동안 초대 회장이 윤석중, 한정동, 김영일 등으로 그 기록과 증언이 엇갈렸는데, 1954년 『소년세계』 2월호 '소년문화소식'란에 의하면 한정동이 분명하다. 창립된 지 1년 만인 1955년 1월에 『현대한국아동문학선집』(동국문화사)을 발행했는데, 동요·동화·소설·동극 등 4개 장르의 작품을 수록했다. 이 선집은 한국아동문학회 주체로 벌인 첫 사업으로써 당대 모든 아동문학작가의 작품을 총망라했다는 점에서 의의가 크다. 또 우량도서선정(1955), 회원 합동출판기념회(1957~59, 3회) 등을 개최했다. 5·16 이후 같은 해 12월에 설립된 한국문인협회 아동문학분과로 통합되었는데, 이때 『푸른 동산』(1964), 『꿈꾸는 나무』(1965), 『5월에 뜬 태양』(1969) 등의 연간집을 발간했다.

1971년 2월에 이원수가 서울 충무로 아동극단 '새들'에서 한국아동문학가협회를 창립하자 김영일은 같은 해 5월 한국아동문학회를 재발족했다. 한국아동문학회는 한국문인협회로 통합되기 이전 명칭을 그대로 사용하면서 김요섭·장수철·정상묵·박화목 등 한국문인협회 이사를 역임한 작가를 중심으로 한국 아동문단의 한 계보를 형성한다. 이로써 1970년대 한국문인협회 김동리계와 긴밀한 연관성을 가지면서 활동을 전개했다. 한국아동문학회는 1971년 재발족하면서 '문학교육의 당면 과제'를 주제로 첫 세미나를 개최(1971.8.21~22)했는데 이준구(「문학교육의 발상과 문제」)와 김요섭(「문학교육의 건설」)이 발표했다. 그해 11월부터 기관지 『아동문학』(금강출판사)을 창간하여 제5호(1974.2)까지 발행한다. 이후 1976년 12월부터는 회의 동향을 알리는 소식지 성격인 회보로 전환됐고, 2007년에 '한국아동문학회 뉴스레터'로 바뀌었다. 한편 세미나는 현재까지 이어 오고 있으며, 1978년에 한국아동문학작가상을 제정하여 2022년 현재 44회째 수여하고 있다.

1990년부터 한국아동문학회는 한국아동문학가협회(회장 이원수, 1971년 창립), 한국현대아동문학가협회(회장 이재철, 1978년 창립)와 함께 아동문학 단체의 통합을 논의했으나, 1991년 당시 회장인 박화목은 통합에 불참을 결정한다. 따라서 오늘의 한국 아동문단은 1991년 8월 한국아동문학가협회와 한국현대아동문학가협회가 통합하여 발족한 한국아동문학인협회와 한국아동문학회가 양대 산맥을 이루고 있다. 한국아동문학회는 2017년 현재 회원 자격을 '아동문학을 하는 사람'에서 '아동문학으로 등단한 사람'으로 바꾸었고, 2020년 사단법인으로 등록했다.

한국아동문학회 창립은 해방 이후 아동문학이 일반문학 단체인 한국문학가협회의 한 분과로 존재하고 있던 현실에서 아동문학을 독립적인 단체로 탄생시켰다는 점에서 의의가 크다. 특히 한국전쟁 직후 피폐한 어린이 정서 순화를 목적으로 제1세대 아동문학가들이 전국적으로 참여한 아동문학 단체라는 점도 의미가 있다. **김종헌**

강소천

강소천(姜小泉, 1915~1963)은 동요·동시인, 동화작가로, 본명은 용율(龍律)이며 필명은 백양, 강남향, 강남춘, 남춘, 남춘강, 전순비, 최웅길, 최고봉, 최남향, 최일준, 최일웅, 고마천 등이다. 함경남도 고원군 수덕면 미둔리에서 아버지 강석우, 어머니 허석운 사이에서 둘째 아들로 태어나 고원공립보통학교와 함흥영생고보를 졸업했다.

친구와 함께 교회를 세운 할아버지의 독실한 기독교 신앙은 훗날 강소천 문학의 자양분이 되었고, 1936년에는 북간도에 가서 1년간 생활하면서 윤동주를 만났다. 이때 쓴 시 「눈, 눈, 눈」 「가을밤 숲속」을 1937년 『가톨릭 소년』에 투고하고, 「닭」을 윤석중에게 보내 같은 해 『소년』에 발표했다. 함경도 일대에서 교직 생활을 하다가 한국전쟁이 발발하자 흥남철수 때 혈혈단신으로 월남해 거제도를 거쳐 부산에 도착했다. 부산에서 최태호를 만나 문교부 편수국에서 초등학교 국어 교과서 편찬 및 심의위원으로 일했다. 1953년 7월 휴전 협정이 맺어지자 서울로 올라왔다. 1952년부터 1954년 2월까지 『어린이다이제스트』, 1954년 8월부터 1960년 1월까지 『새벗』 주간을 맡았다. 1953년 한국문학가협회 아동문학분과위원장 역임, 1957년에 대한민국 '어린이헌장'을 기초하여 정부에 건의, 1959년 이화여자대학교 도서관학과·기독교학과·국문학과 강사, 1960년 연세대학교 도서관학과 강사를 역임했고, 한국문인협회 아동문학 분과위원장, 1962년 한국문학가협회 이사로 재임했다. 1963년 5월 6일 향년 49세로 간경변증으로 타계했다. 사후 '5월 문예상 문학본부상'을, 1985년 '문화의 달 국민훈장 대통령 금관장'을 받았다.

강소천은 1930년 「버드나무 열매」(『아이생활』)를 시작으로 창작 활동을 시작했다고 하지만 찾을 수 없다. 1937년 10월 31일자 『동아일보』에 「재봉선생」을 발표하면서 동화를 썼고, 1939년 『동아일보』에 「돌맹이」, 1940년 『매일신보』에 「전등불의 이야기」로 신춘문예에 당선하면서 동화작가로 활발하게 활동하기 시작했다. 1941년 일제의 압박 속에서도 첫 동시집 『호박꽃 초롱』을 순우리말로 출간한 것은 그의 큰 문학적 업적에 속하고 높은 평가를 받았다. 1권의 동요 및 동시집과 1권의 어린이 훈화집, 18권의 동화집 등을 출간했으며, 동요 및 동시 약 300여 편, 동화와 소년소설 약 213편, 아동극 11편, 수필 20여 편 등 550여 편의 작품을 남겼다.

강소천은 초기 한국 동시의 전통적 패턴을 헐어 내고, 현대적 의미의 동시를 개척한 1930년대를 대표하는 시인이며 1937년부터 동화와 소년소설로 창작 범위를 넓혔다. 일부에서는 지나친 교훈주의나 반공주의 작가로 비판을 받았지만, 어린이의 인권 옹호와 아동문학의 발전에 많은 노력을 기울였을 뿐만 아니라, 아동문학의 특수성을 정확하게 인식하고 자기만의 독특한 표현의 변화를 추구한 작가로 한국 아동문학의 발전에 커다란 영향을 끼쳤다. **박금숙**

김내성

김내성(金來成, 1909~1957)은 추리소설·대중소설 작가로, 호는 아인(雅人)이다. 평양 대동군 월내리에서 소지주 김영한의 3남 4녀 중 차남으로 태어나 평양공립고등보통학교에 진학했다. 13세 때 집안이 맺어 준 여자와 결혼했다가 평양고보 졸업 무렵 이혼하고, 1931년 일본으로 유학을 떠나 와세다대학에 진학해 독법학과를 졸업했다.

김내성은 1935년 3월 일본 탐정문학 전문잡지 『프로필』에 「타원형의 거울」을 신인 소개 형식으로 발표한 이후, 같은 해 12월 『프로필』 특별현상모집에 「탐정소설가의 살인」이 입선으로 당선된다. 조선으로 귀국한 후 1937년 『조선일보』에 중편 「가상범인」(일본에서 단편 「탐정소설가의 살인」으로 발표했던 작품을 중편으로 늘림)을 연재함으로써, 국내에서 본격적으로 탐정소설을 창작하기 시작한다. 김내성은 자신의 탐정소설에 '유불란 탐정'을 고정적으로 내세워 '셜록 홈스'나 '괴도 뤼팽'처럼 시리즈물로 읽히도록 한다. '유불란'이라는 탐정 명칭은 모리스 르블랑을 흠모한 김내성이 '르블랑'을 음차하여 가져온 것이다. 그는 소년탐정소설에도 유불란 탐정을 등장시켜서 1937년 『백가면』과 『황금굴』을 『소년』 잡지와 『동아일보』에 연재한다. 1938년 조선일보사에 입사하여 『조광』 편집에 관여했으며, 이때 발표한 작품이 「광상시인」 「살인예술가」 등 괴기 분위기를 풍기는 단편이다. 1939년 장편 탐정소설 『마인』을 발표함으로써 한국 추리소설의 계보를 풍성하게 한다. 1943년과 1944년 일제의 편에서 스파이를 색출하는 내용의 방첩소설인 『태풍』과 『매국노』를 발표하기도 한다.

김내성의 작품 경력은 해방 이전과 이후로 나뉠 수 있다. 식민지 시기에 『백가면』 『황금굴』 『마인』 등의 탐정소설을 창작한 김내성은, 해방 이후 『청춘극장』 『애인』 『인생화보』 『실락원의 별』 등의 연애소설을 써서 인기를 끈다. 1957년 『경향신문』에 『실락원의 별』을 연재하다가 뇌출혈로 쓰러져 완성하지 못하고 생을 마감한다.

추리소설과 연애소설을 쓴 대중문학가로 널리 알려진 김내성은 아동청소년 대상의 소설을 일제강점기부터 꾸준히 써 왔다. 유불란 탐정이 등장하는 『황금굴』 『백가면』 계열의 모험탐정소설은 해방 이후 1950년대 『황금박쥐』로 이어졌으며, 김내성이 번역한 존스턴 맥컬리의 『검은별』(『학원』 1953.9~1955.2 연재, 대양출판사 1955; 개정판 학원사 1956)은 방송극으로도 제작되어 인기를 끌었다. 모험탐정소설 이외에도 『쌍무지개 뜨는 언덕』(『소년』 1949; 학원명작선집 1953)은 1965년과 1977년에 영화로 제작되어 어린이뿐만 아니라 일반 대중에게도 인기를 끌었다. 부잣집에서 자란 영란은 가난한 집에서 자란 쌍둥이 은주가 자기보다 더 노래를 잘하는 것을 질투한다. 은주와 은주 오빠 은철은 힘든 환경에도 좌절하지 않고 열심히 노력한다. 한국전쟁을 통해 피폐해져 버린 현실의 절망을 경험한 당시 어린이들에게 희망을 안겨 주었던 작품이다.

대중의 인기를 한 몸에 받았던 김내성은 1940년대 『태풍』 『매국

노』 등의 체제 지향적인 작품을 써서 그의 업적에 오명을 남기기도 한다. 그러나 그가 남긴 『마인』은 한국 추리문학의 계보에서 빼놓을 수 없으며, 또한 1950년대 『청춘극장』과 『실락원의 별』 등 그의 연애소설은 정비석의 『자유부인』과 쌍벽을 이루며 대중의 인기를 끌었다. 김내성은 추리문학의 개척자이자 선구자이면서, 연애소설을 쓴 대중문학가이며, 또한 아동청소년 모험탐정소설을 꾸준히 쓴 아동문학가이다. 1990년에 김내성 추리문학상이 제정되었으며, 『청춘극장』 『검은별』 『쌍무지개 뜨는 언덕』 등 그의 작품 대다수는 텔레비전 방송이나 영화로 제작되었다.

최애순

여성작가

우리나라에서 여성작가가 현대적 의미의 아동문학 창작이나 번역 활동을 드러내 보이기 시작한 시기로는 대략 1910~20년대부터 동요·동화 운동이 성행하던 일제강점기, 여성번역가의 활동이 두드러진 1950년대 해방 공간을 포함한다. 일제강점기에 동요·동화를 발표한 여성작가로는 최순애·권오순·김복진이 대표적이다. 아동문학 번역 부문에서는 신지식이 꼽힌다.

최순애(崔順愛, 1914~1998)는 경기도 수원에서 태어나 1925년 『어린이』 9월호에 동요 「이약이선생」이 선외가작으로 입선되고, 11월호에 동요 「오빠 생각」이 당선되었다. 배화학당에 입학했으나 몸이 약하여 중퇴했다. 1927년에는 윤석중·이원수·윤복진·신고송·서덕출 등과 '기쁨사' 동인으로 활동했다. 『어린이』에 작품을 실은 인연으로 이원수와 편지를 주고받다가 1936년에 결혼하여 경상남도 마산 합포구에 신혼살림을 차린다. 장남 경화를 낳은 이후부터 2남 2녀를 기르면서 다시 동시 창작을 했다. 해방 이후 전쟁터에서 두 자녀를 잃는 아픔을 겪고, 이후 공식 발표된 작품은 없다. 동시집으로 발간하려던 작품 꾸러미는 남편 이원수가 출판사로 가져가는 과정에서 잃어버렸다고 한다.

최순애의 대표작은 국민 동요 「오빠 생각」이다. 작곡가 박태준이 곡을 붙인 "뜸북뜸북 뜸북새/논에서 울고/뻐꾹뻐꾹 뻐꾹새/숲에서 울 제/우리 오빠 말 타고/서울 가시며/비단구두 사가지고/오신다더니 (…)"라는 노래는 전 국민의 애창 동요이다. 그 외에도 동요 「가을」(『어린이』 1927), 동시 「그림자」(『소년』 1938), 동시 「느림보 기차」, 「봄날」(『소년』 1940), 「이불」(『아이생활』 1943) 등이 더 있다. 따뜻하면서 섬세한 눈길로 향토적 음악성과 정서를 담은 작품을 쓴 것으로 평가되고 있다.

김복진(金福鎭, 1909~1950)은 서울에서 태어나 1924년 진명여자고등보통학교를 졸업했다. 결혼하여 아들을 낳았으나 남편이 병으로 사망한 이후 1932년 경성보육학교에 다녔다. 유치원 교사로 일했고, 극예술연구회 동인으로 활동했다. 연극배우이면서 라디오 방송극 및 영화 활동을 한 유명한 배우이며 동화구연가, 동시와 동화를 직접 집필한 아동문학가이다. 1930년대에 가장 활발하게 활동했으며, 1940년대부터는 재혼과 질병으로 작품 활동을 하지 않다가 1950년 장결핵으로 사망했다.

김복진은 1930년 『중외일보』에 「어린애」, 『조선일보』에 「가을바람」 「우리애기」 「코 없는 사람」, 1934년 『조선일보』에 「바둑강아지」라는 운문을 발표했다. 동화는 주로 『아이생활』 『어린이』 『소년』에 발표했는데, 1933년 『어린이』에 「대머리할아버지」 「현철이와 옥주」 「일곱마리 까마귀」 「고양이」를 발표한 이후 여러 잡지와 신문에 동화를 발표했다. 특히 1930년대에는 동화를 유성기 음반으로 취입하기도 했다. 8장의 음반에 10편의 동화를 녹음하여 언어 및 아동문학

연구 자료로 활용되고 있다. 현재 43편의 동화와 5편의 동시, 음반에 수록된 10편의 동화가 전해지는데, 손자인 정인섭이 펴낸 『김복진, 기억의 복각』(경인문화사 2014)에 동시·동화·수필로 정리되어 있다.

권오순(權五順, 1919~1997)은 황해도 해주에서 태어났다. 어려서 소아마비를 앓아 학교에 다니지 못했으나 교육자인 아버지의 돌봄 속에서 독학으로 글을 깨치고 『어린이』를 애독하며 성장했다. 1933년 5월부터 『어린이』에 동요 「새ㅅ일꾼」 「울언니처럼」의 입선을 비롯해 여러 편의 동요와 일기가 실리면서 아동문학작가로서의 꿈을 키운다. 『어린이』 애독자 시절 인연을 맺은 이정호가 『매일신보』 '어린이와 가정'란을 맡을 동안 많은 작품을 발표한다. 1938년 「구슬비」가 『가톨릭 소년』에 발표되었고, 1940년대에는 한글 작품 창작이 어려워지자 활동을 중단했다. 해방 후 1946년 토지 개혁으로 토지와 집을 몰수당하고 1948년 공산당 대의원 선거 명단에서 빠져 감시와 탄압을 받다가 월남하게 된다. 한국전쟁 때 여동생 가족과 공산 치하에서 살아남은 후 약현성당에서 성세 성사를 받았다. 성모원에서 고아들을 돌보는 봉사 생활을 하다가 1966년 재속 수녀회(프란치스코 3회)에 입회했다. 1976년 새싹문학상 수상 후 본격적 작품 활동으로 여러 동시집을 발간했다. 1997년 타계하여 경기도 안성의 미리내 성지에 묻혔다.

권오순의 대표작은 「구슬비」이다. 1938년 우여곡절 끝에 『가톨릭 소년』에 실린 동요 "송알송알 싸리잎에 은구슬/조롱조롱 거미줄에 옥구슬/대롱대롱 풀잎마다 총총총/방긋웃는 꽃잎마다 송송송 (…)"은 1940년대 후반 안병원이 곡을 붙인 이후 국민 동요로 널리 애창되었다. 여러 교육과정에 걸쳐 교과서에도 수록된 작품이다. 1938년 작품인 「구슬비」로 1976년에 새싹문학상을 받았다. 이후 새싹문학상 수상자들의 동인지인 『방울나귀』와 충청북도숲속아동문학회 등에서 활동하며 본격적인 창작 활동을 이어 간다. 6인 공동 동시집 『가시랑비』(1980), 동요동시집 『구슬비』(1983), 동시선집 『새벽숲 멧세소리』(1984), 동요시집 『무지개 꿈밭』(1987), 동시집 『가을호숫길』(1990)을 펴내었고, 1991년 이주홍문학상을 받았다.

신지식(申智植, 1930~2020)은 서울에서 태어나 아버지가 교장으로 근무하던 황해도 옹진군의 작은 섬 용호도에서 유년 시절을 보낸다. 자립심을 강조하는 부모님의 교육관에 따라 어린 나이에 집을 떠나 대련소화여자고등학교에 입학해 기숙사에서 생활한다. 1945년 해방 후 대련을 떠나 중국을 거쳐 서울로 돌아오면서 혼란과 죽음을 목격하며 고초를 겪었다. 1948년 이화여자고등학교 재학 당시 「하얀길」로 제1회 전국여자고등학교 학생문예 현상 모집에 응모하여 당선되었다. 1953년 이화여자대학교 국문과를 졸업하고 이화여자고등학교 교사로 근무하면서 창작과 번역 활동을 했다. 1987년부터 교직을 떠나 세계 여행을 다니며 자유롭게 창작과 번역 활동을 하다가 2020년 90세로 생을 마감했다.

신지식은 루시 모드 몽고메리의 『빨강머리 앤』을 최초로 우리말로 번역했다. 1953년 헌책방에서 무라오카 하나코의 일본어판 『빨강머리 앤』을 발견하여 이화여고 교지에 번역 연재했고, 1963년에 번역본을 출간했다. 신지식의 『빨강머리 앤』은 이후 여러 번역본 가운데 가장 많은 독자의 사랑을 받았다. 몽고메리의 원본 서사에서 강조된 배타적 공동체의 다문화적 긴장감이 약화되고, 개인적 수양에 무게 중심을 둔 번역이라는 평을 받기도 한다. 하지만 신지식 본이 갖는 감수성 강한 문체는 더 많은 여성 독자를 매료했다. 1977년 진 웹스터의 『키다리 아저씨』, 1991년 루이자 메이 올컷의 『작은 아씨들』, 그리고 『비아트릭스 포터의 그림이야기책』을 공역하는 등 활발한 번역 활동을 했다. 주로 여성 작가나 여성 주인공의 이야기와 정서를 감성적인 문체로 옮겼다. 『하얀길』(1956) 이후 여러 권의 창작집을 출간하는 등 창작 업적도 두드러졌으며, 특히 소녀적 감수성을 담은 작품으로 유명하다. 1968년 「감이 익을 무렵」으로 유네스코문예상, 「바람과 금잔화」로 소천문학상을 수상했다. 1979년 제1회 대한민국아동문학상을 수상했으며, 1996년 문화의 날에 화관문화훈장을 받았다.

우리 아동문학 초창기인 일제강점기에는 남성 작가 중심의 창작 및 번역 활동 경향이 뚜렷하다. 오늘날 남녀 구분 없이 창작과 번역 활동이 활발히 이루어지고 있는 것에 비해 전근대적 사회를 겨우 벗어나기 시작한 초기에는 여성의 창작 및 번역 활동이 여러모로 쉽게 허락되지 않았다. 언급한 이들 외에도 여성 작가나 번역가에 대한 보다 구체적 발굴 및 연구 성과 축적이 더 필요하다. **진선희**

월북작가

우리 아동문학의 진행 과정에서 일제강점기 카프나 해방기 조선문학가동맹의 주요 성원들의 활약이 두드러진 것을 부인할 수 없다. 가령 신고송·송완순·박세영·송영 등은 카프의 맹원이었으며, 정지용·박태원·이태준·윤복진은 조선문학가동맹의 일원이었다. 그러나 이들은 (자진) 월북 혹은 납북이라는 낙인이 찍혀 이름조차 거론되지 못하다가 1980년대 말 월북(재북)작가들의 작품에 관한 해금 조치가 이루어지면서 서서히 조명받게 되는데, 이 작가들이 남긴 흔적을 통해 아동문학사의 틈새를 견고히 메울 필요가 있다.

정지용(鄭芝溶, 1902~1950?)은 충청북도 옥천군에서 태어나 휘문고등보통학교와 일본 교토의 도시샤대학 영문과를 졸업했다. 1926년 『학조』 창간호에 「카페·프란스」를 발표하면서 등단했다. 1929년 졸업과 함께 귀국하여 이후 해방 때까지 휘문고등보통학교에서 영어교사로 재직했다. 1930년 김영랑과 박용철이 창간한 『시문학』 동인이며, 1933년 모더니즘 운동의 산실이었던 구인회 창립 멤버이다. 1948년 대한민국 정부 수립 후에는 조선문학가동맹에 가입했던 이유로 보도연맹에 가입하여 전향 강연에 종사했다. 1950년 한국전쟁 이후 북한에서 사망한 것이 통설로 알려져 있다.

정지용의 시작(詩作)은 이념이나 주의 주장을 앞세우지 않는다. 모더니즘 시들을 주로 썼는데, 언어의 감각, 이미지의 공간적 형상화, 대상의 즉물적 형상화로 우리말 구사에 새로운 지평을 열었다는 호평을 받는다. 성인시에 비하면 아동시는 그리 많지 않지만, 동시 창작에 있어서 당대의 장르 의식을 발전적으로 수용하여 뛰어난 성취를 보여 주었다는 점에서 주목할 시인이다. 주요 작품으로 「홍시」(『학조』 1926.6), 「산에서 온 새」(『어린이』 1926.11), 「해바라기씨」(『어린이』 1927.6), 「별똥」(『학생』 1930.10), 「저녁놀」(『어린이』 1933.8) 등이 있다. 1920년대 동요시단은 대개가 정형률에 얽매였던 반면, 정지용은 정형의 틀을 벗어나 새로운 동시 세계를 연다. 당시의 정형률을 파괴한 정지용의 자유시형은 이후 다채로운 동시 출현의 토대가 되었다. 정지용은 성인시를 주로 썼지만, 이런 측면에서 그의 동시에 대한 평가와 아동문학사적 의미는 재검토되어야 한다.

박태원(朴泰遠, 1909~1986)은 서울에서 태어나 경성제일고보를 졸업하고 일본 호세이대학을 중퇴했다. 한국으로 돌아온 그는 1930년 『신생』 10월호에 단편소설 「수염」으로 문단에 데뷔했다. 이후 프로 문단의 정치성에 염증을 느끼고 1933년 구인회에 입적한 다음 본격적인 작품 활동을 한다. 박태원의 월북 사유는 불분명한데, 구인회 활동을 하면서 절친했던 이용악과 이태준, 오장환 등을 따라 월북했을 가능성에 무게를 두고 있다. 박태원은 성인소설 창작에 주력했지만, 식민지시기 소년탐정소설의 새로운 장르 형성에 기여했다. 주요 작품으로 「특진생」(『소년중앙』 1935.4), 『소년탐정단』(『소년』 1938.6~12)을 들 수 있다. 일제강점기에 꽃핀 소년탐정소설은 방정환과 김내성,

박태원을 통해 형성된다. 당시 소년탐정소설은 '모험'이라는 공통점을 가지고 있지만, 박태원은 방정환, 김내성과는 또 다른 특징을 갖고 있다. 방정환과 김내성의 소년탐정소설은 민족과 제국이라는 거대 담론을 중심축으로 한 반면, 박태원의 소년탐정소설은 일상에서 일어났거나 일어날 법한 일을 중심축으로 한다. 가령 『소년탐정단』에서 소년들은 공부와 숙제가 싫어서 신나는 일을 좇아 모험을 나선다. 즉 박태원은 거대 담론과는 거리가 먼, 평범한 존재를 통해 일상의 재미와 흥미를 그려 식민지시기 소년탐정소설 장르를 본격적으로 개척했다.

이태준(李泰俊, 1904~1970)은 강원도 철원군에서 태어나 휘문고등보통학교에 입학하지만 동맹휴학을 주동한 혐의로 퇴학당한다. 이후 일본 조치대학 예과를 중퇴한다. 1925년 일본에서 투고한 단편 「오몽녀」가 『조선문단』에 입선하여 데뷔한다. 귀국 후 『학생』과 『신생』 『문장』 등 여러 언론사에서 기자, 발행인 겸 편집인으로 활동한다. 휘문고보 재학 중에 발표한 「물고기이약이」(『휘문』 1924.6)를 비롯하여, 본격적인 문단 활동 이전부터 여러 편의 아동 창작물을 발표했다. 1930년대의 한국 모더니즘 문학을 대표하는 구인회 일원이었으며 한국전쟁 이후 월북했다. 이태준은 탁월한 문장가로 유명하다. 담백하고 운치 있는 문장과 짜임새 있는 구성, 개성 있는 인물 묘사가 특장이다. 성인소설뿐만 아니라 동화도 주목할 작품이 많다. 주요 작품으로 취학 전 아동을 대상으로 하는 「몰라쟁이 엄마」(『어린이』 1931.2), 「엄마 마중」(『어린이』 1933.12)을 들 수 있다. 이 작품들은 대화 형식을 취한 짧은 내용으로 어린아이의 호기심과 자연에 대한 관심, 엄마를 기다리는 애틋한 마음을 담았다. 또한 자전적 요소를 담은 「슬픈 명일 추석」(『어린이』 1929.5), 「쓸쓸한 밤길」(『어린이』 1929.6), 「눈물의 입학」(『어린이』 1930.1), 「외로운 아이」(『어린이』 1930.11) 등은 고아가 되어 친척이나 남의 집에서 심한 구박을 받는 내용들이다. 이태준 동화의 의의는 작가만의 관점으로 실제적인 아동 모델을 제시한 것이다. 1930년대 초반 동심천사주의의와 카프의 목적론적 아동관으로 양분되는 상황에서 어른의 시선과 관점으로 주입시키는 아동의 순수와 동심이 아니라, 있는 그대로의 아이, 본연의 아이를 그린다. 즉, 어른의 관념이나 세계관이 아니라 어린이가 주체가 되어 본연의 아이다움으로 세계를 바라보는 아동상을 탄생시킨 것이다.

윤복진(尹福鎭, 1907~1991)은 대구에서 태어나 대구계성학교를 졸업하고 니혼대학 전문부 문과에서 수업하고 호세이대학 영문학부를 졸업했다. 1925년 『어린이』 9월호에 「별따러 가세」로 방정환의 추천을 받아 본격적인 활동을 시작하지만, 그 전에 『시대일보』 『동아일보』 『아희생활』 『신진소년』 등에서 문단 활동을 한 이력을 갖고 있다. 다음 해에 「종달새」(1926.4), 「바닷가에서」(1926.6), 「각시님」(1926.7) 등이 『어린이』에 계속 입선되었다. 윤석중 중심의 '기쁨사' 회원, '카나리아회' 회원으로 참가해 많은 동요와 동시를 발표했다. 김수향(金水鄕), 김귀환(金貴環)이란 이름으로도 작품 활동을 했다. 1929년에 출간된 『조선동요백곡집』(연악회)에 「하모니카」 「고향 하늘」 「바닷가에서」 등 여러 편이 실렸다. 1946년 조선문학가동맹 아동문학부 사무장 및 조선문화단체총연맹 경북지부 부위원장을 지냈으며, 1950년 한국전쟁 중 월북했다.

윤복진은 10세 이하의 유년층을 상대로 하는 짤막한 동요를 쓰기도 하였다. 주요 작품으로 「바닷가에서」(『어린이』 1926.6), 「기차가 달려오네」(『어린이』 1930.8), 「쪽도리꽃」(『중외일보』 1930.8.19), 「송아지 팔러 가는집」(『중외일보』 1930.9.6), 「가을밤」(『조선일보』 1933.9.17) 등이 있다. 동요곡집으로 『중중때때중』(1931), 『양양 범버궁』(1932), 『돌아오는 배』(1934), 『물새발자옥』(교문사 1939), 『꽃초롱 별초롱』(아동예술원 1949) 등이 있으며, 북한에서 낸 동요동시집 『시내물』(금성청년출판사 1980)이 있다. 그의 작품은 3·4조, 7·5조의 정형률을 기조로 하여 우리 고유의 정서를 반영하면서 식민지 시기 암울한 시대상 또한 간과하지 않은 점이다.

정지용·박태원·이태준·윤복진 등의 공통분모는 월북작가이면서 1930년대 아동문학의 특성을 보여 주는 작가라는 점이다. 이들은 1930년대 아동문학의 토포스를 담지하고 있음에도 불구하고, 월북으로 인해 1988년 해금되기 이전까지는 이름조차 거론할 수 없었다. 사상과 이념이 다르다는 피상적인 이유로 작가와 작품을 외면한다면 우리는 한국 아동문학의 발아와 형성기인 문학적 시공간을 잃는 것이나 다름없다. 따라서 이들의 과오를 포함해 문학적 업적을 기리는 장을 다양하게 마련하여 생산적인 논의가 이루어져야 할 것이다.

장영미

한낙원

한낙원(韓樂源, 1924~2007)은 어린이·청소년 과학소설가다. 평안남도 용강에서 태어나 1943년 3월 평양 숭인상업학교를 졸업했다. 해방 직후 평양방송국에서 아나운서로 근무했으며, 한국전쟁 발발로 1950년 12월에 월남하여 공군 제1전투비행단 작전처 번역 문관, 유엔군 심리작전처 공보교육국 방송부장 등을 역임하며 주로 번역 및 방송 일을 했다. 1953년경부터 외국 방송극을 각색, 소개하고 「100년 후의 월세계」 「화성에서 온 사나이」 등 과학 방송극을 집필하며 잡지 『농민생활』 『동광』 등의 주간을 맡아 일했다. 1958년 무렵부터 어린이·청소년 과학소설과 다양한 과학 관련 글을 발표했으며, 1959년에 장편 『잃어버린 소년』과 『화성에 사는 사람들』을 연재하기 시작하여 1990년대까지 꾸준히 작품을 발표했다. 1975년부터는 백중앙의료원 비서실장 겸 홍보실장으로도 근무했으며 2007년에 타계했다.

한낙원은 1959년 4월, 어린이잡지 『새벗』에 『화성에 사는 사람들』을 연재하면서 본격적인 과학모험소설을 창작하기 시작하여 1990년대까지 40여 편의 과학소설과 몇 편의 추리소설, 모험소설, 명랑소설, 역사소설을 창작했다. 『연합신문』에 연재한 『잃어버린 소년』(1959.12~1960.4)과 『학원』에 연재한 『금성 탐험대』(1962.12~1964.9)가 독자들의 큰 사랑을 받으면서 과학소설 작가로 이름을 알렸다. 잡지와 신문에 발표된 과학소설들은 단행본과 전집의 일부로 출판되었다. 작품집으로 『길 잃은 애톰』 『할아버지 소년』 『사라진 행글라이더』와 장편 『잃어버린 소년』 『금성 탐험대』 『우주벌레 오메가호』 『해저 왕국』 『우주 도시』 『별들 최후의 날』 등이 있다. 제10회 한국어린이도서상 저작부문 문화공보부장관상, 제2회 방정환문학상 특별부문을 수상했다.

한낙원은 1950년대부터 1990년대까지 40여 년 동안 꾸준히 활동하며, 40여 편의 작품을 남긴 과학소설의 개척자이자 선구자이다. 그는 최초의 본격 과학소설로 알려진 문윤성의 『완전사회』(1965)보다 훨씬 앞선 시기에 주요 작품을 발표했다. 특히 어린이·청소년 독자의 흥미를 돋우면서 한국 현실에 맞는 과학소설 양식을 개발하여 한국 어린이·청소년 과학소설을 개척했다. 한낙원은 고전적인 과학소설의 주제와 구성을 추구하여 주로 과학과 기술에 초점을 둔 모험담을 창작했다. 그래서 사변소설적 경향과는 거리가 있다는 평가도 있다. 당시에 풍미했던 과학기술에 대한 유토피아적 전망을 수용하여 과학소설의 계몽성을 드러낸 한편, 1950년대 냉전체제 하에서 국가 간 대립과 경쟁의 양상을 풍자하는 소설도 발표했다. 한낙원은 보다 재미있는 소설을 창작하기 위해 모험소설과 추리소설의 형식을 즐겨 채용했다. 한국 젊은이들을 주인공으로 삼았는데 여성 인물을 반드시 포함시켰다. 하지만 여성에 대한 재현 방식이 가부장적이라는 평가도 있다. 2014년에는 어린이·청소년 과학소설의 개척자 한낙원을 기려 '한낙원과학소설상'이 제정되었다. 소설가이자 평론가인 김이구가 공모를 제안하여 한낙원 유족이 상금을 출연했다. 공모와 시상은 『어린이와 문학』에서 주관하고, 수상작은 사계절출판사에서 작품집으로 펴내고 있다.

최배은

『얄개전』

조흔파(趙欣坡, 본명 조봉순(趙鳳淳))의 명랑소설 『얄개전』은 학생잡지 『학원』(1954.5~1955.3)에 총 11회 연재되었다. 삽화는 신동헌이 그렸다. 조흔파는 『학원』에 실린 단편 명랑소설 「할머니」(1954.1)와 「하마트면」(1954.4)이 10대 독자층에게 인기를 얻자 5월호부터 곧바로 『얄개전』을 연재한다. 조흔파는 '얄개전'의 '얄개'란 함경도 지방의 방언이며 평안도 사투리로 '안타재비', 서울말로 '야살이'를 뜻하는데 '남을 속상하게 하는 짓궂은 장난꾼'이라고 소개한다. 매회는 '청춘의 심볼'(1회), '장난 이력서'(2회), '또 하나의 별명'(3회), '아버지 얄개'(4회), '신진인격자(新進人格者)'(5회), '분발거사(奮發居士)'(6회), '작심삼일'(7회), '행사의달'(8회), '선생얄개'(9회), '겨울방학'(10회), '시담회(試談會)'(11회)의 에피소드로 구성된다.

KK중학교 천여 명 학생 중 주인공 나두수를 모르는 사람은 없다. 두수는 16살이지만 초등학교 때 한 번, 중학교에서 두 번 낙제해 아직 중학교 1학년이다. 그는 수학 담당 배 선생 골리기를 즐기며, 애국가 봉창 때 아리랑을 멋지게 불러 넘기는 등 맹랑한 사건을 곧잘 일으킨다. 그런데 인숙이한테 낙제당이란 말을 듣고 우등생이 되겠다고 맹세, 일약 진급촉진운동기성회 회장으로 당선되지만 그것도 작심삼일이다. 학교생활은 웅변 대회와 연극 등에 참여할 정도로 적극적인데, 배 선생, 하드슨 교장 등의 권위에 맞서 통쾌한 웃음을 유발한다. 결말에서 두수는 학교 생물실에 침입한 절도범을 잡고 화재도 진압해 '소영웅 나두수 군의 활약'으로 신문에 알려질 만큼 유명해진다. 결말에서 병원에 입원한 그는 장례식 찬송가를 듣고 인간은 '지구라는 기차를 타고 한없이 달려가는 나그네'라며 새 출발을 결심한다.

『얄개전』은 전후의 혼란과 억압 속에서 권위자를 왜소화하는 방식으로 기존 권위와 질서에 저항하고 명랑한 웃음을 유발한다. 화장실에서 아편쟁이처럼 흡연에 몰두하는 선생, 소풍날 얄개가 바꿔 놓은 신발 문제로 허둥대는 선생 등 교사들의 모습이 희화화된다. 국가와 민족의 복리를 위한다며 쓸모없는 물건만 발명하고 아들이 낙제해도 허허 웃는 대기만성형 나 교수의 엉뚱한 행동도 웃음을 유발한다. 또한 두수는 교사가 시험 문제를 어렵게 내자 낙제당을 만들어 답안지 백지 사건을 주도하기도 하며, 흡연을 문둥병이나 폐결핵처럼 혐오하는 하드슨 교장에게 백 선생이 "나는 좋소. 전염 안 되오."라며 상사의 권위를 뒤집기도 한다.

원작 『얄개전』은 1955년 4월 학원사에서 단행본으로 출간된 후 100만 부 이상 팔리며 베스트셀러의 반열에 오른다. 1965년 영화 「개구장이 얄개」(총 100분)는 정승문이 감독을 맡고 안성기, 김승호, 안인숙 등이 출현했다. 드라마 「얄개전」은 1969년 10월 5일부터 KBS 「어린이 극장」에서 매주 일요일 6시 30분부터 30분간 총 13회 방영되었다. 조흔파가 극본을 맡고, 이정훈이 연출했으며, 얄개 역의 김용연과 김무생·김용근·최지숙·송승환 등이 출연했다. 1977년 영화 「고교얄개」(총 90분)는 '얄개시리즈 1탄'으로 감독 석래명과 각본 윤삼육이 학원코미디물로 제작했다. 얄개 역의 이승현과 김주희, 정윤희, 한은진, 하명중 등이 출연해 25만 명 이상 관람했다. 이후 '고교얄개시리즈' 2탄인 「얄개행진곡」(1977.8), 「여고얄개」(1977.12) 등이 나왔다. 2018년 5월 조흔파 탄생 100주년 기념판으로 『조흔파 얄개걸작시리즈』(전 20권)가 동서문화사에서 발간되며, 영화도 재상영되었다.

오늘날 조흔파의 '명랑성'은 저항과 타협의 모순적 세계라는 비판도 제기된다. 하지만 조흔파는 『얄개전』을 통해 아동청소년문학계에 '명랑양식' 붐을 주도했고, 전후의 억압과 규율, 허위와 위선을 거부하고 통쾌한 웃음으로 현실을 극복했다는 평가가 일반적이다. 또한 『얄개전』의 건강한 명랑성은 1980년대 이후 명랑동화와 청소년소설이 새로운 방향으로 발전하는 바탕이 되었다. **장수경**

『학원』

전쟁이 한창이던 1952년 11월 1일, 대구 대양출판사(大洋出版社, 학원사의 전신)에서 중학생 종합잡지를 표방하며 김익달 사장, 장만영 편집주간, 김성재 편집으로 『학원(學園)』이 창간되었다. 학원사에서 1952년부터 1969년 2월호까지 내고, 1969년 3월호부터 발행권이 학원출판사(학원사와는 별개의 출판사) 박재서에게 이양되어 1979년 9월호까지(통권 293호) 30여 년간 발간되었다. 1984년 5월부터 학원사에서 『학원』이란 표제로 속간되지만 '지식인을 위한 문학예술지'로 그 성격이 변모되었고 1990년 10월호(통권 343호)로 종간된다. 학생잡지로 발행될 당시 주요 독자는 초등학교 중학년부터 중·고등학생이었으나, 대학생·주부·군인 등 다양한 독자층을 형성할 정도로 베스트셀러였다.

『학원』에서는 정비석의 『홍길동전』, 박연희의 『사도세자』, 조흔파의 『협도임꺽정전』 등 역사소설이 지속적으로 연재되었고, 김용환의 『코주부삼국지』, 김성환의 『거꾸리군과 장다리군』, 신동헌의 『우주왕자』 등 장편만화도 다수 실렸다. 명랑소설의 대표작인 조흔파의 『얄개전』, 최요안의 『억만이의 미소』, 한국 SF의 초창기 작품인 한낙원의 『금성탐험대』, 김내성의 추리소설 『황금박쥐』와 『검은별』, 장수철의 『비밀극장을 뒤져라』, 이원수의 『민들레의 노래』, 마해송의 『비둘기가 돌아오면』, 김광주 『소년선인전』 등 어린이·청소년이 읽을 수 있는 다양한 장르가 실렸다. 『미녀와 야수』 『노틀담의 꼽추』 『톰 소오야의 모험』 『다리 긴 아저씨』 『동키호테』 『몽테크리스도백작』 『알프스의 소녀 하이디』 『인어아가씨』 『피이터팬』 『불쌍하나 아름다운 코젯트』 『고집센 착한 소년 페라치오』 등 세계명작도 많이 실렸다. 세계명작의 경우 이원수·조흔파·김요섭 등의 작가들이 번안했고, 『학원명작선집』으로 묶었다.

『학원』은 창간호부터 '학원장학생'을 선발하고 '학원문단' '학원미술상'을 운영했으며, 독자투고인 '학원문단'을 운영, 매년 '학원문학상'을 발표하는 등 다양한 업적을 남겼다. 학원문학상은 1954년 1월부터 1978년 1월까지 30여 년 간 총 21회까지 지속, 청소년과 청소년 사이 그리고 예비문인과 기성문인 사이를 연결하는 '전통 있는 학생 문단의 메카'로 부상했고 '신진작가 등용문'이 되었다. 심사에 참여한 김동리·마해송·서정주·이원수·장만영·정비석·조지훈 등의 기성작가들은 '학원문단'에 참여한 청소년 독자와 직간접적으로 소통하며 신진작가 발굴과 양성에 힘썼다. '학원파' 또는 '학원세대'로 불리는 문화예술인들은 '학원문단'을 통해 전후 한국문학의 창작, 문학교육, 담론을 재생산하는 주체로 성장한다. 권정생·김승옥·김이구·김원일·마광수·박경용·서정오·서종택·안도현·오탁번·유경환·윤구병·윤후명·이승훈·이주영·이청준·전상국·정채봉·정호승·조세희·조해일·최명희·최인호·최원식·황동규·황석영·황지우 등 한국문학사에서 중요한 작가들이 이 잡지를 통해 문단에 데뷔했다. 영화인 김종원을 비롯해 연극, 방송, 대학 등 다양한 분야에서 활동하는 문화예술인도 다수 배출했다.

『학원』은 해방 이후 처음 한글로 사유하며 글을 쓰기 시작한 아동청소년을 학원세대로 결집시켜 한글문학을 미학적으로 실험·검증·공유하는 장이 되었다. 아울러 현대 아동청소년문학의 흐름이 지속, 발전할 수 있는 바탕이 된 잡지로서 그 의미를 지닌다. 전후 한국문단의 중심에서 활동한 문화예술인들의 '정체성 찾기'에 대한 다양한 발자취를 기록해 놓은 공간으로서도 문학사적 가치가 있다. **장수경**

5부 1960년대

아동문학평론

아동문학평론은 동요·동시·동화·아동소설·아동극 등의 작품 가치를 판단하고 평가하는 글이다. 성인문학과 마찬가지로, 작품을 평가하는 규범이자 틀을 세우는 이론 비평과 실제 작품이나 작가의 가치를 해석하고 평가하는 실천 비평으로 나뉜다. 다만 일제강점기에는 '소년운동'의 측면이 농후했다는 점에서, 문학으로서 독자적인 영역을 구축하기 시작한 것은 1960년대 이후부터로 봐야 할 것이다.

아동문학평론은 '동심주의'와 '현실주의'가 첨예하게 대립하거나 상호 보완하는 과정을 통해 발전해 왔다. 일제강점기 아동문학평론의 주요 쟁점은 동심론, 아동문학의 계급성, 조직화, 동요-동시 논쟁, 소년문예운동 방지 논쟁, 표절 논쟁, 방향전환 논쟁, 동요(동시) 창작론, 아동극, 아동문학 부흥론, 아동문학잡지론 등으로 요약할 수 있다(류덕제 『한국현대아동문학비평론 연구』, 역락 2021, 11면). 일련의 논쟁이 그러하거니와 일제강점기 비평은 전반적으로 카프(KAPF)가 주도권을 쥐고 있던 시대였다. 1948년 송완순은 현실과 동떨어진 일제강점기 아동문학 경향을 '천사주의'라 비판하며, "어린이를 가장 위하는 것 같으면서도 기실은 가장 그르치는 사상"(「아동문학의 천사주의」, 『아동문화』 제1집, 1948, 31면)으로 규정했다.

이후 아동문학평론은 1962년에 배영사에서 나온 문예지 『아동문학』과 더불어 새로운 국면을 맞는다. 『아동문학』은 아동문학의 이론적 기틀을 다졌으며, 한국전쟁 이후 시들했던 평단을 활성화하는 데에도 기여한다. 한편 이원수는 1950년대부터 실천 비평을 이어 왔는데, 특히 「아동문학 입문」(1965) 등 1960년대에 발표한 평론은 리얼리즘 아동문학의 기틀이 되었다. 이오덕은 그 연장선에서 1974년 「시정신과 유희정신」 「동시란 무엇인가」 등을 발표했는데, 이때 이상현·박경용의 반론이 이어져 2년 가까이 치열한 논쟁이 이어진 것은 유명한 일화이다. 한편 이재철은 『아동문학개론』(1967), 『한국현대아동문학사』(1978), 『세계 아동문학 사전』(1989) 등을 출간하며 척박했던 아동문학 연구에 한 획을 긋게 된다. 2000년도 전후로는 리얼리즘 진영 내부에서 활발한 논쟁이 이어졌는데, 원종찬과 이재복 사이에 있었던 판타지를 둘러싼 장르 논쟁, 원종찬·김이구가 제기한 '유희 정신과 일하는 아이들'을 넘어서자는 주장에 대해 이오덕·이지호·윤동재·윤기현·이주영 등의 반박이 이어진 것이 대표적이다. 그리고 2000년대 들어 계간 『창비어린이』(2003), 월간 『어린이와 문학』(2005), 계간 『어린이책이야기』(2008) 등이 줄줄이 창간하면서 아동문학평론이 비약적으로 성장할 수 있는 계기가 마련되었다.

일제강점기 대표적인 평론가는 신고송·송완순·박세영·정홍교·홍은성 등으로 주로 계급주의 논자들이었다(류덕제, 앞의 책 510면). 그러나 본격적인 아동문학평론의 시작은 이원수와 이재철로 봐야 할 것이다. 문학사가(文學史家)로서 득의의 영역을 구축한 이재철은 계간 『아동문학평론』(1976)을 발행하면서 일찍부터 평단에 활기를 불어넣었고, 이상현·최지훈·김용희·정선혜 등과 문단의 장을 형성했다. 한편 리얼리즘 아동문학은 이원수를 중심으로 하여 이오덕이 바통을 이어받아 1990년대까지 리얼리즘을 대표하는 평론가로 우뚝 선다. 그러다 1990년대 중반 이후에는 창작과비평사를 기반으로 한 원종찬·김이구가 등장하면서 21세기 아동문학의 쟁점을 이끌었으며, 이재복은 교육문예창작회 등을 중심으로 '삶의 동화운동'을 펼쳤다. 이후에는 최윤정·김서정·김제곤·유영진·박숙경·오세란·김지은 등이 활발한 활동을 이어 갔다.

동심주의와 현실주의는 아동문학평론의 주요 의제였다. 그러나 이제는 이분법의 구도와 통념에서 벗어나 새로운 주제에 대응하고 통찰하는 '기민한 눈'이 필요한 때이다. 그러한 의미에서 동시·동화·청소년소설·그림책 분야에서 전문성을 지닌 신진 평론가들이 꾸준히 등장하고, 평론의 형태도 다양하게 분화하고 있는 것은 긍정적인 요인이다. 그러나 2010년 이후 날카로운 비평이나 팽팽한 논쟁이 점차 사라지고 있다는 점에서, 다시금 노력과 성찰이 절실한 때이기도 하다.

이충일

북한 아동문학

북한의 아동문학은 "정치사상적, 정서적으로 어린이와 소년단원들을 교양"하고, "주체혁명 위업의 믿음직한 계승자로 튼튼히 준비시키는 것을 기본 사명"(『조선대백과사전』 26권, 백과사전출판사 2001)으로 하고 있다. 조선작가동맹 중앙위원회 기관지인 『아동문학』을 1947년에 창간하여, 전쟁 후인 1954년부터는 월간 발행을 지금까지 지켜 오고 있어 북한 아동문학의 시대별 경향을 읽을 수 있다.

해방 이후 북한 아동문학의 형성 과정에서 중추적 역할을 한 작가는 일제강점기 카프의 영향권에 있던 계급주의 작가들이었다. 『별나라』와 『신소년』의 작가 한설야·송영·박세영 등이 아동문학 분과 활동을 직접 지도한 것이 대표적이다. 1946년 북조선문학예술총동맹이 출범한 이후 아동문학계는 '아동문화사 사건'을 거쳐 재편되었다. 1950년대 후반 백석은 '학령 전 아동문학 논쟁'에서 유년층을 대상으로 하는 아동문학의 도식주의적 경향에 항의했으나, 오히려 이 시기 북한 아동문학은 천리마운동을 형상화한 작품이 활발하게 발표되었다. 1960~70년대 주체시대 이후 북한 아동문학은 김일성의 항일혁명문학으로 이르는 길을 걸어 조선노동당과 수령을 형상화하는 문학으로, 사회주의 리얼리즘에 더하여 '수령에 대한 충실성'이라는 요소가 강조된 특유의 창작 방법을 견지한다. 북한문학의 절대적인 기준이 되는 김정일의 『주체문학론』에서는 '아동문학을 어린이의 심리적 특성에 맞게 창작하여야 한다'는 창작 실천을 강조했다. 그러나 김정일 선군시대 아동문학은 최첨단 과학기술의 발전과 높은 군사력을 바탕으로 강성 대국이라는 구호를 강조했다. 이에 부응하여 '과학환상소설' 장르가 활발해졌으며, '5점꽃' 담론을 형성하여 교육열을 과열시키는 데 아동문학이 복무했다. 최근 김정은시대 북한의 아동문학은 김일성-김정일-김정은이 백두혈통으로 이어진다는 '종자'를 기조로 후계를 튼튼히 하고 있어, "대원수님 그 모습 그대로이신/경애하는 김정은"이라는 표현이 이어지고 있다. 김정은은 현지지도를 통해 친아동적, 애민적 이미지를 구축하고 있으며, 이러한 움직임은 아동문학 창작에 고스란히 드러나고 있다.

북한에서는 잡지 『아동문학』에 작품을 발표할 때 장르 명칭을 밝혀 둔다. 동요·동시·동화·소년소설·동극을 기본으로 하지만 그 하위 장르를 다양하게 명시하고 있다. 가사·송시·서사시·기행련시와 같은 운문 부문과 련속동화, 장편연속소설·우화·유년동화·재담소설·전래동화·수필 등의 산문 부문 갈래를 보인다. 그리고 정치성이 강한 문학 장르인 오체르크·정론·담시 등의 작품도 발표된다. 그림책 분야는 남한보다 광의의 개념을 가지고 있어서 만화체의 그림책을 비롯하여 2013~14년 조선출판물수입사에서 출간한 『조선옛이야기그림책』 시리즈에 이르기까지 다양하다. 북한 아동문학의 독자 대상은 "정규적인 교육을 받고 있는 고등중학교와 인민학교 학생과 유치원생"(『아동문학』 2015.4)이라고 밝혀 두었으며, 유년기·아동기·소년

(소녀)기 등 학령기 전반을 모두 포괄하는 것으로 '아동'의 개념을 규정하고 있다.

기관지 『아동문학』에는 소학교, 중고등학교 학생들이 쓴 작품도 상당수 발표되는데, 이들 학생이 쓰는 글에 대해서도 동화, 동시라는 장르로 표기하여 생활면과 더불어 작가적 자질을 지도하고 있다. 아동문학상 시상식의 시상 대상이 성인작가가 아니라 아동이며, 아동이 쓴 문학으로 행사가 이루어지기도 한다. 아동이 지은 문학이 교과서를 통해서도 소개되고 적극 향유 수용토록 하는 점은 남한과 다르다. 한편 북한의 '동화 그림책'이나 '옛이야기 그림책' 중에는 북한 고유의 이념성을 표면적으로 드러내지 않아서 남과 북이 공유할 수 있는 작품도 상당수 있다. **박종순**

세계명작동화

세계명작동화는 이름이 널리 알려진 세계의 훌륭한 동화로, 실제로는 외국의 소설 및 동화를 어린이들이 읽을 수 있도록 번역·번안한 작품을 가리키는 것이 일반적이다.

현재 확인 가능한 자료에서 세계명작동화라는 용어가 처음 보이는 것은 방정환의 『사랑의 선물』(개벽사 1922)이다. 표지에 한자로 '세계명작동화집(世界名作童話集)'이라고 명기되어 있다. 방정환이 이탈리아·프랑스·독일·영국·시칠리아·덴마크 등 각국의 작품 가운데 10편을 골라 번안했다. 『사랑의 선물』은 발간 직후부터 대중적인 인기를 얻어 베스트셀러 번역동화집이 되었을 뿐 아니라, 형성기 한국 아동문학에 큰 영향을 미쳤다. 이후, 『세계 명작동화 선집 — 천사의 선물』(노자영, 청조사 1925), 『세계일주동화집』(이정호, 이문당 1926), 『세계명작 교육동화집』(신길구, 영창서관 1926), 『세계명작동화 보옥집』(연성흠, 이문당 1928), 『세계동화집』(최인화, 대중서옥 1936), 『세계걸작동화집』(장혁주 외, 조광사 1936), 『특선 세계동화집 — 안데르센 특집』(전영택, 복음사 1936) 등 번역·번안 동화집이 잇달아 나왔다. 해방 후 윤복진이 세계명작동화 선집 『노래하는 나무』(아동예술원 1950)를 발간했다는 신문 기사(『연합신문』 1950.4.13)를 확인할 수 있어서, 세계명작동화를 표방한 번역·번안 동화집에 대한 관심은 계속되었다고 볼 수 있다.

이후에도 아동문학 출판계는 번역 작품에 대한 의존도가 매우 높았다. 「로빈슨 크루소」「걸리버 여행기」「보물섬」「톰소여의 모험」「하이디」「신데렐라」「백설공주」「인어공주」「미운 오리 새끼」「피터 팬」「이상한 나라의 앨리스」 등 근대 시기부터 알려진 외국 번역물, 이른바 세계명작동화류가 여러 출판사에서 비슷한 내용으로 중복 출판되었다. 주로 전집 형태로 편집되어 할부 제도를 이용한 방문 판매가 이루어졌다. 교육과 독서에 대한 관심이 높아지면서 어린이책의 양적 팽창에 큰 몫을 담당했다.

시민 단체 어린이도서연구회에서 세계명작동화의 내용과 전집의 판매 형태에 대한 비판을 제기, 꾸준한 검토와 연구가 진행되고 1987년 세계저작권협약에 가입하면서 외국 출판사와 정식 계약을 맺은 작품들이 발간되었다. 그래도 세계명작동화의 전집 유통은 감소되지 않고 각 가정에서의 수요는 꾸준히 유지되고 있다.

1980년대 대표적인 전집 출판사로 계몽사를 들 수 있다. 계몽사는 1946년 설립과 함께 『소년소녀 세계문학전집』(전 60권)을 비롯해서 『어린이 세계의 동화』(전 15권, 1980)와 『어린이 세계의 명작』(전 15권, 1983) 같은 다양한 전집류를 발간하며 전성기를 구가했다. 계몽사의 동화 전집은 각 이야기에 맞는 유려한 삽화를 담고 있어 환영받았으며, 당시 초등학교 자녀를 둔 집에서는 거의 한두 세트는 갖추고 있다고 할 수 있을 정도였다.

동서문화사에서 출간한 어린이용 도서 전집 『에이브(ABE) 전집』(1982)은 기존의 세계명작동화류와는 차별화된 독특한 작품 구성으로 독자들을 사로잡았다. 전체 88권으로 구성되어 학교, 가족, 전쟁, 죽음, 독재, 기아, 인종 차별, 과학 등 다양한 소재의 작품이 전집에 들어 있다. 각 권마다 표지와 삽화가 다르고 몇몇 작품은 원작에서 그대로 가져와 사용했다. 당시 독자들에게 책에 대한 흥미와 문학의 향기를 느끼게 하며 각별한 의미로 자리하고 있다.

세계명작동화류는 근대 시기부터 아동문학 발전에 영향을 미치며 창작동화가 발전할 수 있는 토대가 되었으며 다양한 외국 문학을 제공했다는 점에서 의미를 지닌다.

박종진

본격동시 논쟁

본격동시는 1960년대 출현한 새로운 경향의 동시들을 일컫는 말로, 이재철의 『한국현대아동문학사』(1978)와 『아동문학개론』(1983)에서 규정된 개념이다. 이재철은 1960년대 '본격문학'의 시대가 '본격문학운동'으로 시작됐으며, 본격문학운동은 장르별로 '본격동시운동'과 '본격동화운동'의 두 갈래로 이루어졌다고 규정한다. 따라서 본격동시는 1960년대 본격동시운동의 지향 아래 창작된 동시를 말한다.

이재철은 본격동시운동의 주역을 1966년 결성된 '동시인' 동인회로, 이들의 작품을 본격동시로 규정한다. 1966년 7월 발간된 동인지 1집 『동시인(童詩人)』에 작품을 게재한 동시인 동인으로는 김사림·박경용·박송·방극룡·석용원·유경환·윤부현·이석현·정상묵·차보현·최계락이 있다.

그중 박경용과 유경환은 실험적인 창작을 실천하는 동시에 자신과 동인회원의 작품을 적극 해석하고 옹호하면서 새로운 동시론을 정립한다. 이들 동시론의 핵심은 '동시도 시다' '동시도 시가 되어야 한다'는 것이었다. 이들은 동시의 미학성과 시인으로서의 전문 역량을 강조하며 당시 창작 현실에 경종을 울렸고 아동문학의 제도화를 촉구했다. 또한 어른인 시인이 '어린이 마음'이 아닌 '어린이다운 마음'으로 창작해야 한다고 말하면서 창작 태도의 전환을 꾀하고 동시의 언어 형식과 기법에 변화를 일으켰다.

그러나 이러한 작품들은 모든 어린이 독자의 이해와 공감을 이끌어 낼 수 없다는 '난해성' 논란을 불러일으켰다. 일례로 『아동문학』 9집(1964.7)의 「동시를 이렇게 본다」에서는 김요섭의 「오월에 바람이 불면」을 두고 난해성 논쟁을 벌였다. 1970년대 들어 이오덕은 작품 비판을 확장하며 박경용·이상현과 지속적인 논쟁을 벌였다. 당시 이 논쟁은 순수주의 문학론과 현실주의 문학론의 대립이나 문학 단체의 갈등으로 규정됐으나 현시점에서는 아동문학의 장르 규범과 관련된 작가와 독자, 문학과 교육, 시 창작론과 시 교육론의 구도로 전환해 평가할 수 있다. 본격동시 논쟁은 오늘날 동시 담론을 거의 포괄할 뿐 아니라 아동문학의 장르 규범과 관련한 논점으로 확장할 수 있다는 점에서 중요하다. 본격동시 논쟁의 핵심은 작품의 미학성과 어린이 독자 중 어느 편에 중점을 둘지에 대한 견해 차이였기 때문이다. 한편 1960년대 본격동시 논쟁 과정에서 창작된 단시(短詩), 형태시, 이야기시 역시 2000년대 후반 이후 전개된 다양한 창작 실험 양상과 비교할 만하다는 점에서 현재적 의의가 있다. **김유진**

주평

주평(朱萍, 본명 주정웅〔朱正雄〕, 1929~2015)은 아동극 작가이자 연출자로, 경상남도 진해에서 태어나 중학교 2학년 때부터 통영에서 학창 시절을 보냈으며 김춘수·유치환·박재성 등 문인 출신 국어 교사들의 영향을 많이 받았다.

국립극장 초대 극장장인 유치진과의 친분 덕분에 국립극장의 연극 제작 과정을 볼 수 있었던 주평은 한국전쟁 발발 이후 통영으로 피난 온 국립극장 팀과 함께 「뇌우」를 기획해 공연했다. 1953년 경상남도 공보과 주최 전국학생극 극본현상모집에 「토끼전」이 당선되자 연세대 의예과에서 부산대 영문학과로 편입했다. 1954년 『교육주보』 기자로 일하면서 교육계 관계자와 친분을 쌓았고, 당시 문교부 음악 편수관인 금수현이 주평의 「토끼전」에 「궁녀들의 노래」라는 곡을 붙여 음악극 「토끼 이야기」를 3학년 음악 교과서에 실어 주었다. 이후 주평과 교육주보사는 문교부와 한국연극학회 후원을 받아 1960년 제1회 전국아동극경연대회를 개최했다. 1961년에 그는 조풍연, 금수현, 유치진 등과 함께 한국아동극협회를 조직했으며 1964~76년까지 회장을 역임했다. 1962년에 한국 최초의 전문 아동극단 '새들'을 창단해 수준 높은 아동극을 선보였고, 1963~67년에는 일본 순회

공연도 했다. 국립아동극장 설립이 좌절되자 주평은 1976년 미국으로 건너갔으며 1989년에는 캘리포니아 최초의 한인 극단 '금문교'를, 1993년에는 아동극단 '민들레'를, 1999년에는 '노인극장'을 창단했다. 2004년에 118편의 아동극을 수록한 『주평아동극전집』(전 10권)을 발간했고, 2005년에는 사재를 출연해 주평 동극상을 제정했다.

주평은 1958년 『서울신문』과 국립극장이 공동 주최한 장편희곡 현상모집에 1950년대 전후의 암담한 현실을 고발한 「한풍지대」가 당선되고, 유치진의 추천으로 「성야의 곡」이 『현대문학』에 게재되면서 등단했다. 『현대문학』에 「흑백」(1959.1), 「연탄」(1959.7), 「잘못된 입찰」(1965.2) 등을 발표했지만 무대에 올리지는 못했다. 1958년 아동극집 『파랑새의 죽음』 발행을 통해 아동극 작가로서 본격적인 활동을 시작한 후, 『숲속의 꽃신』(1959), 『국민학교 교과서에 따른 아동극집』(1961), 『파랑새의 꿈』(1963), 『나비를 따라간 소년』(1963), 『날라리 아저씨』(1965), 『밤나무골의 영수』(1967), 『유아극본집』(1973) 등 창작 아동극집과 『학교극사전』(주평·홍문구·어문선, 1961), 『교사를 위한 아동극 입문』(1963) 등 아동극 이론서를 출판했다. 1979년까지 개최된 전국아동극경연대회에서 최우수상을 받은 작품 「숲속의 대장간」(5회), 「금도끼 은도끼」(2회), 「병아리」(2회), 「개미와 베짱이」 「살아있는 그림」 「새마을 저금열차」 「숲속의 재판」 「올챙이」 「외밭골 아이들」 「청개구리의 슬픔」(이상 1회) 등 대부분이 주평 작품이었고, 제1~6차 교육과정 국어 교과서에는 주평의 「석수장이」 「숲속의 대장간」 「섬마을의 전설」 「장난감들의 합창」 「월광곡」 등이 지속적으로 수록되었다.

아동극 작가, 아동극단 운영자 및 연출자 등 다양한 활동을 펼친 주평은 해방 후 아동극계에서 가장 중요한 인물이다. 그가 중심이 된 한국아동극협회는 전국아동극경연대회와 아동극 강습회 개최, 아동극집 및 이론서 발행 등을 통해 1960년대 아동극 부흥의 기반을 마련했고, '새들'은 국립극장 공연과 일본 순회공연 등을 통해 학예회극과 차별되는 본격적인 아동극을 선보여 전문 아동극단 활성화에 기여했다. 그런데 그의 독보적인 활동이 1954년에 유치진이 기획하고 아시아재단으로부터 지원을 받은 아동극 프로젝트(Children's Theater Project), 1958년 창립된 국제극예술협회 한국본부, 국어교육으로서 아동극에 대한 교육계의 관심 등이 맞물린 결과라는 점을 간과해서는 안 된다. 또한 전국아동극경연대회와 학교라는 제도를 통한 주평 아동극의 독점화는 작품의 가치와는 별개로 다른 가능성을 무시하거나 주평을 권력화하는 문제를 유발하기도 했다. **손증상**

1960년대 작가

해방과 한국전쟁 이후의 정치적·사회적 혼란은 아동문학계에도 큰 영향을 끼쳤으며, 이런 외부적 요인과 문단 내부의 문제로 인해 1950년대부터 60년대의 아동문학계에는 통속적 대중물이 범람하고 있었다. 마해송·이원수·이주홍·강소천 등의 원로작가들이 여전히 의미 있는 동화를 산출하고 있었으나 이 시기의 아동문단은 흥미 위주의 상업적인 작품들이 주도하고 있었다. 이와 같은 대중문학의 시류를 극복하려는 시도를 보여 준 것은 1960년대 중반부터 발아하기 시작한 '본격동화운동'이었다. 김요섭·김성도·박홍근 등은 저질 통속 아동물을 추방하고 순수 본격동화를 창작하려 노력함으로써 아동문단에 새 기운을 불어넣었는데, 이러한 시도 가운데에서도 동화의 예술성을 높이기 위해 심혈을 기울인 이들은 김요섭·이영희·신지식 등이다.

이들은 '동화를 쓴다는 것은 시인이 아니면 할 수 없는 작업'이라고 주장했고, '시적 판타지'란 말을 즐겨 사용함으로써, 동화를 시와 흡사한 장르라고 인식했다. 김요섭은 가장 선두에서 이론과 창작으로 예술동화를 주창했으며, 이영희와 신지식이 뒤를 이어 이와 같은 동화를 다수 창작했다. 이들의 순수 예술동화 경향은 1960년대부터

1970년대 한국 아동문학계의 전반적인 분위기를 주도했다.

김요섭(金耀燮, 1927~1997)은 이전 시대의 작가들을 비판하면서 예술성과 문학성을 갖춘 동화를 주장하고 몸소 그 작품을 써서 보여주려 했다. 그의 대표작 『날아다니는 코끼리』(1968), 『인형의 도시』(1974) 등은 웅대한 스케일을 갖추고 있으며, 수법상에 있어 서구 동화에 접근하여 동화의 새로운 방향을 제시하려 노력함과 동시에, 자신의 문학세계에 대한 새로운 탈출구를 모색한 작품이다. 그는 '상상력이 불쑥 던져 준 착상을 판타지라고는 할 수 없다. 판타지란 현실 속에 비현실의 세계를 생생하게 유기적 관계를 창조해 주'는 장르라고 주장하며 시적 판타지 동화를 창작했다. 「늙은 나무의 노래」(『소학생』 71호), 「은하수」(『소년세계』 76호)는 환상적 미학을 구축한 김요섭 동화문학의 절정, 시적 판타지의 모범이라는 평가와 함께 '그의 환상은 마치 환상 자체를 위해서 쓰여진 듯한 환상'이라는 평가도 존재한다.

이영희(李寧熙, 1931~2021)는 서구적 취향을 바탕으로 한 환상적인 동화를 발표하여 우리 동화를 본격동화로 발전하게 하는 데 공헌했다. 과다한 수식어와 화려한 이미지를 중시하는 이영희 동화의 문체는 사건보다는 아름답고 환상적인 분위기를 중시하는 이 시대의 동화 창작 경향을 대표한다. 그가 추구한 예술동화는 환상적인 수법과 상징적인 어휘로 주제를 암시하려는 방법을 즐겨 사용했는데, 이와 같은 기법은 난해성과 흥미 부족을 초래하게 되어 독자로부터 멀어지게 만들었다. 초기작인 「옛초롱」은 이국의 어린이가 옛초롱을 통하여 한국 고유의 미를 접하게 되는 이야기로, 환상과 현실을 접목하여 시적인 환상을 추구한 작품이다. 후기 동화집 『꽃씨와 태양』

(1960년대)은 초기의 신화적 수법이 현실적 환상으로 변모했고, 「별님네 전화 번호」 「냠냠 특별시」 등은 비교적 소녀 취향의 여성적 감상성이 절제된 모습을 보여 준다.

신지식(申智植, 1930~2020)의 초기 작품인 『하얀 길』(1956)과 『감이 익을 무렵』(1958)은 소녀적 감상과 동경이 그의 정신세계의 바탕이 되고 있음을 드러낸다. 이후 『바람과 금잔화』(1968), 『별들의 메아리』(1976) 등에 대해서는 '섬세한 여성적 감수성으로 예술성 높은 환상동화를 구축했다'는 평과 함께 '협소한 여성적 감수성에 갇혀 있다'는 평가가 동시에 존재한다. 하지만 후기작인 『열두달 이야기』(1976)는 넓고 깊은 주제로 한국의 현실을 환상적 주제로 녹여 낸 작품으로 평가된다.

이 세 작가는 1950~60년대 저질 통속 아동물을 추방하고 순수 예술동화를 창작하려 노력함으로써 한국 동화의 예술성을 한 차원 발전시킨 것은 사실이나, 시적인 문체와 몽롱한 분위기를 주조로 하는 동화는 성인 작가의 예술적 욕구를 만족시키는 데 그쳐 아동문학의 진정한 주인인 어린이 독자의 외면을 받을 수밖에 없었다. **권혁준**

『싸우는 아이』

『싸우는 아이』는 손창섭(孫昌涉)이 잡지 『새벗』에 1960년 6월부터 이듬해 6월까지 연재한 장편아동소설로, 주인공의 강렬한 개성으로 말미암아 한국 아동문학사에서 기억할 만한 작품이다. 찬수는 한국 전쟁으로 부모를 잃고 내복 행상을 하는 할머니와 사환으로 일하는 누나와 함께 산다. 가난한 살림 때문에 찬수네 가족은 힘들고 억울한 일을 많이 겪는다. 돈이 없어 이웃과 싸우거나, 셋방에서 쫓겨날 뻔하고, 시장에서 배추 시래기를 줍다 도둑으로 몰려 파출소에 끌려가기도 한다. 그래도 찬수는 기죽거나 포기하지 않는다. 찬수는 실직한 누나의 직장을 구해 주거나 이웃집에서 식모살이를 하는 영실을 더 살기 좋은 집으로 몰래 빼내 주는 등, 불의와 맞서 싸우며 옳다고 믿는 일을 주저 없이 실행한다.

이야기 속 찬수는 아이답게 순박하지만 집요하달 만큼 놀라운 끈기를 가지고 사건을 해결하는 영웅적 인물로 그려진다. 한국 아동문학에서 소년 주인공의 영웅성은 일찍이 방정환의 아동소설에서부터 선보였는데, 손창섭의 주인공은 묵묵히 인내하기보다는 좌충우돌 부딪히며 자신의 정의(正意)를 관철시켜 간다는 점에서 소파의 인물과 차이를 보인다. 주인공의 강한 개성이 서사를 추동한다는 점은 손쉬운 각성이나 현실성 없는 화해로 급하게 마무리된 당대 아동문학과 다른 지점이다. 또 전후의 간난(艱難) 속에서도 꿋꿋하게 역경을 이긴 건강한 소년상은 세태를 피상적으로 묘사하는 데 그친 당대 일반 문학가들의 아동소설과도 구별된다. 작품 전체를 관통하는 긍정성은 우울과 비참으로 점철된 작가의 일반소설과도 다르며, 이는 아동소설이라는 장르의 특성을 최대한 반영한 작가의식과 당대를 뒤흔든 4·19의 영향 때문이라 할 수 있다. 『싸우는 아이』는 비좁은 어린이의 세계에 머물지 않고 어른의 세계와 사회의 불합리를 보여 주며 그것과 싸워 이기는 소년의 형상을 그려, 작품 속에서 당대를 발견하고 미래에 대한 전망을 더불어 보여 주는 성과를 거두었다.

작가 손창섭은 1922년 평양에서 태어났다. 1936년 만주를 거쳐 도일(渡日), 고학으로 니혼대학에 들어갔으나 중퇴하고 1946년 평양으로 돌아갔다가 1948년 월남했다. 1949년 『연합신문』에 단편 「얄궂은 비」를 연재하면서 소설을 쓰기 시작했고 1955년 「혈서」로 현대문학상을, 1959년 「잉여인간」으로 동인문학상을 수상했다. 그는 전후 절망적인 현실 속에서 비참한 삶을 살다가 파국을 맞는 현대인의 모습을 그려 '가장 전후 세대다운 대표 작가'로 평가받지만 당대에 그의 작품은 '자기모멸과 불구의 문학'이라 일컬어지기도 했다. 손창섭은 1950년대 중반부터 『새벗』에 아동소설을 실으면서 아동문학을 창작했다. 손창섭의 아동소설은 그의 작품 세계 전체를 미루어 볼 때 확실히 이채롭다. 특히 『싸우는 아이』는 자본과 정의의 결속, 부자와 빈자의 연대를 통해 새로운 세상을 꿈꾸는 낙관을 보이는데, 이런 긍정성으로 말미암아 그의 아동소설은 소설가의 여기(餘技)로 여겨져 일반문학에서 오랫동안 거의 주목받지 못했다.

이러한 상황은 아동문학 쪽에서도 반복되었다. 1950년대 아동문학은 이른바 '통속·상업주의'로 정의된다. 이는 일반문학 작가들의 생활고와 불황을 타개하기 위한 당대 출판계의 자구책이 맞물린 시대적 산물이다. 때문에 일반문학 작가들이 쓴 아동소설이 당대 아동문학의 통속화를 조장했다는 지적은 일정 부분 타당하다. 그러나 이를 근거로 만들어진 '순수' 대 '통속'의 통념은 당대 작품의 실상을 파악하는 데 오랫동안 장애로 작용했고, 소설가가 썼다는 이유만으로 손창섭의 아동소설은 오랫동안 기억 저편에 묻혀 있었다. 그러나 『싸우는 아이』는 통속으로 괄호 친 작품들 속에 오히려 당대의 현실을 가장 잘 보여 주는 작품이 있다는 사실을 증명한다. **송수연**

『아동문학』

배영사(培英社)의 『아동문학』은 1962년 1월 10일 창간호를 시작으로 1969년 5월 1일 19집까지 발행된 아동문학 이론과 창작 중심의 문예지이다. 창간호와 2집은 월간으로 발행되었다가 3집과 4집은 격월간으로, 5집부터 12집까지는 3~5개월 간격으로 발행 주기가 일정치가 않았다. 13집(1965.5.1)과 14집(1967.4.25)은 거의 일 년 간격으로 발행되었는데, 15집부터 19집은 현재까지 실물 확인이 요원한 상황이다. 주로 권두언, 특집, 동화·아동소설, 동시, 평론이 중심 꼭지로 편성되었으며, 교양이나 오락 관련은 제외함으로써 순문예지의 성격을 분명히 하고 있다. 창간호부터 작품 공모를 목차 앞에 배치할 만큼 신인 발굴에도 정성을 쏟았는데, 잡지 『문예』와 같이 공모와 추천제를 절충한 방식이었다.

발행인 조석기는 출판 사업가이면서 교육계에서 득의의 영역을 구축한 인물이다. 편집위원은 창간호부터 4집까지 강소천·김동리·박목월·조지훈·최태호였다가, 강소천이 세상을 떠나면서 5집부터는 4인 체제로 유지된다. 문교부 장학관이었던 최태호를 제외하면 이른바 '문협 정통파' 인사들이 편집위원의 주축을 담당했다.

본 잡지의 등재 빈도를 기준으로 주요 작가를 나열해 보자면 평론

부문에서는 최태호·박목월·김동리·어효선·강소천·조지훈·이원수·박홍근 순이었다. 한편 동화·아동소설은 이준연·김영자·이영희·최인학·김요섭·김영일·박홍근 순이었고, 동시는 방극룡·차보현·유경환·박경용·이석현·엄한정·박목월·최계락·석용원 순으로 많이 참여했다. 이 중에서 김영자와 엄한정은 『아동문학』의 추천을 통해 등단한 작가이다.

『아동문학』의 가장 두드러진 특징은 평론 중심의 잡지였다는 점이다. 평론은 게재 비율 44퍼센트, 지면 비율 45퍼센트를 차지할 정도로 압도적인 비중을 차지했다. 특히 초창기 특집은 1집 「아동문학이란 무엇인가?」, 2집 「동화와 소설」, 3집 「동요와 동시의 구분」, 4집 「아동문학의 나아갈 길」, 5집 「아동문학의 문제점」과 같이 문학담론과 이론을 형성하기 위한 비평으로 채워져 있다. 이때 필자의 구성이 편집위원을 포함해서 백철·조연현·조풍연·이희복 등에 이르기까지 대부분 성인문학작가라는 특징을 보여 준다. 그러다 중반기(1964년) 이후부터 이원수·이주홍·박경용·박홍근·김요섭 등 전문 아동문학작가가 평론 필자로 참여하는 비중이 커지기 시작했다.

『아동문학』의 출현 배경은 순수문학론과 정전의 구축이라는 측면에서 이해될 필요가 있다. 당시 아동문학담론은 현실주의에서 동심주의로 재편되는 과정이었고, 『아동문학』의 등장 배경도 이와 무관치 않았던 것이다. 다만 이러한 경향은 초기에 두드러졌으며, 전문 아동문학가들이 비평에 참여하는 비중이 늘어나면서부터 다양한 아동문학담론이 분출하고 경쟁하는 장이 되었다는 점을 간과해서는 안 된다. 특히 성인문학에서조차 순문예지의 명맥이 거의 끊긴 시기

였음을 감안한다면, 『아동문학』은 그 존재 자체만으로도 문학사적 가치를 지닌다고 할 수 있다. 이충일

『학생과학』

『학생과학(學生科學)』은 1965년 11월에 창간되어 1983년 12월까지 19년 9개월간 간행된 청소년 전문 과학잡지이다. 1984년 1월부터 3월까지 휴간되었다가 4월호에 재개되고 5월호부터 한국일보사 장재구 대표가 인수하여 운영한다. 『학생과학』을 출판한 남궁호는 1964년 과학자와 과학도를 위해 『과학세기』를 창간하기도 했다. 『학생과학』은 박정희 정권의 경제 개발 5개년 계획과 함께 실시된 과학 기술 진흥 계획 등 '과학'을 강조한 정부 정책과 맞물려, 학생들에게 과학교육을 장려하고 관련 지식을 읽히는 의도로 간행되었다.

당시 『학생과학』을 통해 텔레파시, 초능력, 초인, 뇌파, 전자파, 자력, 노이로제, 최면 등 낯설고 새로운 과학 용어가 적극적으로 도입된다. 『학생과학』이 창간되던 1965년은 정부에서 우주 시대로 발돋움하기 위해 과학교육 진흥 법안이 검토되던 시점이었다. 1960년대 전 세계는 우주 과학 시대로 불리며 과학교육을 강조했지만 국내의 중·고등학생들에게 우주 과학은 먼 나라 이야기였을 뿐이고, 실질적으로 과학교육은 산업사회의 일꾼을 위한 실업교육, 기술교육, 그에 따른 직업교육에 초점이 맞추어져 있었다. 『학생과학』에서는 종종 라디오 기술자 양성 과정이라든가 기능 대회, 실업고등학교 탐방 등과 같은 기사를 실어 중·고등학생이 사회에 나가서 가져야 할 직업(전자, 기계 분야)을 구체적으로 제시하였다. 더불어 바람직한 미래 청소년상을 통해 불량 학생을 선도하여 미래 과학 인재를 양성하고 선진국으로 발돋움하고자 하는 이데올로기적 표상이 담겨 있었다.

『학생과학』이 과학 지식과 관련 기사로 학생들을 교육하고 계몽하고자 했다면, 한편으로 과학소설을 실어 재미를 선사하려고 했다. 『학생과학』에 과학소설을 실었던 대표 작가는 SF 작가 클럽의 서광운·오민영·이동성 등이다. 『학생과학』 과학소설은 우주 개척이나 해양 탐사, 기후 변화에 따른 식량 개발 등의 소재를 활용하여, 주로 『학원』에 연재했던 한낙원과 함께 청소년 과학소설의 영역을 넓혀 나갔다. 이는 성인 대상이었던 문윤성의 『완전사회』와 복거일의 『비명을 찾아서』와 더불어 한국 과학소설의 계보를 풍성하게 하는 데 영향을 끼치기도 했다. 『학생과학』에 실린 SF 작가 클럽의 과학소설은 『한국과학소설(SF)전집』으로 간행되었다. 이 전집은 1960년대부터 1980년대까지 번역 위주의 과학소설 틈바구니에서 드물게 찾아볼 수 있는 창작 과학소설전집이다. 『학생과학』에는 과학소설뿐만 아니라 이승안의 「원폭소년 아톰」을 비롯하여 신동우의 「5만 마력 차돌박사」, 서정철의 「R.로케트군」 「Z 보이」, 박천의 「원자인간」 등 공상과학만화도 실렸다. 「원폭소년 아톰」은 일본의 만화 『철완 아톰』을 번역한 것이었다. 이처럼 『학생과학』은 과학교육의 장려와 함께 공상과학소설과 공상과학만화로 학생들의 흥미와 재미를 돋웠다.

『학생과학』에 실린 대표작으로는 서광운의 『관제탑을 폭파하라』 『북극성의 증언』 『해류 시그마의 비밀』, 오민영의 『화성호는 어디로』

『지저인 오리거』『바다 및 대륙을 찾아서』, 이동성의 『크로마뇽인의 비밀을 밝혀라』『악마박사』 등의 SF 작가 클럽 작품이 있다. 『북극성의 증언』에서는 식물 자력선 연구를 통한 식량 품종 개발을, 『관제탑을 폭파하라』에서는 태풍의 진로를 변경하기 위한 작전이 펼쳐진다. 기상 변화, 식량 개발 등의 현실적인 소재를 다루는 SF 작가 클럽의 소설은 우주를 배경으로 하면 전생소설이 되어 버리거나, 지나친 용어 설명으로 인해 독자들로부터 재미가 없다는 비판을 듣기도 했다.

그러나 무엇보다 『학생과학』에서 가장 인기 있는 꼭지는 만들기, 즉 공작이었다. 이때의 공작은 모형 전투기, 비행기, 혹은 라디오 트랜지스터 만들기 등이었다. 청소년 대상의 잡지인데도 베트남전을 비롯한 실제 전투에 등장하는 무기나 비행기, 전투기 관련 기사가 실리고, 이런 비행기나 전투기가 공작 소재로 활용되었다. 더불어 라디오 기술자를 양성하는 학원 광고나 실제 직업으로 이어지는 과학 기능공 대회 개최 기사가 실려 있다.

『학생과학』은 청소년 과학교육과 청소년 과학소설을 장려하여 SF의 지면을 확보하기 어려웠던 1960~70년대에 과학 관련 기사와 과학소설을 싣는 통로 역할을 담당했다. 특히 여기에 과학소설을 실었던 SF 작가 클럽은 이후에도 『한국과학소설전집』을 간행하는 등 SF 관련 작품을 간행했으며, 회장 서광운은 SF 전집의 편찬사를 쓰는 등 해방 이후 한국 SF가 정착하기 이전에 개척자 역할을 담당했다. 학생들을 대상으로 한 전문 과학 교양 잡지 『학생과학』의 탄생은 정부의 과학 진흥 정책과 맞물려, 학생들에게 미래의 직업에 대해 꿈을 키우며 구체적으로 탐방하도록 하는 계기를 마련해 주었다. **최애순**

『한국아동문학독본』

『한국아동문학독본(韓國兒童文學讀本)』은 1961년 11월 15일부터 1962년 8월 25일까지 을유문화사에서 전 10권으로 발행된 전집이다. 발행인은 정진숙이며, 당시 을유문화사의 주소는 '서울특별시 종로구 관철동 112'이다. 하드커버로 된 호화 장정으로 첫 출간된 책은 『이원수아동문학독본』(5권)이고, 이후 『이주홍』(4권), 『박화목』(8권), 『마해송』(2권), 『임인수』(7권), 『한국전래동화』(9권), 『윤석중』(3권), 『한국전래동요』(10권), 『방정환』(1권), 『강소천』(6권) 순으로 발간되었다.

전 10권은 한국 아동문학을 대표하는 작가 8인과 전래동화 1권, 전래동요 1권으로 이루어졌다. 1~8권은 한국 아동문학의 대표 작가를 선정해 등단 순서대로 배치했다. 작가의 대표 작품을 동요·동시·동화·소년소설·동극·수필·비평 등 장르 중심으로 나누었고, 대표 작품을 선별해 엮었다. 각 권의 앞부분에 독자의 이해를 돕기 위한 해설을 덧붙였는데 윤석중·이희승·피천득·손동인·안수길·박목월·홍웅선·김동리·우승규·박두진이 각 권의 해설을 썼다. 1권에는 방정환의 동화와 소년소설, 동요, 동극, 수필을 실었다. 「만년샤쓰」「금시계」『칠칠단의 비밀』 등의 소년소설과 동극 「노래주머니」, 수필 「어린이 찬미」 등 1923년부터 10년 동안 발표한 작품을 엮었다. 『한국전래동화』(9권)는 이상노가 엮고 우승규가 해설을, 『한국전래동요』(10권)는 박두진이 엮은이와 해설을 동시에 맡았다. 9권은 총 4부로 구성했는데, 1부는 생활에 가까운 것, 2부는 신화 비슷한 것, 3부는 주로 긴 이야기, 4부는 역사상 전설 가운데에서 선별했다. 10권은 전래동요 511편을 선별했는데 김소운의 『조선민요집』과 임동권의 『한국민요집』을 참고했으며, 제주 편은 출판부장 서수옥이 현지 조사와 현평효 교수의 교시를 받아 만들었다. 이희승은 해설에서 '초등학교 3학년 이상부터 중학교 3학년에 이르는 또래의 어린이들'의 읽을거리로서 '내 나라의 문화적 전통과 우리 민족의 풍습, 습관, 사고방식'을 수용하고 정체성을 확인할 수 있다는 데 의미를 부여했다.

을유문화사는 이 전집이 선집 형태를 띠고 있으나 '독본(讀本)'이란 표제를 붙여 모범적이고 아동이 꼭 읽어야 할 뛰어난 작품을 모아 엮은 책이라는 점을 강조한다. 『한국아동문학독본』은 1권에 방정환을 내세우면서 한국 아동문학의 선구자로서 정통성을 내세운다. 1권의 해설을 맡았던 윤석중은 을유문화사 공동 창립자이며 편집위원으로서 전집 발간에 주도적으로 참여했다. 전체 구성을 보면 창작동화의 선구자로 마해송(2권), 동요·동시의 선구자로 윤석중(3권)을 나란히 배치한 후 이주홍·이원수·강소천·임인수·박화목의 계보를 구축해 한국 아동문학의 역사화를 확립하고자 했다. 동시대에 발간된 민중서관의 『한국아동문학전집』(전 12권)이 작가 66명 중 성인문학가 비중이 높았던 점에 비하면 『한국아동문학독본』은 아동문학가만을 내세워 한국 아동문학의 정전화를 구축하고자 했다는 게 특징이다. 각 권에 실린 해설을 보면 '민족적인 문학' '순수주의 문학' 등을 강조하며 한국 아동문학의 주된 흐름으로 서술한다. 또한 1965년 11월 필리핀에서 개최된 국제아동전시회에 민중서관 『한국아동문학전집』과 함께 출품되어 국제적으로 한국 아동문학의 위상을 선보이기도 했다.

『한국아동문학독본』은 1960년대 '민족문화의 르네상스' 속에서 방정환을 한국 아동문학의 출발점으로 삼아 아동문학의 정전화를 시도했다는 데 의미가 있다. 전집에 수록된 작가와 작품 들은 오늘날까지 한국 아동문학 전집과 국어 교과서를 구성할 때 여전히 영향을 미치고 있다. 또한 출판문화의 측면에서 보면 1970년대부터는 '독본' 형식의 전집이 거의 나타나지 않는다. 따라서 전집으로 분류할 수 있는 거의 마지막 독본의 양식으로서도 가치를 지닌다. **장수경**

6부 1970년대

리얼리즘 아동문학

일반적으로 리얼리즘(realism)은 '현실을 있는 그대로 재현하려는 경향' 또는 '대상을 사실적으로 그리는 기법' 등을 의미하며, 문예사조의 개념으로 사용될 때는 대개 19세기 서구 리얼리즘 소설의 경향을 가리킨다. 그러나 리얼리즘 미학 이론도 다른 문학 이론과 마찬가지로 성인을 대상으로 한 소설로부터 귀납된 것이어서 아동문학 장르와 작품의 실제에 부합되지 않는 면이 많다. 또한 서구 리얼리즘의 지식만으로는 한국 근현대 문학사의 고비마다 나타났던 리얼리즘 논쟁의 맥락을 충분히 이해하기 어렵다. 한국의 역사적 상황에서 리얼리즘은 창작 기법이나 문예사조의 차원을 넘어서 강력한 문학 실천 이념으로 기능했다. 한국의 리얼리즘 아동문학도 이른바 '동심천사주의'와 '교훈주의' 양쪽을 비판하는 준거로 기능하며 역사적으로 특화되어 왔다.

아동문학 장르 체계에서 리얼리즘은 판타지와 대비되는 용어로 사용된다. 영미 아동문학 개론서에서는 아동서사 장르를 크게 '판타지'와 '리얼리즘'으로 구분하기도 하는데, 이때의 '리얼리즘'은 '사실적으로 그려진 픽션'(realistic fiction)을 두루 포괄하는 범주 용어로 볼 수 있다. 이와 같은 장르 범주에는 지금 여기의 일상과 현실적인 이슈를 다룬 이야기뿐만 아니라 역사·추리·모험 서사까지 포함될 수 있다. 한국 아동문학에서는 '사실동화' '현실동화' '생활동화' 등의 용어가 이에 근접한 개념으로 통용되어 왔다고 볼 수 있지만 이러한 용어도 시대에 따라 함의가 달라져 왔으며, 특히 생활동화라는 용어는 부정적인 뉘앙스를 띠기도 하므로 실제 사용되는 맥락을 구체적으로 살필 필요가 있다. 또한 아동서사를 '동화'와 '아동소설(소년소설)' 계열로 크게 나누어, 페어리 테일(fairy tale)의 양식을 계승한 환상적인 이야기는 '동화'로, 소설적 문법과 사실적 재현을 특징으로 하는 서사문학은 '아동소설'로 구분하는 관례도 오랜 기간 지속되었다는 점도 한국 아동문학의 장르 문제를 살필 때 고려해야 할 부분이다.

한편 리얼리즘 아동문학 비평의 계보는 일제강점기의 계급주의 아동문학에서부터 살필 수 있다. 1920년대 후반부터 1930년대 초까지의 계급주의 아동문학은 초창기 아동문학의 낭만성을 '동심천사주의'라고 비판하면서 계급적 현실에 바탕을 두어 동심을 재구성하고 아동문학 창작의 방향을 전환하고자 하였다. 그러나 계급주의 아동문학은 계급환원론과 환경결정론의 도식에 빠지는 문제점을 보였으며 뚜렷한 작품 창작 성과를 보이지 못한 한계가 있다. 계급주의와 구별되는 현실 인식과 문학적 시각으로 리얼리즘의 문제의식이 확산된 것은 이원수·이오덕 비평이 활기차게 전개된 1960~70년대였다. 이 시기에 성인 문단의 리얼리즘은 민족문학론과 연계되었는데, 아동문학에서도 이와 보조를 맞추어 '아동문학의 서민성' 담론을 전개하였다. 2000년대 이후에는 계급이나 민족과 같은 거대 담론과 연계한 리얼리즘론이 약화되었고, 어린이의 현실이 달라진 만큼 아동관과 아동문학 창작 방법에도 변화가 필요하다는 주장이 공론화되었다. 그러나 시대 상황이 변한다고 해도 추구해야 할 문학정신으로서의 리얼리즘은 여전히 유효하며, 현실 문제에 관심을 둔 문학적 실천은 소수자·하위자, 여성주의, 동물권, 포스트휴머니즘 등의 다양성 담론으로 이어지고 있다.

20세기 한국 아동문학에서 리얼리즘 정신을 보여 준 작가로는 마해송·이주홍·이원수·권정생·손창섭·이현주·임길택 등을 꼽을 수 있다. 이원수는 한국전쟁의 비극과 분단 현실의 고통을 직시한 작품을 다수 발표하였으며 1970년에는 노동자 전태일 분신 사건을 다룬 단편 「불새의 춤」을 발표함으로써 강렬한 현실 비판 정신을 보여 주었다. 4·19혁명 직후에 연재된 손창섭의 『싸우는 아이』(1960)는 어린이가 자신을 둘러싼 모순과 폭력에 맞서면서 성장해 나가는 과정을 역동적으로 그려 낸 리얼리즘 수작으로 평가된다. 권정생의 『몽실 언니』(1984)는 한국전쟁이라는 역사적 폭력 속에서도 꿋꿋하게 자신의 삶을 지탱하며 주변을 돌본 '몽실'이라는 전형을 창출한 정전으로 꼽힌다. 몽실처럼 근현대사의 수난 속에서 인고하고 희생하는 어린이 캐릭터를 주인공으로 삼아 온 것은 한국 리얼리즘 아동문학의 특성이자 한계로 지적되어 왔다.

조은숙

아동문학의 서민성

아동문학의 서민성은 크게 보면 한국 아동문학의 역사적 성격을 반영하는 주된 특징의 하나라고 할 수 있다. 그런데 1970년대 아동문단의 일각에서 '서민성'을 하나의 이념적 지향으로 끌어올리자 그 함의를 둘러싸고 여러 쟁점이 부상했으며 이후로는 현실을 중시하는 아동문학의 기본 성격 및 지향을 가리키는 용어로 특정되었다. 따라서 좁은 의미의 '아동문학의 서민성'은 1970년대 아동문단의 분화와 관련된 현실주의 계열의 문학 이념을 내포한 개념이라고 할 수 있다.

20세기 한국 아동문학은 일제의 식민 통치와 민족 분단이라는 역사적 제약 아래서 좌우 이념의 대결로 얼룩졌다. 아동문학은 근대성의 하나로 탄생한 것인데, 한국 아동문학은 미완의 근대적 과제를 안고 전개된 탓이다. 근대적 과제의 해결과 더불어 어떤 사회 체제를 이룰 것이냐를 두고 사회 각 부문에서 이념 갈등이 끊이질 않았다. 한국전쟁 이후 좌파 이념은 엄격히 금지되었기에 전통적 진보는 표면적으로 사라졌으나, '자유민주주의'를 표방한 정부 아래서 상대적 진보와 보수의 경쟁과 대립은 정치 상황의 변화에 따라 부침을 거듭했다. 진보는 사회 체제 전반의 변화와 혁신을 요구했고, 보수는 반공을 앞세우면서 자유민주주의 체제 수호를 외쳤다. 4·19혁명으로 분출된 각양각색의 지향은 5·16군사쿠데타로 다시 경색되어 문인 단체도 정부 방침에 의해 하나로 통합되었다. 아동문학 부문은 보수 성향의 한국문인협회에 한 분과로 소속되었다. 그런데 1970년대로 접어들면서 한국문인협회에서 독립된 아동문인 단체를 설립하자는 움직임이 나타났고, 마침내 1971년 2월 이원수 주도로 한국아동문학가협회가 결성되었다. 이렇게 되자 한국문인협회 아동문학 분과 쪽에서도 5·16 직후 한국문인협회 아동문학 분과와 통합된 과거의 한국아동문학회를 1971년 5월 김영일 주도로 재발족하기에 이른다. 두 단체는 각각 진보와 보수를 대표하면서 경쟁했다.

한국아동문학가협회는 1974년에 세미나 '아동문학의 전통성과 서민성'을 개최하고 이 내용을 실은 같은 제목의 단행본을 발행했다. 당시 한국아동문학회는 '전원문학'을 표방하고 있었다. 한국아동문학가협회는 이에 대항하여 '서민성'을 내세우며 아동문학의 지향을 민족 현실과 결부하고자 했다. 특히 이오덕은 세미나의 토론문을 통해 '전원문학'은 농촌에서 땀 흘려 일하는 사람이 아니라 도시에서 소비를 위주로 하는 사람들이 농촌을 피상적으로 바라보는 완상의 시각이므로 반농민적·반서민적 태도라고 논박했다. 이어서 이오덕은 '서민성'의 문제를 본격적으로 파고드는 평론 「아동문학의 서민성」(1974)을 발표했다. 이 글에서 이오덕은 '서민'이라는 말을 "자기 손발로 벌어서 가족의 생활을 이끌어 가는 뭇백성"이라 밝히고, '서민적'이라는 말을 '민족적'이란 말로 바꿀 수도 있다고 했다. 또한 서민성은 "권력이나 금력의 속성일 수 없다는 것, 위에서부터 내려오는 것이거나 외부에서 들어오는 성질의 것일 수 없다는 것, 그리하여 어디까지나 밑에서부터 올라가는 인간스런 마음이요, 내부에서부터 터져나오는 주체적 정신의 나타남"이라고 역설했다. 이오덕의 이 평론은 "관념적 동심주의와 탐미적 독선 세계"를 비판하면서 "아동문학에 있어서의 서민성을 강조하는 것은 민족문학의 한 자리를 맡은 아동문학으로서의 기본 명제"임을 분명히 드러낸 것으로 기성문단에 큰 충격파를 전했다.

일찍이 이원수는 부유한 가정의 아동보다 애써 살아가는 서민층, 농촌 어린이들의 생활과 그들의 심정을 그리는 것을 무슨 '불온한' 일로 보는 경향이 있다고 했는데, 이오덕의 평론에서 더욱 예각화된 '아동문학의 서민성'은 문단 대립을 가속화하면서 상대 진영으로부터 용공 시비를 불러왔다. 분단시대에는 반공주의 여파로 '인민, 계급, 무산자' 같은 용어가 금기시되었고, 그리하여 사회에서 억눌린 피지배 계층을 '민중'이라는 말로 쓰면서 1970년대에는 민중문학론이 등장하기도 했다. 아동문학계는 이 '민중' 대신에 '서민'이라는 말을 쓴 것이라 할 수 있다. 1970년대에는 한국문인협회 맞은편에 자유실천문인협의회(1973)가 결성되고 리얼리즘론·농민문학론·민족문학론·민중문학론·제3세계문학론 등이 잇달아 제출되었으며, 이것들은 서로 관련을 맺으면서 '민족문학론'으로 정립되었다. 이러한 흐름은 아동문학과도 연계되었는데, 문단의 분화와 대립 속에서 민중문학에 계급문학과 프롤레타리아문학의 혐의가 따라붙었듯이 '아동문학의 서민성'도 좌경화로 공격받았다.

한국 아동문학은 일제강점기부터 주로 가난한 아이들의 삶을 다뤄 왔기에 기본적으로 서민성을 지녔다고 해도 틀리지 않는다. 고학생과 소작인 자녀의 애환을 다룬 방정환·이태준·현덕·이주홍 등의 해방 전 소년소설은 정전에 올라 있다. 해방 후 아동문학의 서민성은 이원수·이오덕·권정생·윤기현·서정오·임길택·김중미·박기범 등으로 이어졌다. 금세기에는 도시 중산층 확대, 시민 사회 발달, 디지털 혁명 등의 사회 변화로 진보적 아동문학의 주된 관심도 가난 자체보다는 삶의 질과 인류 생존의 문제로 초점이 이동하는 추세다. 개성과 취향에 대한 존중, 인종·젠더·종교·직업·신분 등의 차이로 차별받기 쉬운 소수자·하위자 문제, 인권·동물권·포스트휴머니즘·기후위기·생태환경문제 등이 그것이다. 오늘날 '아동문학의 서민성'은 '민족문학'과 함께 역사적 개념이 되었으나, 엄혹한 분단시대에 맥이 끊길 뻔한 진보적 전통과 불의에 대한 저항 정신을 복원하면서 아동문학의 현실 대응력을 높은 수준으로 끌어올렸다는 의의를 지닌다. **원종찬**

권정생

권정생(權正生, 1937~2007)은 동화작가·아동소설가로, 어릴 때 이름은 권경수(權慶守)이다. 일본 도쿄 시부야 혼마치에서 태어나 1944년 일본에서 소학교를 몇 군데 다니다가 해방이 되어 1946년 3월에 귀국하여 경북 청송군 화목국민학교를 5개월 다녔다. 가난 때문에 1948년에 안동일직국민학교에 뒤늦게 입학, 1953년 졸업했다. 이후 가난과 질병으로 학교를 못 다녔다.

권정생의 가족은 온갖 궂은일을 하면서도 늘 집세가 밀릴 만큼 가난했다. 1944년 12월 미군 폭격으로 셋집이 불타자 여기저기 옮겨 다니며 살다가 해방을 맞이했다. 1946년 3월 귀국했으나 형편이 어려워 가족이 뿔뿔이 흩어져 살았다. 1947년 안동에 모여 살고자 했으나, 1950년 한국전쟁으로 인해 다시 흩어졌다. '가난'과 '전쟁'은 당시 우리 민족 다수가 겪었던 보편적인 경험이었지만, 이것을 일관된 문학적 주제로 발전시킨 것은 그만의 독특함이라 하겠다. 1953년 일직국민학교 졸업 후 객지로 나가 일을 했으나, 1956년 폐결핵에 걸려 이듬해 귀향한다. 신장결핵·방광결핵·부고환결핵으로 병이 점점 커져 갔다. 1963년 교회학교 교사가 됐고, 1965년 집안 형편상 집을 떠나 거지로 떠돌며 지내다 '질병'이 더 깊어졌다. 1966년 콩팥과 방광을 들어내는 대수술을 두 차례 받고 의사로부터 2년밖에 못 살 거라는 말을 들었다. 그러나 1968년부터 안동 일직교회의 종지기 일을 하며 줄곧 혼자 살면서 수많은 아동문학 작품들을 남겼다. 1969년 월간 『기독교 교육』에 「강아지똥」이 당선, 1971년 『대구매일신문』 신춘문예에 「아기양의 그림자 딸랑이」가 입선, 1973년 「무명저고리와 엄마」가 『조선일보』 신춘문예에 당선되어 아동문학작가로서 활동하게 된다. 1972년 아동문학평론가 이오덕을 만나 평생을 문학적 동지로 지낸다. 1974년에 첫 단편동화집 『강아지똥』이 출간되었다. 1975년 「금복이네 자두나무」로 제1회 한국아동문학상을 받았고, 첫 장편소년소설 『꽃님과 아기양들』이 출간되었다. 1981년 장편 『몽실 언니』를 연재하기 시작하여 1984년 단행본으로 출간했다. 1986년에 펴낸 『오물덩이처럼 딩굴면서』는 그의 삶과 문학을 입체적으로 이해하는 데 중요한 글 모음집이다. 1994년 장편판타지 『하느님이 우리 옆집에 살고 있네요』가 출간되어 제22회 새싹문학상 수상자로 결정되었으나, 수상을 거절했다. 2007년 5월 70세의 나이로 대구가톨릭병원에서 영면했다. 2009년 안동에 '권정생어린이문화재단'이 설립되었다.

강아지 똥이 민들레 싹을 만나 거름이 되어 민들레꽃을 피운다는 「강아지똥」은 권정생의 등단작이자 대표작이다. 또 MBC 36부작 TV드라마(1990)로 유명해진 장편소설 『몽실 언니』는 한국전쟁의 참상을 넘어서는 인간의 굳센 의지와 희망을 담고 있는데, 장편 『초가집이 있던 마을』(1985), 『점득이네』(1990)와 더불어 이른바 '전쟁 3부작'이라 불린다. 판타지소설 『밥데기 죽데기』(1999), 『랑랑별 때때롱』(2008)과 시집 『어머니 사시는 그 나라에는』(2000) 등도 대표작으로 꼽을 수 있다.

권정생은 구비문학을 기반으로 삼은 작가다. 그는 자신의 작품을 그냥 '이야기'라고 불러 달라고 했다. 권정생의 생애와 문학을 관통하는 핵심어는 '죽음'이다. 죽음은 평생 그를 고통스럽게 한 "전쟁·가난·질병"과 뗄 수 없는 연관성이 있다. 「강아지똥」에서부터 나타나기 시작한 죽음의 문제는 거의 모든 작품을 관통하고 있다. 그에게 죽음은 원초적인 문학 충동으로, 기존 아동문학에서는 거의 다루지 않았던 '죽음'을 전면에 등장시킨 점에서 그만의 독특한 문학세계를 형성했다. 또, 문학적 제재나 주제 면에서 기존 아동문학에서 거의 다루지 않던 똥이나 똘배, 바가지 같은 소외되고 버려진 것들을 다룸으로써 기존의 동심천사주의 경향을 넘어서서 아동문학의 외연을 크게 확장시켰다. 어려서부터 고난받는 예수상에 깊이 감명을 받은 그는 평생 기독교사상을 바탕으로 문학 활동을 펼쳐 왔다. 그의 평생 문학적 화두였던 '죽음'도 어쩌면 '생명'의 또 다른 면일 것이다. 부활과 구원의 종교인 기독교는 그의 문학적 토대로 자리 잡고 있다. 권정생의 문학사상은 기독교 실존주의에서 출발하여 기독교 아나키즘, 생명을 중시하는 생태 아나키즘으로 발전해 나간다. **엄혜숙**

김요섭

김요섭(金耀燮, 1927~1997)은 동화작가·동시인·평론가로, 호는 묵산(墨山)이다. 함경북도 청진시 나남에서 태어나 청진교원대학 재학 중 1947년에 월남했다.

김요섭은 늦둥이 외아들로 태어났다. 아버지가 기독교 신앙을 가진 다음 얻은 아들이기 때문에, 이름을 요섭이라 지었다. 1941년 동화「고개 너머 선생」으로『매일신보』신춘문예 동화 부문 2석으로 당선됐고, 1945년 무렵 청진교원대학교에 들어가 시와 동화를 중심으로 동인 활동을 시작했다. 하지만 '아동문학의 계급성을 인정하라'는 북한 정권의 강압적 요구를 거부하고 월남했다. 월남 이후『소학생』등 잡지에 작품을 발표하면서 활발한 작품 활동을 이어 나가면서, 작가로서의 위상을 다졌다. 1955년 문예지『문학예술』의 편집장을 맡았고, 1957년 마해송·강소천 등과 함께 한국동화작가협회를 발족한 뒤, 간사장직을 수행했다. 1968년 김요섭은 한국시인협회 한국신시 60년 기념사업회 사무국장,『월간문학』편집위원 등 복수의 직책을 맡아 왕성한 문단 활동을 했다. 1971년 국제 펜클럽(International PEN) 한국 본부 이사에 선출되고 1972년에는 일본 펜클럽 주최 일본문화국제회의에 한국 대표로 참가하기도 했다. 그의 문단 활동은

1977년 한국문인협회 이사장 직무 대행, 1979년 제4차 세계시인대회 사무총장을 끝으로 마무리된다. 1993년 대한민국 예술원 회원이 되었다. 1997년 11월 3일 타계했다.

김요섭은 1941년 아동문학과 인연을 맺은 후 1947년부터 본격적인 문단 활동을 시작했다. 1947년 『소학생』 등의 아동잡지에 「늙은 나무의 노래」「진달래와 고향」 등의 동화를, 대구에서 발행한 『죽순』에 「수풀에서」「바닷가」 등의 시를 함께 발표했다. 그 후 첫 시집인 『체중(體重)』(문성당)을 1954년에 출간하는 한편, 1957년에 소년소설집 『따뜻한 밤』(고려출판사)을, 1958년에 창작동화집 『깊은 밤 별들이 울리는 종』(백영사)을 연이어 출간하며 동화작가의 길을 꾸준히 걸었다. 1968년 장편동화 『날아다니는 코끼리』(현암사)를 출간하고 제1회 소천문학상을 수상했다. 김요섭은 창작 활동뿐만 아니라 아동문학 연구 및 비평의 토대를 구축하고자 했다. 이를 위해 릴리언 스미스의 『아동문학론(兒童文學論)』(교학사 1966)을 번역하여 소개했고, 1970년부터 1974년까지 5년간 아동문학 전문 비정기간행물 『아동문학사상』을 펴내며 아동문학의 장르를 정립하고자 노력했으며, 평론 활동에도 힘을 기울였다. 그는 문단 활동을 통해 시집 14권, 동화집 16권, 청소년소설집 9권, 전래동화집 5권, 평론집 5권 등 다수의 글을 출간했다.

김요섭은 동시, 동화와 소년소설, 평론 등 각 장르에서 커다란 족적을 남겼다. 특히 그의 동화는 시적 환상을 적극적으로 도입하여 독특한 문학적 경지를 구축한 것으로 평가받는다. 그는 다양한 동화 작품에서 환상적이고 서정적인 표현을 통해 민족적 비극과 사랑, 현실의 부조리 고발, 어린이의 본성 등 다양한 주제의식을 형상화했다. 하지만 시적 환상의 형상화 과정에서 기법과 메시지가 유기적으로 결합되지 못했고, 현실에 뿌리내리지 못한 허구의 비논리성 등이 문제점으로 지적되었다. 이로 인해 김요섭의 시적인 환상 동화는 예술성을 높이는 데 치중함으로써 아동문학의 주독자층인 어린이 독자의 관심을 받지 못하였다. 그러나 아동문단에서 시적인 표현이 두드러진 환상동화를 창작한 작가가 드문 현실을 고려할 때, 김요섭은 순수 창작동화의 토대를 마련한 작가로서 특별한 의미를 지닌다. **방은수**

이오덕

이오덕(李五德, 1925~2003)은 동시인, 수필가, 아동문학평론가, 교육평론가, 어린이·청소년 글 엮은이로, 등단 초기에 이지(李地)라는 필명을 쓰기도 했다. 경상북도 청송군 현서면 덕계리에서 태어나 경북 영덕공립농업실수학교(현 영덕고등학교)를 졸업한 후 군청에 근무하다 1944년 교원 시험에 합격하여 초등학교 교사로 부임했다. 그는 여덟 살 때 어머니를 여의고 누나들 손에 자랐다. 아버지 이규하와 어머니 정작선은 동학에 참여했다가 1900년 초 기독교로 개종한 뒤 청송으로 솔가하여 1904년 화목교회를 세운다.

이오덕은 오십이 넘어서 쓴 글에서 화목교회 주일 학교에서 동요와 동화를 부르고 들으며 자랐고, 이 경험이 우리말과 정신을 보전해 가지도록 해 준 참으로 고마운 일이었다고 회고했다. 당시 배운 동요는 방정환의 어린이운동 과정에서 창작하고 보급된 것이었다. 1954년 한국아동문학회(회장 한정동) 창립 회원으로 참여했고, 동시집 『별들의 합창』(1966), 『탱자나무 울타리』(1969), 『까만 새』(1974), 『개구리 울던 마을』(1981)을 냈다. 1971년 한국아동문학가협회(회장 이원수) 창립 회원으로 참여했고, 1976년 동시평론 「부정의 동시」로 제2회 한국아동문학상을 수상했다. 1980년 어린이도서연구회 창립에 참여했고, 아동문학과 독서교육에 대한 지도를 했다. 1983년 한국글쓰기교육연구회를 창립하여 이사장을 역임하고, 회지 발행을 주관했다. 1984년 경북아동문학회를 결성하고, 회장으로서 『이원수 아동문학 전집』(전 30권, 웅진출판)을 주관했다. 1988년 경기도 과천에 우리말연구소를 만들어서 쉽고 바른 우리말과 우리글 쓰기에 대한 연구에 힘을 쏟았다. 1989년 한국어린이문학협의회(회장 이오덕)을 창립하고, 『어린이문학』을 발간하기 시작했다. 1998년 우리말살리는겨레모임(공동대표 이오덕·이대로·김경희)을 창립하고, 회지를 발행하기 시작했다. 1999년 참교육상을 받았고, 2002년 대한민국 은관문화훈장을 받았다. 2003년 8월 25일 새벽 6시 50분경, 마지막까지 펜을 들고 글을 쓰던 중 세상을 떠났다.

이오덕은 1955년 이원수가 주관하던 『소년세계』 3월호에 동시 「진달래」로 등단했고, 1971년 『동아일보』 신춘문예에 동화 「꿩」, 『한국일보』 신춘문예에 수필 「포플러」로 당선하면서 중앙문단에서 본격 활동을 시작한다. 1975년 한국아동문학가협회 기관지인 『동시, 그 시론과 문제성』에 「표절 동시론」을 게재하면서 아동문학계에 고소·고발이 일어났고, 이원수 회장이 신문에 사과 기사를 내는 등의 큰 풍파가 일어났다. 또 월북작가 시집을 소장했다는 혐의로 중앙정보부에 끌려가 고초를 겪었다. 그럼에도 1976년에도 「부정의 동시」 「모작 동시론」을 연재하면서 아동문학계에 만연했던 표절과 모작에 대한 경계심을 일깨우면서 문학예술의 본질을 회복하는 데 큰 성과를 거두었다. 1977년 『시정신과 유희정신』(창비)을 내면서 아동문학계에 방정환과 이원수 문학정신, 민족문학, 리얼리즘문학에 대한 관심을 고조시켰다.

이오덕은 평생을 초중등교육자와 아동문학인으로 살면서 삶을 가꾸는 문학 창작과 문학교육에 힘썼다. 이를 위해 방정환, 마해송·이주홍·이원수·권태응·현덕을 비롯한 주요 아동문학작가를 재조명하고, 권정생을 비롯해 우수한 후배 아동문학작가를 발굴했다. 이에 1970년대 중반에서 2000년대 중반까지 30여 년 동안 한국 아동문학 발전에 역동적인 방향타가 되어 주었다는 평가를 받는다. 또 『일하는 아이들』(청년사 1978)을 비롯한 어린이 창작물의 중요성과 가치를 널리 알리고, 『우리글 바로쓰기』(전 5권, 한길사 1988)를 내면서 한글 문체 발전에 일정한 획을 그을 수 있을 정도로 큰 영향을 주었다. **이주영**

이재철

이재철(李在徹, 1931~2011)은 시인, 아동문학평론가, 국문학자로 필명은 사계(史溪)이다. 경상북도 청도에서 태어나 대구에서 성장하였으며, 경북중학교를 거쳐 경북대학교 사범대학 국어교육학과와 동 대학원을 1959년에 졸업하고, 단국대학교 대학원에서 1978년 「한국 현대 아동문학사 연구」로 박사학위를 수여했다. 경북대학교 사범대학 국문과 강사(1959~61), 단국대학교 국어국문학과 교수(1979~97)로 재직했다.

이재철은 어린 시절 부친의 서재에서 문학을 섭렵하며 문학청년으로 자랐다. 1950년 한국전쟁을 닷새 앞두고 경북중학교 문예부에서 '7인 학생 시집' 『풍선(風船)』을 엮어 내기도 했다. 시인을 꿈꾸던 청년 문학도는 1960년 월간 『자유문학』을 통해 시 「산맥(山脈)에서」가 추천됨으로써 문단에 이름을 알리고, 등단 이듬해 『석상(石像)의 노래』(문리당 1961), 『비상(飛翔), 그 이후』(형설출판사 1971)를 출간했다.

1963년 대구교육대학교 재직시 아동문학 교재 집필을 위해 자료를 수집하면서 본격적으로 아동문학 연구를 시작했다. 1967년 『아동문학개론』(문운당), 『아동문학의 이해』(1977), 『한국현대아동문학사』(일지사 1978), 1983년에는 개고판 『아동문학개론』(서문당), 『아동문학의 이론』(형설출판사), 『한국 아동문학 연구』(개문사) 등을 잇달아 내며 한국 아동문학의 이론 정립 및 연구의 지평을 열고, 아동문학의 본격 학문화를 위한 기틀을 마련했다. 1989년에는 독일·일본에 이어 『세계아동문학사전』(계몽사 1989)을 편찬했고 1995년부터는 북한 아동문학 연구도 시도하여, 『남북 아동문학 연구』(박이정 2016)의 성과를 이뤘다.

이재철은 아동문학 문단 활동에도 참여하여 1975년 한국문인협회 아동문학 분과 회장을 역임하고, 한국현대아동문학가협회 회장을 역임했다. 1976년 5월에는 아동문학 전문 비평지 『아동문학평론』을 창간하여 아동문학의 비평 풍토 정립과 아동문학평론을 문학 장르로 정립되도록 했다. 1983년에는 위암 선고를 받고 투병을 하는 와중에 당시 축대도 상석도 없는 중랑구 망우리 방정환 묘역을 수축, '소파 방정환의 비'를 건립하고, 그 후 1991년 방정환문학상을 제정하여 오늘에 이르고 있다. 또한 국내외 아동문학 전문 학회를 설립하여 후진 양성과 국제적 교류를 도모했다. 1988년 우리나라 최초의 한국아동문학학회를 창립하고 학술지 『한국아동문학연구』를 연간지로 발행했다. 이후 학회를 중심으로 하여 1990년 중국의 장평 교수와 일본 도리고에 신 교수와 함께 아시아아동문학학회를 창립, 공동 회장을 맡아 그해 8월 제1차 아시아아동문학대회를 개최했다. 이 대회는 한국·중국·대만·일본 4개국이 순회하며 2년마다 개최했는데, 대회가 한국에 돌아올 때 세계아동문학대회를 겸했다. 작고하던 해 본인의 아동문학 연구를 위해 사재를 털어 평생 수집해 온 장서 2만여 권을 경희대학교 중앙도서관에 기증, '사계아동문고'를 설치했으며, 아동문학 연구 기관인 한국아동문학연구센터를 설립하여 초대 센터장을 역임했다.

아동문학 연구에 끼친 업적으로는 첫째 1976년 아동문학 비평 활성화를 위한 계간 『아동문학평론』을 창간으로써 비평이 부재했던 아동문학을 일소하고, 동시, 동화·소년소설·동극 외에 아동문학평론을 문학 장르로 정착되도록 한 점, 둘째, 아동문학 연구의 3대 역저 『아동문학개론』(1967), 『한국현대아동문학사』(1978), 『세계아동문학사전』(1989)을 내놓음으로써 한국 아동문학의 이론을 정립하고, 한국 아동문학사를 학문적인 단계로 끌어올려 연구의 기틀과 토양을 마련한 점, 셋째, 한국아동문학학회의 창립(1988)과 아시아아동문학대회의 창설(1990) 등, 한국 아동문학의 학문화 장을 넓히고 아동문학의 국제적 교류 증진에 기여한 점을 대표적으로 꼽을 수 있다.

이재철의 『아동문학개론』『한국현대아동문학사』『세계아동문학사전』 등은 '현대 아동문학 연구의 정점을 보여 주는 대표적인 저서' '아동문학을 학문적으로 체계화한 그의 선구적 업적'으로 평가되고 있다. 특히 배영사 『아동문학』을 중심으로 한 아동문학 개념 논쟁과 이원수의 저술은 이재철 『아동문학개론』의 장르의 이론과 역사적 계보를 형성하는 것으로 분석되고 있다. 이재철의 아동문학사 인식에 대한 평가는 '임화, 백철, 조연현으로 이어지는 신문학사 기술'이 중요한 원리로 기능했다는 관점과 더불어, '문학판에서 오래전에 효력을 상실한 조연현의 반공·순수주의 시각'이라는 관점, '방정환으로부터 이어지는 정통 민족주의적 계열을 잇는 문학관'이라는 여러 관점이 상호 병존한다. 현재까지도 후속이 없는 이재철의 '한국 아동문학사 저술'은 그 시대의 역사적 존재물로서 충분히 값하며, 오늘날

후학들에게는 학문의 열정과 연구의 어젠다를 제공하는 아동문학 연구의 보고로 기능하고 있다. 다만 분단시대의 한국 아동문학사 서술인 점, 1960년대까지의 아동문학사 서술에서 중단된 점으로 인해, 월북 아동문학의 보론과 후속 시기를 종합할 수 있는 차후의 아동문학사 서술은 앞으로의 과제로 남아 있다.

장정희

1970년대 어린이잡지

『새소년』『어깨동무』『소년중앙』은 1960년대 후반에 창간되어 1970~80년대에 전성기를 맞은 어린이 종합잡지이다. 『새소년』은 한국전쟁으로 폐간된 『소년(少年)』의 정신을 계승하자는 취지로 1964년 5월에 창간했고, 1989년 5월호에 폐간했다. 『새소년』 100호 기념으로 나온 『새소년 클로버 문고』는 '만화 중심의 전집'으로 출판 시장의 새로운 장을 열었다. 『어깨동무』는 1967년 1월 육영재단 어깨동무사에서 창간하여 1987년 5월에 폐간했다. 연재만화와 소설, 읽을거리와 상식 꼭지 등으로 구성되었으며, 인기 만화나 동화는 별책 부록이나 특별 부록 등으로 제공했다. 자매지로 미취학 아동을 대상으로 한 『꿈나라』와 만화 잡지 『월간 보물섬』이 있다. 『소년중앙』은 중앙일보사에서 1969년 1월에 창간하여 1994년 9월에 폐간했다가 2013년에 재창간되어 지금까지 발행되고 있다. 본책과 더불어 유아를 대상으로 하는 『어린이중앙』과 별책 부록, 특별 부록이 제공되었다는 점에서 『어깨동무』와 구성 체계가 흡사했다.

세 잡지는 교양과 오락이 결합한 형태의 잡지였으나 독자의 구매력을 높이는 요인은 만화가 절대적이었다. 길창덕·신문수·윤승운·박수동·이정문은 1970~80년대 명랑 만화의 붐을 이끈 화백들이며,

명랑동화는 오영민이 대표적이다. 『새소년』의 대표작은 김경언의 「재빨이」, 김성환의 「콩이의 모험」, 안의섭의 「꼬마 두꺼비」, 이정문의 「설인 알파칸」, 이원복의 「시관이와 병호의 모험」 등이 있으며, 오영민의 「6학년 0반 아이들」은 명랑동화로 인기를 끌었다. 이 중에서도 「설인 알파칸」은 SF 만화의 고전으로 2007년 30여 년 만에 복간되었고, 「시관이와 병호의 모험」은 학습 만화의 원조 격인 『먼 나라 이웃나라』의 모태가 되었다. 『어깨동무』의 대표작으로는 고유성의 「로버트킹」 「번개기동대」, 김원빈의 「주먹대장」, 신문수의 「도깨비감투」, 윤승운의 「요청발명왕」, 허영만의 「쇠통소」 등이 있다. 「로버트킹」은 로봇 만화의 고전 중 하나로 1980년 애니메이션으로 제작되었으며, 「번개기동대」는 2009년 웹툰으로 리메이크되기도 했다. 한편 『소년중앙』의 대표작은 길창덕의 「꺼벙이」, 이두호의 「타이거 마스크」, 이상무의 「비둘기 합창」 「독고탁의 전성시대」, 그리고 인기 애니메이션 「달려라 하니」의 원작인 이진주의 「천방지축 오소리」 등이 있다.

세 잡지 모두 1970년대 이후부터는 만화의 비중이 점점 높아지기 시작했다. 그나마 아동문학과 교육에 비중을 둔 잡지를 꼽으라면 『새소년』을 들 수 있다. '교양' 쪽에서 보면 세 잡지 모두 '과학 정보'가 큰 비중을 차지했는데, 이는 당시 '경제 개발'과 '기술 강국'이라는 시대 과업이 반영된 결과라 할 수 있다. 또한 반공을 소재로 한 만화가 자주 등장했는데, '간첩 실화 만화'라는 부제를 단 「북에서 왔수」(『어깨동무』 1972.3)나 「또박이 일등병」(『새소년』 1972.3) 등이 대표적이다. 특히 당시 대통령 영부인이었던 육영수의 개인 사업으로 시작하여 이후 육영재단이 발행사였던 『어깨동무』는 산업화나 반공주의와 같은 국가 이데올로기가 한층 선명하게 드러났던 것이 사실이다.

세 잡지는 현대 어린이잡지의 시발점으로서 당대 어린이에게 필요한 실용적인 정보와 상식, 흥미로운 이야기를 제공했다는 의의를 갖는다. 특히 과학 기술과 잡학 지식 꼭지가 중요하게 다뤄진 것을 보면 '과학입국'을 지향한 당시의 시대정신을 엿볼 수 있다. 또한 1972년 8월에 나온 『새소년』 100호 기념 특대호는 500면 분량으로 어린이잡지사에 족적을 남겼다. 그러나 근대화와 반공주의와 같은 국가 이데올로기와 밀착해 있었다는 점, 만화의 인기에 힘입어 편집 전략이 상업주의로 치닫게 되었다는 점은 아쉬운 지점이다. 특히 일본 만화를 버젓이 표절하는 관행은 만화 창작에 대한 몰이해와 상업주의가 빚어낸, 시대의 어두운 단면이라 할 수 있다. 이충일

7부 1980년대

옛이야기와 전래동화

옛이야기는 신화, 전설, 민담 등을 통칭하여 일컫는 명칭이다. 한국문학계에서는 '설화(說話)'라는 용어로써 이들을 지칭하는 게 일반적이며, 다음과 같은 특징을 가지고 있는 것으로 설명한다. 첫째, 일정한 구조를 가진 꾸며 낸 이야기다. 둘째, 보통의 말로써 구전되며, 산문으로 되어 있다. 셋째, 구연 기회에는 대체로 제한이 없다. 넷째, 화자와 청자의 관계에서 구연(口演)된다. 다섯째, 문자로 기재(記載)될 수 있는 기회가 흔하다. 여섯째, 기록문학적 복잡성을 가하면 소설로 이행될 수 있다. 이처럼 옛이야기는 구비 전승되는 이야기, 즉 구비설화를 지칭한다. 그러나 넓게 보자면 문헌으로 전승된 이야기, 즉 문헌설화도 옛이야기에 포함시키기도 한다.

아동문학계와 초등교육계에서는 전래동화라는 용어를 오랫동안 사용하여 오다가 최근에는 옛이야기라는 용어를 사용하는 빈도가 높아지고 있다. 이는 전래동화가 내포하고 있는 식민지성, 포괄하는 범위의 불명료성을 시정하면서 나타난 현상이다. 그렇지만 아동문학계, 초등교육계에서는 여전히 전래동화라는 용어를 관습적으로 사용해 오고 있는 실정이다. 그 소종래를 분명하게 밝힘으로써 전래동화라는 용어 사용의 부당함을 시정할 필요가 있다. 특히 전래동화를 옛이야기와 동일시되는 용어로 알고, 잘못 사용하고 있는 점은 시급히 바로잡아야 할 문제로 보인다.

옛이야기는 처음엔 '동화'라는 용어로 지칭되었다. 조선총독부가 식민 지배를 공고히 하고자 조선의 신화, 전설 등을 조사한 보고서 『전설동화조사사항』(1913)을 발간했는데, 여기서 동화라는 용어가 처음 확인된다. 이어 조선총독부는 최초의 옛이야기 모음집인 『조선동화집』(1924)을 간행하여 다시 한번 옛이야기를 동화로 지칭한다. 당시 일본에서도 옛이야기와 동화라는 용어는 상호 뒤섞여 사용되었는데, 그러한 관점이 조선의 옛이야기에도 그대로 적용된 것이다. 한편, '전래동화'라는 용어는 1930년 11월 14일자에 발간된 『매일신보』에서 처음 확인된다. 1922년부터 방정환이 잡지 『개벽』을 통해 구비전승되어 온 조선설화를 모집하기 위해 냈던 광고에서는 '고래동화(古來童話)'라고 했고, 또 주요섭이 『개벽』 제28호에 수록했던 「해와 달」은 '우리동화(童話)'라고 지칭했던 것인데, 『매일신보』에서는 이것을 '전래동화'로 규정한 것이다. 이후 '고래동화' '우리동화'라는 용어는 폐기되고, '전래동화'로 단일화된다. 박영만의 『조선전래동화집』(학예사 1940), 전영택의 『조선전내동화집』(수선사 1949), 이상노의 『한국전래동화독본』(을유문화사 1962), 이원수의 『이원수 쓴 전래동화집』(현대사 1963), 최인학의 『어린이를 위한 한국 전래동화』(기미문화사 1979), 이원수·손동인의 『한국전래동화집』(창비 1980), 안정언의 『재미있는 어린이 한국 전래동화 나무꾼과 선녀』(어문각 1981), 손동인·이준연·최인학의 『남북 어린이가 함께 보는 전래동화』(사계절 1991) 등에서 전래동화라는 용어의 끈질긴 생명력을 확인할 수 있다.

동화를 '어린이를 위한 이야기' '어린이를 독자로 한 이야기'로 규정한다면, 옛이야기의 일부도 그 대상이 될 수 있다. 그러나 우리나라에서 '동화'라는 용어는 조선총독부에 의해, '전래동화'라는 용어는 조선총독부의 기관지인 『매일신보』에 의해 식민 지배 정책의 수단으로 사용되기 시작했다는 점을 직시해야 한다. 또 손동인·최운식·김기창 등이 학술서적을 통해 옛이야기가 마치 전래동화와 동일한 용어인 것처럼 기술해 놓았다는 점도 성찰하여 바로잡아야 한다. 아울러 최남선·방정환·심의린·한충·박영만 등이 일제강점기라는 암울한 시기에 옛이야기를 수집하고 소개했다는 점은 긍정적으로 평가받아야 마땅하나, 이후 옛이야기를 거의 그대로 활자화해 놓고서 자기 자신을 책에 수록된 옛이야기의 작가로 내세워도 되는 것처럼 오해하게 만들어 버렸다는 점에서는 비판받아야 한다. 비록 의도하지 않았더라도, 이들이 만든 '부정적 전통'은 지금의 아동문학계, 초등교육계에 이르기까지 만연하여 있다. 초등학교에서 작가 초청을 했는데, 어린이들이 '작가님이 교과서에 수록된 이 옛이야기의 작가냐'고 물어봤다는 일화는 그저 웃어넘길 일이 아니다. 옛이야기가 한국의 전통 문화유산으로 이해되지 못하고, 마치 특정 작가의 창작물인 것처럼 받아들여진 것이다. 따라서 용어 사용의 혼란(옛이야기는 전래동화라는 것)과 소유권에 대한 오해(옛이야기 모음책은 특정 작가의 창작물이라는 것)를 불식시키기 위해서는, 아동문학계와 초등교육계에서 이러한 혼란과 오해를 불러일으킨 전래동화라는 용어는 폐기하고, 옛이야기라는 용어로 단일화하여 사용할 것이 요청된다. 또한 옛이야기는 그 자체로서뿐만 아니라, 출처도 분명히 하면서 활용·개작해야 할 대상으로 존중되어야 한다.

학술 영역이나 초등교육 영역에서는, 타당한 합의만 이뤄진다면 이런 문제점들을 어렵지 않게 수정해 나갈 수 있다고 본다. 논문, 저서, 교과서, 교사용 지도서, 수업, 강연 등에서 전래동화라는 용어를 사용하지 않거나 옛이야기 제재 수록에 더욱 신중을 기하면 될 일이다. 그러나 아동문학 또는 청소년문학 등의 출판 영역에서는 일제강점기부터 지켜 온 관행이 있고 출판사 간 이해관계가 있기에, 이러 문제들이 쉽게 해결될 것 같지는 않다. 다만 어린이 독자를 위해 옛이야기를 다듬어서 책을 만들 때, 다음과 같은 점을 유의했으면 하는 제안을 해 본다. 첫째, 가독성을 높이기 위해 표현만 다듬은 경우 '○○○ 엮음'으로 제시하고, 출처를 각각의 텍스트 끝이나 부록에 제시한다. 제시 용어는 '옛이야기'로 한다. 둘째, 일부 내용을 바꾸어 작가의 창작성을 어느 정도 드러낸 경우 '○○○ 개작'으로 제시하고, 출처를 각각의 텍스트 끝이나 부록에 제시한다. 제시 용어는 '개작 옛이야기'로 한다. 셋째, 소재만 취하여 왔을 뿐 작가의 창작성을 온전하게 드러낸 경우 '○○○ 저'로 제시하고, 소재 출처를 부록에 제시한다. 제시 용어는 '창작 옛이야기'로 한다. '창작 민요'나 '창작 판소리'처럼 관련 분야의 선행 사례가 있기 때문에, '창작 옛이야기'라는 용어 사용의 편협성이 정당하게 극복될 수 있다고 본다. 이처럼 학술 영역, 초등교육 영역, 출판 영역 등에서 문제점을 공유하고 차츰 개선해 나간다면, 대중 영역에서도 개선되지 않을까 한다. **최원오**

교육민주화운동과 어린이문학

분단을 정권 유지의 수단으로 악용하고, 개인의 자유와 권리를 짓밟으며 국가주의 산업화와 부정 축재를 추구하던 군부독재 시절, 문학의 당면 과제이자 정언 명령은 민주주의 수호일 수밖에 없었다. 많은 시인과 작가, 평론가는 문학의 논리에 따라 말과 글뿐만 아니라 온몸을 바쳐 민주주의를 지켜야 했다.

지배 체제 재생산을 위한 산업 역군과 권력에 순응하는 엘리트 양성을 목표로 한 학교 또한 예외가 아니었다. '일하는 아이들'의 현실과 역사를 외면한 교과서, '반공 독후감 대회'로 상징되는 반통일 및 주입식 교육 등 온갖 비민주적 부조리로 가득한 학교에서도 양식 있는 교사들은 자신을 태워 가며 교육민주화운동에 앞장섰다. 특히 독재 세력에 맞선 1986년 교육민주화 선언, 1987년 전국교사협의회 설립에 이어 1989년 전국교직원노동조합(이하 '전교조')의 창립은 교육민주화운동의 정점이었다.

전교조가 결성된 뒤 1,500여 명의 교사가 해직되었다. 1985년 '민중교육지 사건'으로 해직된 김진경을 중심으로 해직교사 또는 해직되지는 않았으나 전교조와 뜻을 같이하는 100여 명의 문인 교사들은 1989년 12월 동국대 강당에서 교육문예창작회(이하 '교문창')라는 이름의 교육문예운동조직을 출범시켰다. 시와 소설로 등단했던 초등 해직교사인 이중현과 송언은 당시 한국어린이문학협의회를 통해 활동하던 초등 교사 출신의 아동문학평론가 이재복과 함께 전국의 여러 초등 교사를 조직하여 소외된 어린이의 현실을 전면에 내세운 '삶의 동화운동'을 벌였고, 이는 『오늘 재수 똥 튀겼네』 등 10권의 동화집(푸른나무 1990~92)으로 결실을 보았다. 이재복은 자료 발굴에도 힘을 써 분단 현실로 인해 사장되었던 이태준, 현덕, 카프 작가 등의 작품이 담긴 한국 근대동화선집 『야구빵 장수』(창비 1993), 『나비를 잡는 아버지』(창비 1993)를 출간하는 데 중심 역할을 했고, 『친구 없이는 못 살아』(산하 1992) 등 5권의 북한동화선집을 엮어 내 문학사 복원에 큰 역할을 했다.

교육민주화운동의 일환으로 배태된 교문창의 씨앗은 이렇게 어린이문학이라는 텃밭에 뿌려져 정권 교체와 전교조 합법화 등 형식적 민주화가 이루어진 2000년대 이후, 이중현·송언·이재복 외에도 정세기·박일환의 동시, 김진경·장주식·김옥·김영주·고재은의 동화, 김제곤·유영진의 평론이라는 열매로 이어졌다. 이들은 개별 창작 활동뿐만 아니라 문학운동의 연속선상에서 독립잡지인 『어린이와 문학』 창간 및 운영에도 적극 참여했으며, 김영주는 전국초등국어교과연구모임 설립을 주도하여 '온작품 읽기' 운동을 통해 '한 학기 한 권 읽기'를 제도화하는 데에도 한 역할을 했다.

또한 전교조 중등 해직교사였던 원종찬은 현덕 연구를 시작으로 아동문학평론과 연구 분야에 한 획을 그었다. 인천·경기 지역을 중심으로 교사·연구자·학부모 등이 함께 참여하는 겨레아동문학연구회를 조직하여 근대 동시와 동화 작품을 선별한 『겨레아동문학선집』(보리) 10권을 간행했으며 계간 『창비어린이』 창간의 중심 역할을 했다.

서울양서협동조합의 이사로서 어린이도서연구회 탄생의 주역인 이주영도 전교조 초등 해직교사였다. 이주영은 『어린이책을 읽는 어른』(웅진 1997) 같은 책뿐만 아니라 '동화읽는어른모임'을 만들어 좋은 작품을 우리 아이들에게 건네는 데 커다란 역할을 했다.

어린이문학과 직접적 관련이 있지는 않지만, 반공 글짓기와 말장난 동시에 맞서 시대와 현실을 외면하지 않고 참다운 글쓰기를 추구했던 교사들의 단체인 한국글쓰기연구회 또한 빼놓을 수 없다. 우리 어린이문학사의 빛나는 이름인 임길택, 서정오가 한국글쓰기연구회 회원이었던 건 우연이 아니다.

교육민주화운동의 핵심이었던 전교조 결성과 직접 관련을 맺은 인물은 아니지만, 꼭 짚어야 할 인물이 있다. 초등학교 교장이자 동시인이며 아동문학평론가였던 이오덕은 어린이의 삶과 현실을 직시할 것을 요구했다. 이오덕은 그의 어린이문학관을 통해 교육민주화운동과 어린이문학운동의 결합을 이루어 낸 교육문예창작회, 겨레아동문학연구회, 어린이도서연구회, 한국글쓰기연구회와 같은 단체와 많은 작가와 평론가, 시민운동가에게 매우 강력한 영향을 준 스승이 되었다. 그의 계승과 극복은 21세기 한국 아동문학의 과제로 남아 있다.

유영진

『백두산 이야기』

『백두산 이야기』는 류재수(柳在守, 1954~)가 우리 민족의 정체성을 담아낸 창작그림책으로, 통나무에서 1988년, 보림출판사에서 2009년에 출간되었다. 2018년에는 30주년 기념 한정판으로 2판이 출간되었다.

이 작품은 분단 현실 속에서 한반도 북쪽에 있는 백두산을 소환함으로써 1980년대 활발했던 통일운동의 모습을 반영하고 있다. 또한 '밝고 긍정적인 세계만 보여 주려는' 당시의 어린이 그림책에 대한 전반적인 인식 수준과 통념을 전복하고자 하는 작가적 사명감과 함께, 동심천사주의의 한계를 넘어 웅혼한 민족정기를 어린이들에게 불어넣으려는 의도를 담고 있다. 우리 민족이라면 누구나 가슴속에 품고 있는 백두산을 이야기함으로써 우리의 마음속에 길이 남아 있는 정신에 대해 이야기하려 했고, 우리 민족의 생명력과 희망을 백두산 이야기에 담아 전해야 한다는 사명감을 표현한 것이다.

하늘과 땅이 분리되지 않았던 까마득한 옛날, 커다란 틈이 벌어져 하늘과 땅이 분리되고, 하늘에는 해와 달이 두 개씩 생겨났다. 그 가운데 세상에 온갖 생명이 생겨나고, 사람들이 모여 사는 만주벌판에는 조선이라는 나라가 만들어졌다. 그러나 해와 달이 두 개씩이라 낮은 너무 뜨겁고 밤은 너무 추웠다. 그래서 사람들은 해와 달을 하나씩 없애 달라고 하늘에 빌었다. 하늘과 땅을 다스리는 천지왕이 흑두거인에게 그 일을 맡기지만 실패하고, 천지왕은 백두거인을 불러 다시 그 일을 맡긴다. 백두거인은 큰 활로 화살을 쏘아 해와 달을 하나씩 바다로 떨어뜨렸다. 그 일로 흑두거인은 백두거인을 시기하게 되고, 이웃 나라를 부추겨 살기 좋은 조선 땅을 침략한다. 이에 천지왕은 백두거인을 불러 조선을 구하라고 한다. 서로 적이 되어 다투게 된 흑두거인과 백두거인은 용과 호랑이로 각각 변하여 백 일이나 싸운다. 결국 힘이 빠진 흑두거인은 독수리로 변해 달아나다가 학으로 변한 백두거인의 공격에 패배하여 죽는다. 오랜 싸움으로 지친 백두거인은 조선을 영원히 지켜 주겠다고 하면서, 재앙이 닥치면 다시 깨어날 것이라는 말을 남기고 누워 깊은 잠에 든다. 세월이 흘러 그는 산으로 변해 갔다. 사람들은 이 산을 '백두산'이라 불렀다. 그러다가 평화롭던 조선에 큰 가뭄이 들었고, 온 백성이 기우제를 지내며 하늘에 빌자 백두산에 번개가 내리치고 큰비가 퍼부어 백두산 꼭대기에 '천지'라는 호수가 생겼다.

『백두산 이야기』는 "현대 그림책으로서의 장르적 인식을 토대로 만들어진, 한국 창작그림책의 이정표"로 평가되고 있다. 그림책이란 '글과 그림이 각각의 역할을 수행하고 어우러지면서 새로운 의미를 생성하는 매체'라는 현대적 장르 인식이 바탕에 깔려 있는 것이다. 글은 백두산 설화 모티브와 함께, 해와 달이 두 개씩이라 힘겨웠던 소별왕 대별왕 신화를 가져와 새로 썼다. 또, 그림은 단순히 글의 내용을 반복하는 것이 아니라 이미지로 의미를 표현하는 서술 방식, 글과 그림의 결합을 통한 새로운 의미 창출, 등장인물의 느낌과 감정을 드러내는 당대 회화적 흐름과의 연결, 서사를 효과적으로 구현하기 위한 대담하고 자유로운 화면 연출과 같은 표현 방식을 과감하게 도입했던 것이다. 이 작품을 계기로 한국의 그림책은 전환기를 맞이했다. 이전의 그림책이 외국의 그림을 모방하거나 지극히 답습적인 도상 이미지를 활용한 수준에 머물러 있었다면, 『백두산 이야기』를 출발점으로 하여 일련의 작가들에 의해 당대의 리얼리티를 추구하고자 하는 그림책 일러스트레이션의 정체성이 새롭게 형성되기 시작했다. 그 후 1990년대에서 2000년대 중반까지 김환영·정승각·권윤덕·이억배 등 후배 작가들이 창작그림책 분야를 주도하게 되는데, 이들은 그림책을 적극 활용하여 민족 정서의 주체적 관점, 사회적 현실에 대한 비판 정신 등을 실천해 갔다. **엄혜숙**

「오세암」

「오세암」은 정채봉(丁埰琫, 1946~2001)의 대표적인 동화로, 1986년 작가의 두 번째 창작동화집인 『오세암』(창비)에 다른 단편동화들과 함께 수록·발간되었다. 내용은 다음과 같다. 한겨울에 거리를 떠돌던 고아 남매를 설정 스님이 절로 데려간다. 부잡스러워 다른 스님들 눈총을 받는 다섯 살 길손이를, 설정 스님은 암자에 공부를 하러 가며 데려간다. 어느 날 양식이 떨어져 스님은 아랫마을로 내려가며, 길손이에게 무섭거나 어려운 일이 생기면 관세음보살님을 부르라고 한다. 길손이는 관세음보살 탱화를 엄마라고 부르며 온갖 얘기도 하고 즐겁게도 해 준다. 폭설로 길이 끊기는 바람에 스님은 오십 일 만에 암자로 돌아간다. 그런데 죽었을 줄 알았던 길손이가 살아 있고, 하늘마음 그대로인 아이라 부처가 되었다며 관세음보살이 길손이를 안아 준다. 그 순간 맹인 누나는 눈을 뜬다. 다섯 살 어린이가 부처가 되었기에 관음암은 그때부터 오세암으로 불리게 되었다.

정채봉은 1946년 전남 순천 승주에서 태어나 광양에서 성장했다. 3세 때 어머니가 병사하고 아버지는 일본으로 떠나 할머니가 오누이를 길렀다. 초등학교 졸업 후 신문 배달과 풀빵 장사 등을 하다 일 년 뒤 광양중학교에 진학했다. 광양농업고등학교에서 도서실 당번 일을 맡으며 세계 고전을 섭렵하고 문학적 소양을 쌓았다. 동국대 국문학과에 진학하여 3학년 때인 1973년 『동아일보』 신춘문예에 동화 「꽃다발」이, 이듬해 『소년중앙』 동화현상모집에 「무지개」가 당선되었다. 『물에서 나온 새』 『오세암』 『초승달과 밤배』 『멀리 가는 향기』 등 많은 동화책을 펴냈고, 대한민국문학상, 새싹문학상, 세종문학상, 소천아동문학상 등을 수상했다. 시집, 수필집, '어른을 위한 동화' 시리즈로도 폭넓은 사랑을 받았다. 1978년부터 2000년까지 샘터사에 근무하며 동국대 겸임교수, 방송 진행자로도 활동하다 2001년 간암으로 영면했다.

「오세암」은 백담사 말사에 전해져 내려오는 관음영험설화를 동화로 새롭게 창작한 작품이다. 불교에서 천진무구한 동심은 곧 부처의 마음이자 깨달음의 한 경지로 여겨진다. 작가는 『오세암』 출간 후 제14회 새싹문학상을 수상했으며, 이 작품은 한국 동화 최초로 프랑스에 번역 출간되었다. 「오세암」은 꾸준한 사랑을 받으며 스테디셀러가 되었고, 애니메이션과 드라마·영화·뮤지컬로 변용되었다. 동화는 설화에 오히려 생명을 불어넣었지만 다른 장르는 대중성을 얻지 못했다.

「오세암」은 정채봉의 생애와 사상, 문학의 특성이 가장 잘 녹아 있는 작품이다. 동화 장르의 고유 특성인 동심과 환상성을 간명한 시적 문체로 구현하여, 동화문학의 예술성을 한층 높였다. 또한 어려운 종교적 진리를 동심과 엄마에 대한 그리움으로 풀어내어, 어린이와 어른 독자가 함께 읽고 공감할 수 있는 동화로 완성했다. 그런 면에서 「오세암」은 한국 동화의 소재와 주제, 독자를 확장한 작품으로 긍정적 평가를 받는 한편, 어린이의 동화도 어른의 소설도 아니라는 부정적 시각도 있다. 관점과 기대치에 따라 다양한 평가가 가능하겠으나, 설화 속 집단 무의식을 동화로 탁월하게 일깨우고 폭넓은 울림을 준 면은 특히 주목되며 많은 시사점을 준다. 선안나

『탄광마을 아이들』

『탄광마을 아이들』은 1990년 4월 출간된 임길택(林吉澤, 1952~1997)의 시집으로, 실천문학사에서 출간됐다. '동시집'이 아니라 '시집'으로 출간된 것에 대해 이오덕은 "문학으로 자라나지 못하는 아이들"이 많은 현실에서 "이런 책을 동시집이라 해서 아이들에게 주어 봤자 읽어 줄 것 같지 않아" "우선 어른들이 먼저 읽도록 하자는 생각"을 하게 된 것 같다고 아쉬움을 표한다. 이 시집에는 총 71편의 작품이 수록돼 있는데 대부분 사북국민학교에서 근무하던 시절 직접 가르치며 만났던 어린이, 학부모 이야기에 기반한다. 책 표지와 속지에는 사북국민학교 강현일 어린이가 그린 석탄을 싣고 달리는 기차, 산 너머에서 뜬 해의 그림이 실려 있어 탄광마을에서 희망이 솟아오르는 모습을 표현하고 있다. 책 끝에는 이오덕의 발문 「우리들의 아름다운 꿈」이 실려 있는데, 이 글에서 이오덕은 "시인이기 전에 마을과 학교에서 아이들과 함께 살아가는 훌륭한 교육자인 지은이만이 쓸 수 있는 시요, 몸으로 살아가는 창조의 세계"라고 평가하고 있다.

『탄광마을 아이들』의 작가 임길택은 초등학교 교사이자 동시인, 동화작가로, 1952년 3월 1일 전라남도 무안에서 태어났다. 삼향동국민학교를 졸업했으며 목포중학교 재학 시절 심훈의 『상록수』를 읽고 감명을 받아 이때부터 본격적으로 문학에 관심을 둔다. 1972년 목포고등학교를 졸업하고 목포교육대학에 진학했는데 이때 부친이 세상을 떠난다. 어렸을 때 어머니를 잃었던 임길택은 평생 아버지에 대한 복잡한 감정을 느꼈는데 『탄광마을 아이들』 1부에 그려진 탄부 아버지 이미지에는 생부에 대한 감정, 생각이 투사되어 있다. 1980년 4월 사북국민학교에서 근무하던 중 사북사건을 겪었으며 이 사건을 계기로 내적으로 큰 변화를 겪게 된다. 이때부터 본격적으로 글쓰기 지도를 했고 동시도 썼다. 1984년 정선 반천국민학교 봉정분교로 옮겨가는데 『산골마을 아이들』 『할아버지 요강』에 봉정분교 시절 이야기가 많이 반영되어 있다. 1989년에 『실천문학』 겨울호에 시 19편을 발표하면서 시인으로서 작품 활동을 시작한다. 1990년 3월 강원도 산골마을을 떠나서 경상남도 거창의 중유국민학교로 전근을 간다. 『탄광마을 아이들』이 나올 무렵 그는 경상남도 거창의 중유국민학교에서 교직 생활을 하고 있었다. 이후 동시집 『할아버지 요강』(보리 1995), 동화집 『우리동네 아이들』(창비 1990), 『느릅골 아이들』(산하 1994)을 출간했다. 1997년 4월 폐암 진단을 받았으며, 12월 11일 세상을 떠났다. 유해는 강원도 정선군 동면 태백산 두리봉 어우실에 묻혔다. 1998년 사망 1주기를 맞아 『똥 누고 가는 새』(실천문학사)와 『수경이』(우리교육)가 나란히 출간되었다. 2001년 10월에는 묘 인근에 시비가 세워졌고 2018년 12월에는 삼향동초등학교 교정에 『탄광마을 아이들』 3부에 실린 「완행 버스」 시비가 건립됐다.

1980년 4월 동원탄좌 사북광업소의 광산노동자들이 노동항쟁을 일으킨 사북사건은 평범한 교사 임길택을 작가로 변화시킨 결정적 사건이었다. 당시 자신이 가르치던 어린이, 학부모가 대부분 이 사건과 관련되어 있었다. 이 사건을 계기로 임길택은 과거에는 하나의 타자에 불과했던 그들을 '우리 어린이' '우리 학부모'라고 부르게 된다. 임길택은 사북사건 이후 어린이들의 현실, 그들의 목소리를 있는 그대로 담아내는 이오덕 방식의 어린이 글쓰기 지도를 실천하기 시작했으며 그것을 바탕으로 '아이 되기' 방식의 동시를 쓰기 이른다. 그리하여 『탄광마을 아이들』에는 어린이, 학부모, 주민의 현실과 목소리, 고난의 정동(affect)이 생생하게 응축되어 나타나 있다.

『탄광마을 아이들』 속에 구현된 시적 이미지는 1980년대 탄광마을 어린이들의 '역사적 이야기'를 새로운 이미지로 구현하여 고통의 현실을 넘어서려고 하고 있다. 조르주 디디-위베르만의 『모든 것을 무릅쓴 이미지들』(레베카 2017, 64면)을 원용해 말한다면 『탄광마을 아이들』 속 시적 이미지들은 미약하지만 그 시대를 증언하는 '잔존하는 존재'라 볼 수 있다. 그 이미지는 아이 된 자(동시인)의 목소리와 정동을 담아내며 시대의 고통에 대한 의미 있는 문학적 증언이 된다. 출간 무렵 이 시집은 "시대 아픔 담은 시집" 가운데 하나라는 평가를 받았으며 실제로 출간된 이후 어린이, 어른 독자를 막론하고 폭넓은 감동을 주었다. 시인 고은은 임길택의 작품이 "박노해의 것보다 더 절실하고 더 열렬한 감명"을 주고 있다고 상찬하기도 했다. 『탄광마을 아이들』은 1990년대를 통틀어 대중적으로 읽힌 동시 시집 중의 하나이며 오늘날 어린이, 어른 사이에서도 읽히고 있다. 이 동시 시집은 1980년대 한국 리얼리즘 동시의 이념형(ideal type)을 구현한 작품으로 평가할 수 있다.

신동재

8부 1990년대

옛이야기와 어린이책

'옛이야기'란 용어가 주로 어린이책 출판 현장에서 통용되고 있지만, '어린이를 위한 설화'라는 협의의 개념으로 정의하는 데는 어려움이 따른다. '옛이야기'는 어린이문학뿐만 아니라 성인문학에서도 폭넓게 사용되는 용어이며, 많은 학자가 '어린이를 위한 설화'를 지칭하기 위해 '전래동화'란 용어를 사용한다. 또한, 서구의 요정담(fairy tale, conte de fées)과 메르헨(märchen)이 '옛이야기' '민담' '동화'란 용어로 다양하게 번역된다. 이러한 현상을 고려할 때, '옛이야기'란 용어를 '신화, 전설, 민담, 전래동화, 요정담, 메르헨, 창작 옛이야기 따위'를 모두 아우를 수 있는 광의의 개념으로 정의할 필요가 있다. 주어진 작품이 어린이 독자를 위해 쓰인 옛이야기라는 사실을 특정하기 위해서는 '어린이를 위한 옛이야기'란 용어를 사용하는 것이 바람직하다.

옛이야기는 그 기원을 알 수 없을 정도로 오래전부터 전승된 이야기이지만, 한국의 아동문학 현장에서 옛이야기가 중요하게 부각된 것은 '동화'라는 장르가 탄생하면서부터이다. 방정환은 「새로 개척되는 동화에 관하여」(1923)라는 글에서 동화를 '아동의 설화'라고 정의하면서, 「해와 달」「흥부와 놀부」「콩쥐팥쥐」「별주부(토끼의 간)」

와 같은 옛이야기와 『사랑의 선물』에 수록된 이야기를 동화의 예로 언급했다. 1920년대에는 많은 동화작가가 안데르센과 그림 형제의 영향을 크게 받아서 문학성·환상성·상징성을 지닌 옛이야기를 동화의 전범으로 간주했다. 1920년대에는 동화를 "어린이를 위한 설화"로 인식했기 때문에, 어린이를 위한 옛이야기책이 모두 동화집이란 제목으로 발간되었다. 조선총독부의 『조선동화집』, 나카무라 료헤이의 『조선동화집』, 심의린의 『조선동화대집』이 1920년대에 편찬되었다. 1940년대부터 1990년대까지 '어린이를 위한 옛이야기'는 주로 '전래동화'란 용어로 지칭되었다. 박영만·전영택·김상덕·이원수·최인학·손동인·최래옥 등이 어린이를 위한 옛이야기 전집을 편찬한 대표적인 작가인데, 모두 '전래동화전집'이란 용어를 사용했다. 민속학자 임석재와 시인 신경림은 '전래동화'란 용어 대신에 '옛날 이야기'란 용어를 사용했다.

어린이책 출판 현장에서 "옛이야기"란 용어가 급부상한 것은 구전설화 총서의 발간과 깊은 관련이 있다. 1980년 이후 한국학중앙연구원(구 정신문화연구원)의 『한국구비문학대계』와 임석재의 『한국구전설화』 총서가 출간되었다. 방대한 분량의 채록 자료를 접하게 된 아동문학가들은 구전설화에 큰 관심을 기울였으며, 채록 자료를 활용해서 우리 옛사람들이 입말로 남긴 옛이야기의 본모습을 어린이에게 전해 주려고 노력했다. 아동문학가와 출판인 들은 구전설화를 다시 쓰거나 고쳐 쓴 이야기들을 '전래동화'가 아니라 '옛이야기'란 용어로 새롭게 지칭했다. 1990년대 중반에 서정오의 『옛이야기 들려주기』 『우리가 정말 알아야 할 옛이야기 백 가지』와 『옛이야기 보따리』

시리즈가 출간된 이후, 어린이책 출판 현장에서는 '전래동화' 대신에 '옛이야기'란 용어가 폭넓게 통용되고 있다.

1990년대 이후 구전설화와 무속 신화에 관심을 둔 동화작가와 그림책 작가 들이 출간한 옛이야기책은 옛사람들의 상상력과 세계관을 새롭게 전하는 데 이바지했다. 하지만 아직 구비문학자들이 채록한 방대한 분량의 채록 자료는 제대로 활용되지 않고 있다, 오늘날 옛이야기의 중요한 전승 매체는 입말이나 이야기책이 아니라 그림책과 애니메이션이다. 옛이야기의 매력과 가치를 어린이에게 잘 전승하려는 아동문학작가들은 그림책과 애니메이션이라는 매체에 대해 진지한 관심을 기울일 필요가 있다. 김환희

그림책

그림책은 문학과 미술, 인쇄술의 결합으로 발전한 예술 장르이다. 문자 이상의 매체가 필요하다는 점에서 문학과 다르고, 연속된 이미지를 통해 스토리를 전개한다는 점에서 미술과 다르다. 사진, 조각, 자수, 서예 등도 수용하는 경계의 확장성을 특징으로 한다. 원화를 재현하는 잉크 기술뿐 아니라 종이를 자르고 뚫고 세우는 테크닉의 확장성도 그림책의 특징이다. 개별 이미지가 서사 전달 매개체에 그치는 것이 아니라 그 자체로 하나의 완성된 작품을 지향한다는 점에서 웹툰과 차별성을 갖는다. 무엇보다 그림책은 책이라는 물성 없이는 존재할 수 없다는 점에서 독보적인 예술 장르이다. 책 없는 문학, 캔버스 없는 회화는 성립되지만 책 없는 그림책은 성립되지 않는 것이다. 따라서 그림책은 그림 동화가 아닌 그림책으로 불려야 한다.

그림책의 뿌리는 1658년 요하네스 아모스 코메니우스의 『세계 최초의 그림 교과서』이다. 아동기 개념이 형성되기 시작한 근대 초기에 인간 중심의 세계 관찰, 그림을 통한 감각 키우기, 아동의 자율성과 이성 발달 등을 목표로 삼으면서 그림책의 토대를 놓았다고 할 수 있다. 1845년 독일 하인리히 호프만의 『더벅머리 페터』는 아동 심리와 관련하여 격렬한 반응을 끌어낸 문제작이었고, 1878년 영국 랜돌

프 칼데콧의 『익살꾸러기 사냥꾼 삼총사』(에드윈 워 글)는 뛰어난 그림, 글과 그림의 조화, 여백의 효과적 사용 등으로 현대 그림책의 효시로 불린다. 책이 널리 보급되고 아동기에 대한 주요 패러다임이 형성되던 19세기까지는 아동 양육과 교육 매체로서의 기능에 방점이 찍혔지만, 20세기 들어 뛰어난 작품과 연구를 통해 그림책은 그 새로운 예술적 면모에 조명을 받게 된다.

한국에서는 류재수의 『백두산 이야기』(보림 1988)가 현대적인 첫 그림책으로 받아들여진다. 1990년대에는 권윤덕·이억배·이영경 등이 한국의 신화, 역사, 풍습 등을 담아 공동체 의식을 밝히는 데 주력했다. 2000년대 들어 작가들은 일상과 환상을 자유롭게 구사하는 작품으로 자기 세계를 넓혀 가기 시작했다. 한병호·신동준·조은영 등을 필두로 외국의 그림책 상 수상 작가가 생겨났고, 2020년 백희나의 아스트리드 린드그렌 추모 문학상 수상, 2022년 이수지의 한스 크리스티안 안데르센 상 수상으로 한국의 그림책은 세계적인 주목을 받는 자리로 올라섰다. 조선경·김지민처럼 종이책의 물성을 창조적으로 활용해 그림책의 지평을 확장하는 작가들도 거론할 만하다.

그림책은 또한 그 정체성의 확인을 상당 부분 독자에게 기대 온 것으로 보인다. 초기에는 글에 익숙지 않은 아동들을 대상으로 정의되고 분류되어 왔으나 21세기 들어 그림책은 '0세부터 100세까지'라는 슬로건 아래 독자의 경계를 허물고 있다. 아예 어른을 위한 그림책을 표방하며 '그림책 노블'이라 이름 붙일 수 있을 정도의 규모와 주제와 소재를 담은 그림책도 드물지 않다. 이에 따라 어린 독자를 배제한 그림책에 대한 논란 등, 그림책이 유기적으로 성장하는 과정에서의 소용돌이가 한창이다.

그림책은 독자뿐 아니라 수용 양상에서도 폭발적인 다양성을 보인다. 그림책 테라피라는 용어가 굳어질 정도로 치유 기능에 집중하는 활동이 자리를 잡아 가고 있고, 수백 개의 민간 자격증이 등장할 정도로 그림책의 심리적·실용적·교육적·예술적 집단 활용 무대가 어지럽게 넓어지고 있다. 글을 통한 논리와 이성과 의식의 단련, 그림을 통한 정서와 감성과 무의식의 움직임 등 그림책만의 특성이 그런 다양한 반응을 끌어내는 것이다. 빠른 시간 안에 읽어 낼 수 있다는 즉각성, 여럿이 쉽게 나눌 수 있다는 포용성도 그림책의 집단 활용을 가능하게 하는 요인이다.

무엇보다도 그림책은 예술 역사상 유례없이, 아래에서 위로 치솟아 오르는 장르이다. 모든 예술이 어른의 영역에서 아이의 영역으로 내려갔다면 그림책만은 아이의 영역에서 어른의 영역으로 거슬러 오르며 경계를 넓혀간다. 그런 막강한 에너지를 그림책은 품고 있다.

김서정

어린이 공연예술

어린이 공연예술은 어린이를 위해 무대에서 실행되는 연극·무용·음악 등 모든 형태의 예술을 뜻한다. 이 용어는 1997년에 국제아동청소년연극협회(ASSITEJ Korea, 아시테지 코리아)가 '서울어린이연극제'를 무용, 국악, 콘서트 등의 예술 장르까지 확대해 '서울국제어린이공연예술제'로 개편한 후, 행사를 성황리에 치러 내면서 보편화되었다.

1988년에 창단된 극단 사다리는 기존의 아동극 제작 방식 대신에 즉흥 연기, 게임, 마임, 인형놀이, 창의적인 매체 등을 활용한 놀이성을 강조했다. 극단 사다리는 1998년부터 연극놀이를 이론적으로 연구하고 프로그램을 개발하는 '사다리연극놀이연구소'와 신체 움직임과 오브제 인형, 가면, 미디어 등을 통한 새로운 연극 언어 창조를 목표로 하는 '사다리움직임연구소'로 나누어져 운영되고 있다. 대표 작품은 「아프리카 바보사냥」(1990), 「호랑이 이야기」(1995), 「이중섭 그림 속 이야기」(2001), 「내 친구 플라스틱」(2010), 「왜 왜 질문맨」(2014), 「8시에 만나」(2022) 등이 있다.

1996년에 창단된 극단 민들레는 전통을 바탕으로 한 작품을 통해 동시대와 소통하려고 노력해 왔다. 민들레는 연극 영역의 확대와 문화공동체·예술로 변화하는 세상을 추구하면서, 다양한 실험과 전문적 연구를 통해 독창적인 공연 문화를 시도하는 '민들레놀이극연구소'(2003년 창설)와 농촌 및 연극 체험을 함께 하는 '민들레연극마을'(2005년 창설)을 운영하고 있다. 또한 학교로 찾아가 공연한 후 신체 활동, 미술 활동 및 토론 등을 통해 아이들에게 다양한 예술 체험의 기회를 제공하고 있다. 대표 작품은 「깨비 깨비 도깨비」(1996), 「놀보, 도깨비 만나다」(2000), 「똥벼락」(2001), 「마당을 나온 암탉」(2002), 「은어송」(2005), 「광대가」(2012), 「와, 공룡이다!」(2018), 「소리나무」(2022) 등이 있다.

백창우(白昌牛, 1958~)는 동요로부터 멀어진 아이들에게 아이들의 마음과 삶이 담긴 노래를 찾아 주기 위해 어린이 노래 전문 음반사 '삽살개'와 어린이 노래패 '굴렁쇠아이들'을 만들어 동요집을 내고 공연을 하는 등 어린이 노래운동을 주도했다. 창작동요집 『해야 해야 잠꾸러기 해야』(1995)를 비롯해, 보리 어린이 노래마을 시리즈 『딱지 따먹기』 『예쁘지 않은 꽃은 없다』 『우리 반 여름이』 『또랑물』 『꽃밭』 『맨날 맨날 우리만 자래』(이상 2003), 권정생·이오덕 등의 동시에 곡을 붙인 『백창우 아저씨네 노래창고』(2010), 현대 동시 작가의 동시에 노래를 붙인 『내 머리에 뿔이 돋은 날』 『초록 토끼를 만났어』(이상 2017) 등을 펴냈다.

편해문(片海文, 1969~)은 놀이터 디자이너, 놀이터 비평가, 놀이운동가이다. 그는 『옛 아이들의 노래와 놀이 읽기』(2002), 『어린이 민속과 놀이문화』(2005), 『수수께끼야 나오너라 1, 2』(2013, 2017) 등을 통해 사라져 가는 아이들의 놀이와 노래를 찾고, 놀이 3부작 『아이들은 놀이가 밥이다』(2012), 『놀이터, 위험해야 안전하다』(2015), 『위험이 아이를 키운다』(2019) 등을 통해 놀이의 중요성을 강조하면서 놀이와 놀이터의 위험이 아이들을 성장시킬 수 있다고 했다. 이러한 관점에서 그는 순천 기적의놀이터, 시흥 숨쉬는놀이터, 세종 모두의놀이터 등 지역 공공 놀이터를 기획하고 있다.

어린이 공연예술은 음악극, 국악극, 인형극, 무용극, 오페라, 뮤지컬, 마술, 넌버벌 퍼포먼스(nonverbal performance) 등 다양한 장르로 확대되는 추세이다. 아이들의 놀 권리와 예술에 참여할 수 있는 권리가 강조되면서 각 지역에서도 어린이를 위한 예술 놀이터, 예술 버스, 예술 학교 등 다양한 어린이 공연예술 체험 프로그램을 마련하고 있고, 어린이날 100주년을 맞이한 2022년에는 국립어린이청소년극장 설립을 촉구하는 포럼이 개최되는 등 어린이 공연예술의 중요성이 부각되었다. 그러나 여전히 어린이와 청소년을 위한 공연예술 환경은 구조적으로 취약한 상황이다. **손증상**

겨레아동문학연구회

겨레아동문학연구회(현 겨레아동청소년문학연구회)는 한국 아동문학 연구·비평 모임으로, 1996년 창립되어 현재까지 명맥을 이어 오고 있다. 창립 당시 모임을 주도했던 이는 아동문학 연구자이자 평론가인 원종찬이고 초대 회장은 노미화이다. 1920년대부터 1950년 한국전쟁 발발 직전까지 한국 근대 아동문학을 망라한 『(새로 찾고 가려 뽑은) 겨레아동문학선집』(보리, 이하 『겨레아동문학선집』) 10권을 1999년에 출간했다.

겨레아동문학연구회의 최대 업적은 『겨레아동문학선집』 출간이다. 『겨레아동문학선집』이 역사적 연구와 아동문학 현장의 요구를 동시에 아우를 수 있었던 것은 구성원의 성격에서도 엿볼 수 있다. 당시 교사이자 아동문학 연구자였던 원종찬을 중심으로, 전교조 인천지부 교사이자 한국 글쓰기 연구회 소속 노미화·강승숙·홍경남·김제곤, 어린이도서연구회 활동가 이송희·심명숙·김옥선, 아동문학 전공 연구자 염희경·박숙경 등의 역량이 총집결되었기 때문이다. 과거부터 한국 아동문학 전집류가 없지는 않았으나 대부분 문단에서 활동하는 작가 위주거나 과거의 전집을 그대로 답습하는 데 지나지 않았고, 1987년 월북작가 해금 이전의 전집들은 일제강점기 프롤레타리아 아동문학이나 월북작가의 작품을 싣지 않아 자료적인 가치가 거의 없다시피 했다. 1990년대 들어 교육문예창작회와 이오덕 등이 근대 초기의 동화와 북한 동화를 수록한 책을 냈으나 이 또한 반쪽의 한계가 있었다. 이에 겨레아동문학연구회는 근대 아동문학이 시작되는 1920년대 초부터 남북이 분단되는 1950년 한국전쟁 발발 전까지 좌우를 가리지 않고 한국 아동문학의 전모를 담는 전집 작업에 뛰어들었다. 처음에는 『어린이』 『소년』처럼 누구나 알 만한 일제강점기 잡지와 『조선일보』 『동아일보』 『조선중앙일보』 같은 유명 일간지부터 검토했으나 점차 소문이 나고 기꺼이 자료를 공유하는 이들이 늘면서 아동문학가 이오덕·이재철·이재복, 연변의 송춘남, 일본의 나카무라 오사무 등이 공유한 자료, 동시인 어효선이 춘천교대에 기증한 책들이 『겨레아동문학선집』을 내는 데 큰 도움이 되었다.

『겨레아동문학선집』 발간은 젊은 연구자들이 저인망 작업으로 일차 자료를 골라오면 전체 모임에서 현대 어린이들도 공감하고 즐길 만한 것으로 최종 전집 수록작을 고르는 방식으로 진행되었다. 현대 어린이들을 독자 대상으로 하면서 동시에 연구자를 위한 자료집의 성격도 지녀야 했기에, 친일 작품이 아닌 한 일정한 수준을 넘고 역사적 의미가 있는 것은 가려 수록하는 것을 원칙으로 하였다. 단 하나 예외로, 친일 작가를 대표하는 이광수의 「다람쥐」라는 작품은 수록할지 여부를 놓고 긴 논의를 한 끝에 제외되었다. 이는 『겨레아동문학선집』을 만드는 과정을 지켜본 어린이도서연구회와 아동문학 관계자들의 의견을 반영한 것이다. 20세기가 마감되기 전 이뤄 낸 『겨레아동문학선집』 발간은 단지 한 모임의 성취에 국한된 것이 아니라 넓게는 동시대 민주 시민 사회가 함께 이뤄 낸 결실 중 하나였다고 할 수 있다.

겨레아동문학연구회의 원래 계획은 한국전쟁 직전까지의 작품을 1차 『겨레아동문학선집』으로 발간하고 분단 이후의 작품을 2차로 발굴·발간하는 것이었지만, 어린이를 위한 도서와 잡지를 오래 보존하지 않는 남한의 문화와 너무 이질적이 된 북한의 아동문학 때문에 1999년처럼 하나의 '겨레' 아동문학 선집을 꾸리기는 여의치 않았다. 그러나 남북 분단 이후 반세기가 넘도록 축적된 한국 아동문학의 성과를 제대로 정리하여 현대 어린이와 공유하는 것은 문화의 단절 아닌 계승을 위해 반드시 필요한 일이다. 『겨레아동문학선집』 발간을 주도한 원종찬은 이후 1910년부터 1970년대에 이르는 동안 한국 아동문학의 기반을 이루었던 주요 연속간행물을 모은 『한국아동문학총서』(역락 2010)와 『북한의 아동문학』(청동거울 2012)을 내면서 일부나마 분단 이후 우리 겨레의 아동문학 정리를 위한 기초를 마련하였다.

2000년대 초 겨레아동문학연구회는 청소년문학까지 시야에 넣기 위해 '겨레아동청소년문학연구회'로 개명하였고, 현재는 동시대 아동문학 비평에 힘을 쏟으며 박숙경을 중심으로 작가 김민령, 평론가 김재복·강수환·우지현·이하나 등이 활동하고 있다. 『겨레아동문학선집』이 20세기 절반에 한해 좌우를 아우르는 근대 아동문학의 성과를 종합하였다면, 이제는 한반도, 한민족을 넘어선 세계 시민의 시야로써 과거와 현대 어린이 사이에 가교를 놓는 아동문학 선집이 요구된다. 아동문학 연구와 현장의 요구를 아우르는, 남북 분단 이후 『겨레아동문학선집』의 완결은 미완의 과제로 남아 있다. **박숙경**

어린이도서연구회

어린이도서연구회(약칭 '어도연')는 바람직한 독서문화를 가꾸기 위해 활동하는 비영리 시민 단체이다. 1978년 서울양서협동조합의 어린이 독서 연구 모임으로 시작하여 1980년 5월에 어린이도서연구회로 공식 출범했다. 2023년 현재 전국 85개 지역에서 회원들이 매주 모여 어린이책을 읽으며 활동하고 있다. 좋은 어린이책을 알리고 마을 어린이도서관을 운영하며 독서 안내 자료를 펴내면서 독서교육을 바로 세우기 위해 힘쓴다. 학교와 지역 아동 센터, 도서관과 장애인 복지 시설 등에서 책 읽어 주기 자원 활동을 하며, 독서 강연, 책 전시회, 어린이도서관 설립 등 다양한 책 문화 활동을 펼치고 있다.

어린이도서연구회는 1981년 6월 첫 호를 낸 『어린이와 독서』에서 어린이책 정보를 목록의 형태로 처음 발표한 이후 지금까지 40여 년 동안 어린이책을 평가하고 추천하는 일을 이어 오고 있다. 처음에는 회원들이 서점에서 직접 시장 조사를 하고, 읽고 토론하여 추천도서를 선정했다. 이때 전집물 시장에 맞서는 소비자 운동을 내걸면서 단행본으로 나온 우리 창작동화를 소개했다. 서울 시내 200여 초등학교에 무료 배포했으며 10호까지 냈다. 지금과 같은 연간 목록의 발행은 1995년부터였으며 『학년별 어린이 권장도서 목록』으로 학년별

100여 권씩을 추천하여 실었다. 목록은 2만 부를 발간하여 유치원, 초등학교, 어린이문화운동 단체, 어린이 전문 서점 등에 무료 배포했다. 2004년부터는 좋아하는 책 선택을 학년에 갇히지 않고 폭넓게 읽도록 안내하기 위해서 갈래별 목록으로 펴냈다. 또한 2010년부터는 '권장'이란 표현이 '필독'의 의미로 여겨지고 개인의 책 선택을 제한하는 의도로 잘못 이해될 수도 있어 표제명을 『어린이도서연구회에서 뽑은 어린이·청소년 책』으로 바꾸어 발간하고 있다. 『어린이도서연구회가 뽑은 어린이·청소년 책』의 선정 기준은 작품성이 뛰어난 책, 어린이가 독서의 기쁨과 의미를 맛볼 수 있는 책, 두고두고 빛이 바래지 않는 책, 환경과 문화의 변화를 담은 책이다. 전집 출판물은 소비자의 선택권을 제한한다고 판단해 선정에서 제외한다.

어린이도서연구회는 어린 시절 독서가 책을 평생 친구로 사귀는 첫걸음이라 여겨 어린이가 재미있어 하고 마음이 통하는 책을 찾으려 한다. 모두 11개 갈래가 있으며 갈래마다 구체적이고 세부적인 기준을 마련했다. 동화 갈래의 경우 인물의 개성이 뚜렷하며 생생하게 살아 있는 작품, 사건이 새롭고 독창적이며 짜임새 있게 잘 그려진 작품을 좋은 동화로 평가한다. 인간의 보편적인 가치를 담으며 어린이를 이해하고 존중하는 태도, 어린이에게 위로와 힘을 주려는 진정성을 선정 기준에 포함한다. 여기에 올바른 우리말을 사용하는지도 꼼꼼하게 살핀다.

어린이도서연구회 추천도서와 목록 선정은 좋은 어린이책을 널리 알리는 역할을 했다. 특히 우리나라 작가의 작품을 중요하게 여겨 더욱 적극적으로 소개했다. 1980년대 이후 어린이책 독자를 확장하고 어린이책 단행본 출판을 격려하며 어린이책 출판과 유통 시장의 변화를 가져오고 어린이문학 작가 탄생과 지지 기반을 넓히는 데에 이바지했다. 1990년대에는 어린이도서연구회의 전국 모임인 '동화읽는어른모임'이 만들어지면서 어린이문학 독자층이 탄탄하게 형성되었다. 동화읽는어른모임은 책 읽어 주기 운동을 전국으로 확산하며 적극적인 활동을 펼쳤다. 이러한 활동은 어린이책 출판계를 부흥시키며 좋은 책을 찾아 읽는 독자를 만들어 냄으로써 어린이책 전문 출판사들이 소신을 가지고 좋은 책을 만들 수 있게 도왔다.

어린이도서연구회 목록은 도서 선정의 객관성과 공정성을 확보하기 위해 상업주의를 견제하고, 전국 단위의 회원들이 참여하는 목록위원회를 만들어 토론과 합의로 도서 선정이 이루어진다. 이런 과정으로 만들어진 어린이도서연구회 목록은 대중에 신뢰를 얻고 출판과 독서계에 순기능 역할을 했다. 또한 가정과 학교, 도서관의 독서문화와 출판 시장의 흐름을 바꾸고 변화를 이끌며 어린이 독서문화의 환경을 가꿔 나가는 중심 역할을 했다. **신민경**

1990년대 후반에서 2000년대 초반 아동문학

1990년대 중반부터 한국 아동문학은 새로운 도약의 시기를 맞는다. 이 시기를 '한국 아동문학의 르네상스'라고도 일컫는데 외국 명작동화나 전집 위주로 이루어지던 출판과 독서 경향이 한국 동화 단행본을 중심으로 재편되고, 그림책, 옛이야기 등 다양한 장르의 확산이 가시화되었기 때문이다. 1980년대의 여러 출판사와 출판 인력이 어린이책 출판으로 전환하고 외국의 유명 작품을 섭렵하면서 이러한 도약에 불을 지폈다.

일단 이 시기 전후로 발생한 작가, 독자, 출판사를 비롯한 여러 사회적 맥락을 참고할 필요가 있다. 먼저 주목할 사회적 상황은 1980년대 후반부터 일어난 '교육민주화운동'으로 이는 1989년 7월 1일 문교부가 전교조 소속 1,519명의 교사를 파면, 해임시킨 사건으로 이어졌다. 이 사건은 전교조 해직교사들이 아동문학에 관심을 갖는 계기를 만들어 주었다. 전교조 해직교사 중심으로 활동하던 '교육문예창작회' 회원들은 동화 창작과 토론을 활발히 벌이며 1990년대 동화의 방향을 제시했다. 김진경·송언 등의 작가와 이재복 평론가가 대표적이며 당시 발행된 월간『우리교육』에서 이들의 활약을 찾을 수 있다. 이외에도 아동청소년문학 분야에서 뛰어난 성과를 이룬 이들 중 전교조 해직교사가 차지하는 비중은 적지 않다.

민주화운동의 여파로 1980년대 운동권 서적을 펴내던 사계절이나 산하 등의 여러 출판사들이 1990년대 들어 아동문학 장르로 출판 사업을 선회하여 아동문학 분야의 출판 시장이 확장된 것도 적지 않은 영향이다. 또한 1985년 결성된 민족미술협의회 회원들이 동화 삽화와 그림책에 관심을 가지게 되면서 한국 창작그림책의 발전에 큰 영향을 주었다. 외국의 유명 그림책이 유통되는 상황과 맞물려 정승각의 그림책 『강아지똥』(권정생 글, 길벗어린이 1996)이 탄생하는 등 어린이책의 성장을 위해 각 분야에서 본격적으로 기지개를 켜기 시작했다.

독자의 측면에서 보자면 1980년대 조직된 어린이도서연구회가 1990년대 들어 전국 각지에 '동화읽는어른모임'으로 퍼지며 독서시민운동의 힘으로 아동문학을 한 차원 끌어올렸다. 1980년대에 발표되었지만 반공주의 정권에서 가시화되지 못했던 한국전쟁과 분단현실의 아픔을 그린 권정생의 작품이 눈 밝은 독자를 만나 널리 읽히기 시작했고 월북작가인 현덕·이태준 등의 동화를 어린이들이 만날 수 있게 되었다. 동화뿐 아니라 서정오를 중심으로 한 옛이야기, 전집 위주의 위인전이 아닌 인물 이야기, 백창우의 동요, 극단 민들레의 동화나 옛이야기를 각색한 연극 상연 등 아동문학을 중심으로 주변의 어린이 문화예술 분야도 발전하기 시작했다.

시작 당시 방정환·마해송·이주홍·이원수 등 대표적인 남성 작가 위주로 배치되었던 한국 동화의 계보는 이때부터 다양한 작가들에 의해 계승되었다. 위기철·송언·이금이·선안나·임정진 등 일찌감치 동화를 쓰던 작가를 비롯하여 『전봇대 아저씨』(창비 1997)로 제1회

'창비 좋은 어린이책 원고 공모' 수상자가 된 채인선, 『마당을 나온 암탉』(사계절 2000)을 탄생시킨 황선미 등의 여성 작가들이 1990년대 어린이들의 삶과 생활을 밀착하여 그리기 시작했다. 이들은 『내 짝꿍 최영대』(채인선 글, 정순이 그림, 재미마주 1997)나 『나쁜 어린이 표』(황선미 글, 이형진 그림, 이마주 1999) 같은 생활동화를 통해 '저학년동화의 활성화'라는 성과를 이끌었다.

한편 판타지에 대한 연구도 늘어나 임정자·임어진·김우경 등이 신화나 옛이야기를 바탕으로 한국식 판타지를 개척했으며 당시 시대를 앞서 출간된 안미란의 SF도 주목할 필요가 있다. 물론 이원수와 권정생의 계보를 잇는 박기범과 김중미의 리얼리즘도 당대 어린이의 삶을 세밀히 들여다보며 계승되었다.

평론의 경우 1970년대부터 80년대까지 이어지던 이오덕의 '일하는 아이들' 담론을 넘어 1990년대 어린이의 삶의 모습에 좀 더 집중한 김이구의 평론과 어린이가 가진 근대적 위치를 조명한 원종찬의 평론이 새롭게 주목되었다. 한국 아동문학의 계보를 중심으로 이재복·이주영 등이 '어린이'라는 위치를 둘러싸고 벌인 치열한 논쟁은 2000년대 초반까지 이어진다.

1990년대 후반부터 2000년대 초반까지의 아동문학은 전반적으로 문학적 완결성보다는 사회 문제를 주제나 소재로 다룬 동화를 전반적으로 높이 평가하는 경향이 있었다. 이러한 경향은 이후 2000년대 중반 다양한 창작 기법의 동화가 등장하면서 '동화의 소설화 논쟁'이라고 하는 또 한 번의 중요한 계기를 만나게 된다. 오세란

9부 2000년대

아동문학과 성장

성장소설이란 미숙하고 결핍된 작중 인물이 성숙한 성인의 세계로 입문하는 과정에서 겪는 내면적 갈등과 정신적 성장, 현실 인식 과정을 다루는 문학의 한 갈래이다. 아동기의 가장 두드러진 특성은 '변화와 성장'이므로, 일련의 경험과 시련을 통해 성숙한 인간으로 변화하는 '성장' 모티프는 아동문학의 가장 중요한 주제라고 할 수 있다. 넓은 의미에서 모든 서사문학은 인간 내면의 성숙을 다룬다고 볼 수 있기 때문에 모든 아동문학은 성장문학이라고도 말할 수 있다.

서사문학에서 성장을 다루는 대표적인 방식은 통과의례적 기제를 활용하는 것이다. 통과의례란 출생, 성인, 결혼, 죽음 등 인간이 성장하는 과정에서 다음 단계로 진입하는 기간에 새로운 의미를 부여받는 의례이며, 한 개인이 한 집단을 떠나 다른 집단으로 들어갈 때 발생하기도 한다. 통과의례를 거치면 종교적·사회적 신분의 중대한 변화가 발생한다. 통과의례는 ① 분리(seperation), ② 변화(혹은 전이, transfermation), ③ 귀환(return)의 세 단계로 이루어지며, 성장소설의 기본 구조인 입사식 이야기(initiation story)는 이 절차가 이야기로 변용된 것이다. 입사식 이야기는 ① 주인공이 미숙하거나 결핍된 상태에서 여행을 떠나 ② 죽음과 맞먹는 시련과 고난을 극복하고 ③ 재생으로 상징되는 승리를 거두거나, ① 일상의 세계에서 초자연적인 경이의 세계로 여행을 떠나며 ② 놀랄 만한 힘을 가진 자를 만나 결정적인 승리를 거둔 다음 ③ 신비로운 모험을 끝내고 동료들에게 은혜를 베풀기 위해 당당히 돌아오는 구조로 이루어진다.

아동문학의 성장 이야기는 신화나 영웅담, 민담, 고소설 등에 그 뿌리를 두고 있다. 이런 이야기에서 주인공들은 신비한 탄생과 더불어 비범한 성장 과정을 보여 주는데, 이들의 성장담은 전형적인 입사식 이야기의 형식을 취한다. 예컨대 고조선과 고구려의 건국신화인 「단군 신화」와 「주몽 신화」, 서사무가인 「바리데기 신화」, 고소설 「심청전」 「춘향전」 등에서 이런 서사 구조를 발견할 수 있다. 민담에서 통과의례의 가장 극화된 형식을 보여 주는 사례는 변신 모티프를 활용하여 주인공의 내면적 성장의 차이를 보여 주는 이야기인데, 「소가 된 게으름뱅이」 「구렁덩덩 신선비」 같은 작품이 바로 그것이다.

아동문학에서 홈(Home)-어웨이(Away)-홈(Home)의 플롯으로 구성되는 판타지 동화(그중에서도 교통형 판타지)의 구조는 대체로 성장의 모티프를 함유하게 된다. 교통형 판타지의 시공간적 배경은 대개 '현실 세계(1차 세계)→비현실 세계(2차 세계)→현실 세계(1차 세계)'로 전개된다. 판타지동화의 주인공이 살아가는 현실 세계는 부조리한 공간이며, 주인공은 항상 사회적으로 혹은 신체적으로 무언가 결핍되어 있다. 주인공은 이 결핍과 불만족을 극복하기 위해 다른 세계로 여행을 떠나 모험을 하거나 시련을 이겨 내고 과제를 수행한다. 그리고 현실계로 돌아온 주인공은 비현실계에서 획득한 내면의 힘과 지혜로 새로운 삶을 살아간다. 이와 같은 성장 서사는 SF, 사실동화, 그림책 등에서 다양하게 변주되어 나타난다.

이러한 성장소설을 읽는 과정에서 아동 독자들은 작중 인물의 체험과 정서에 공감하면서 현실의 아픔을 치유하고 불만을 해소할 힘을 얻게 된다. 또한 성장의 위기를 초래한 현실적 장애를 인식하며, 사회 현실의 모순과 문제점을 깨닫고, 인간이 추구해야 할 진정한 가치를 탐색할 수 있는 기회를 갖게 된다. **권혁준**

역사동화

역사동화는 어린이 독자를 위해 작가가 역사적 사실을 바탕으로 창작한 문학이다. 역사동화는 현재와 소통할 수 있는 역사적 사실인 '역사'와 어린이 독자를 위해 창작한 문학인 '동화'의 결합으로 볼 수 있다. 먼저 '역사적 사실을 바탕'으로 한다는 점은 역사동화의 작가가 역사에서 일어난 실제 사건이나 인물 등을 상상의 대상으로 여긴다는 점이다. 그리고 '어린이를 위해 창작한 문학'으로 한다는 점은 역사동화가 아동이 이해하고 공감할 수 있도록 창작한 문학임을 의미한다. 이러한 두 가지 요소의 상호 보완적인 결합으로 이루어지는 역사동화는 '역사'와 '역사소설', 그리고 '창작동화'와 차별점을 가진다.

우리나라에서 역사동화라는 장르 명칭은 『어린이』 제4호(1923.5)에서 민속학자 손진태가 처음 사용했다. 그가 발표한 「고주몽 이야기」(1923.10), 「유리 이야기」(1923.11), 「명장 강감찬」(1925.5) 등은 초창기 역사동화의 모습이다. 주로 역사적 인물이나 사건에서 소재를 취해 이야기를 '재미있게' 들려주는 정도의 '이야기' 형식으로 볼 수 있다(장정희). 근래에 역사동화는 작가의 시각으로 역사를 새롭게 해석하고 그 역사의 시간과 공간 속에서 살아가는 인간의 모습을 현재의 시점에서 되살려 그 의미를 드러내려고 노력한다. 왜냐하면 역사는 '인류 사회의 아(我)와 비아(非我)의 투쟁이 시간으로 발전하고 공간으로 확대되는 마음의 활동 상태의 기록'(박은식·신채호)이기 때문이다. 이런 의미에서 역사동화는 작가의 창조적 상상력이 필요하다. 즉 근래의 역사동화는 작가가 역사를 보는 안목을 바탕으로 오늘날을 살아가는 어린이 독자의 삶과 밀접한 관계를 맺으며 삶의 지혜를 담고자 노력한다. 이러한 경향의 역사동화는 1990년 전후로 본격적으로 등장하며(이윤희) 그 이후로도 이어진다. 김영순의 『우차꾼의 아들』(아동문예사 2002), 문영숙의 『무덤 속의 그림』(문학동네 2005), 김남중의 『첩자가 된 아이』(푸른숲주니어 2012), 한윤섭의 『너의 운명은』(푸른숲주니어 2020)은 역사적 사실에 작가의 상상을 결합한 역사동화의 새로운 모습을 보여 준다. 물론 역사동화는 역사적 사실인 당대의 복식이나 주거, 언어, 생활 관습 등을 구체적으로 담는다. 그렇다고 단순히 과거의 모습을 복구하는 것이 아니라 작가의 역사 의식과 상상력을 바탕으로 오늘날을 살아가는 어린이 독자의 삶과 밀접하게 연계할 수 있도록 새롭게 재구성한다. 초등학교 국어 교과서에도 강숙인의 『마지막 왕자』(푸른책들 2007), 손연자의 『마사코의 질문』(푸른책들 2009), 배유안의 『초정리 편지』(창비 2006) 등이 실리면서 역사동화는 어린이 독자들에게 꾸준한 관심을 받고 있다.

역사동화의 역사적 시간과 공간 속에 등장하는 인물은 역사적인 실존 인물일 수도 있고 허구적인 인물일 수도 있다. 이때 무엇보다 중요한 것은 역사동화가 오늘날을 살아가는 아이들의 삶과 동떨어지지 않도록 하기 위해 등장인물을 주로 아이들로 설정하고 그 인물의 성장 과정을 다룬다는 점이다. 그중에서 특히 최나미의 『옹주의 결혼식』(푸른숲주니어 2011), 이현의 『나는 비단길로 간다』(푸른숲주니어 2012)는 '운휘'와 '홍라'라는 실존 인물과 가상 인물을 각각 주인공으로 하여 여성의 성장 과정을 담고 있다는 점에 특징이 있다. 역사동화는 과거의 시간과 공간으로만 형성하는 것이 아니라 과거와 현재를 오가면서 연결하는 방식을 구성하기도 한다. 김병규의 『흙꼭두장군의 비밀』(푸른책들 2006)과 심상우의 『신라에서 온 아이』(청어람주니어 2016)는 과거와 현재의 시간을 통로로 역사적 사건과 현재 아동의 삶을 연결한다. 역사동화의 여러 작가들은 역사적 사실을 왜곡하지 않고 이를 바탕으로 우리 삶의 진실을 드러내고자 노력하며 끊임없이 새로운 형식의 역사동화를 창조하고 있다.

역사동화작가는 역사적 사건을 과거의 문제로 두는 것이 아니라 현재의 문제로 인식할 수 있어야 한다. 그래서 역사적 사실이나 교훈을 아동에게 단순히 전달하지 않고 역사적 사건을 바탕으로 현재와 끊임없이 대화하며 새로운 대안을 마련할 수 있어야 한다. 역사동화는 역사, 역사소설, 창작동화와 서로 길항 작용을 하며 역사동화의 장점을 살려 오늘을 살아가는 아동의 삶에 더욱 희망적이고 긍정적인 가치를 전하려는 데 의미가 있다. **김상한**

청소년문학과 영어덜트

청소년문학은 주로 청소년 인물을 내세워 다양한 청소년의 삶을 재현하여 청소년 독자에게 다가가려는 문학이다. 현대 사회 청소년들의 생활과 정서를 대변하려는 의도를 가지며 청소년소설의 경우 대체적으로 청소년 인물을 초점화하여 창작된다. 청소년문학의 창작에서 소재나 주제에는 제한이 없으나 청소년문학이 지향하는 청소년 독자와 교감하고 소통하며 그들의 내면을 보여 주려는 의도는 분명히 존재한다.

청소년소설의 역사는 실제로는 근대 아동문학의 출발 지점부터 함께 성립했다고 볼 수 있다. 1920년대와 1930년대 소년소설에서 현재의 시선에서 볼 때 청소년소설 범주에 드는 작품을 다수 발견할 수 있다. 이태준, 현덕 등의 작품을 예로 들 수 있다. 그럼에도 청소년소설이 본격적인 장르로 가시화된 것은 1990년대 후반부터라고 보아야 한다. 당시 한국 아동문학의 부흥기로 흥미로운 창작동화를 읽던 어린이들이 중학생이 되면 자신의 삶과는 동떨어진 한국문학사의 정전을 읽어야 했고 이러한 독서 환경은 청소년소설의 등장을 요구했다. 1997년 사계절출판사가 '사계절 1318문고'라는 시리즈명으로 해외 청소년소설을 번역하기 시작했고 이때 박상률이 『봄바람』(1997)

을 출간했다. 2002년 사계절문학상을 시작으로 다양한 출판사에서 청소년문학상을 잇달아 제정했고 이를 통해 여러 작가들이 배출되었다. 2000년대 중반 『어느 날 내가 죽었습니다』(이경혜, 바람의아이들 2004), 『유진과 유진』(이금이, 푸른책들 2004) 등 당대의 청소년을 등장인물로 세운 작품이 출간되기 시작했고 이는 청소년 독자들의 뜨거운 반응을 얻었다. 이어서 현실을 정면으로 바라보는 다양한 소재와 장르의 작품이 등장했다. 이때 주제의식은 주로 성적지상주의에 대한 경종, 청소년 인권 문제, 집단 따돌림 같은 관계 문제, 일탈과 학교폭력 등 현대 사회 청소년들이 겪는 어려운 경험에 무게를 두었다. 한편 2008년 출간된 김려령의 『완득이』(창비)는 진지한 주제를 다루던 청소년소설의 판도를 일순간에 명랑소설로 바꾸어 놓았다. 뒤이어 일상에서 일어나는 사건을 빠른 호흡과 웃음을 유발하는 대화로 전개하는 명랑소설 스타일이 한동안 청소년소설의 문법처럼 여겨졌다.

2000년대 후반부터 『트와일라잇』(스테프니 메이어, 북폴리오 2008)이나 『메이즈 러너』(제임스 대시너, 문학수첩 2012) 같은 외국의 영어덜트(Young Adult)물이 한국 청소년소설과 출판 경향에 영향을 주기 시작했다. 영어덜트 장르는 초반에는 청소년을 주인공으로 등장시켜 주로 판타지나 SF 형식으로 다양하고 깊이 있는 주제를 전달하는 특정 장르로 정의되었으나 현재는 청소년소설 전반을 영어덜트로 명명하는 경우도 있다. 한국 청소년소설 역시 2010년 중반부터 청소년 독자의 감각에 호응하는 판타지와 SF 장르 계열의 작품들이 속속 출간되기 시작했다. 여러 작가들이 다채로운 장르로 청소년소설의 새로운 길을 개척하고 있다.

청소년소설은 불과 몇십 년 만에 문학사적으로 중요한 작품을 적지 않게 생산했다. 앞으로도 새로운 모습으로 다른 장르와 교집합을 이루며 발전해 나갈 것이다. 한편 현재 청소년문학은 청소년소설뿐 아니라 '청소년시'라는 장르 용어로 시인들이 청소년의 내면 세계를 조망하는 작업도 이루어지고 있으며 청소년을 위한 희곡도 늘어나는 추세다. 이러한 장르에 관해서도 관심을 기울일 필요가 있다.

오세란

판타지

판타지(fantasy)는 '초자연적이거나 비현실적인 이야기'를 지칭하는 서사 장르명이다. 이 용어는 대중 장르문학에서 처음 사용하기 시작했다. 현재는 환상적인 서사 일반을 지칭하는 장르명으로 폭넓게 통용되고 있다. 반면에 판타지는 환상이라는 일반적인 의미로도 사용되고 있어 혼란을 불러일으키기도 한다. 원어를 그대로 차용함으로써 중의적 의미를 허용한 결과다. 따라서 '환상 혹은 환상적'(fantastic)이라는 뜻으로 쓰인 것인지 하나의 장르를 지칭하는 것인지 구분할 필요가 있다. 판타지라는 장르명과 함께 통용되고 있는 판타지소설, 판타지동화, 판타지그림책 등의 용어는 장르적 혼란을 부추기는 대표적인 사례다. 여기서의 판타지는 '환상(적인)'의 의미로 읽어야 한다. 그러나 장르적 의미를 염두에 둘 때, 두 개의 장르명이 동시에 지칭되는 이중 형용의 문제를 피할 수 없다. 장르 용어를 좀 더 단일하고도 명확히 해 둘 필요가 있다.

장르로서의 판타지는 '특정 작가에 의해 씌어지며, 초자연적이거나 비현실적인 요소들을 포함하는, 보통 소설 길이의 픽션을 일컫는 용어'(『옥스포드 아동문학 사전』 1984년판)라는 게 일반적인 규정이다. 모방적이고 사실적인 픽션과는 전혀 다른 서사 방식일 뿐 아니라, 신화·옛이야기·로망스·고딕소설·동화 등의 환상성과도 차별화된다.

서구에서 환상(문학)에 대한 논의는 다양하게 이루어져 왔다. 대표적으로 츠베탕 토도로프의 경이·기괴·환상 장르 이론, 톨킨의 이차 세계, 로지 잭슨의 환상 양식(code)과 전복성 등에 이르면서 판타지는 하나의 장르이자 문학적 본질로 인식되기 시작했다. 마리아 니콜라예바는 바흐친의 시공간 개념을 토대로 판타지의 시공간을 유형화하는 한편 '판타지 장르에 고유한 순환적 서사 요소'인 판타지소(fantasemes)의 분석을 통해 판타지의 장르적 속성을 정의한다.

판타지의 시공간은 일차 세계와 이차 세계의 관계 구조에 따라 다양하게 변주된다. 대체로 세 가지 유형이 거론되는데, '닫힌 이차 세계, 열린 이차 세계, 암시된 이차 세계'가 바로 그것이다. '닫힌 이차 세계'(closed world)는 이차 세계인 초현실 세계를 배경으로 벌어지는 이야기다. 톨킨의 『반지의 제왕』(1954) 같은 하이 판타지가 여기에 속한다. '암시된 이차 세계'(implied world)는 현실 세계만으로 구성된 판타지다. 이차 세계가 드러나지는 않지만 어떤 식으로든 환상적이 요소가 현실 세계에 개입하고 있는 유형이다. 가령 천사나 마법사가 현실에 나타나 이야기를 이끌어 가는 경우를 말한다. 흔히 말하는 로우 판타지가 여기에 속한다. '열린 이차 세계'(open world)는 두 세계, 곧 현실 세계와 환상(초현실) 세계가 유기적으로 연결된 시공간을 말한다. 루이스 캐럴의 『이상한 나라의 앨리스』(1865) 이후 가장 보편적이고 대표적인 유형으로 자리 잡았다. 판타지에서 또 하나의 유형으로 거론되는 '시간 여행 판타지' 역시 열린 이차 세계의 변형으로 보일 정도로 판타지소의 작용이 유사하다.

이들 두 세계 구조에서 이차 세계는 현실의 토대 위에서 구축된 상상의 세계이기 때문에 두 세계 간의 '확실한 경계 구분' '통로' '망설임' '시간의 뒤틀림' 같은 판타지소를 통해 판타지 고유의 시공간을 구성하게 된다. 이들 판타지소는 서사의 환상성을 강화하는 역할을 하지만, 동시에 현실성을 견지하는 요소로도 작용한다. 곧 현실 법칙의 토대 위에 환상 세계를 구축함으로써 환상성을 더욱 견고히 하는 것이다. 만약 환상 세계가 현실적 합리성을 잃게 되면 서사는 허무맹랑한 공상으로 전락하게 된다. 환상성은 현실성으로부터 독립적이면서도 유기적인 결합을 통해 환상적인 초현실 세계를 구축할 수 있다. 현실성을 견지함으로써 환상성을 강화하는 것이다.

국내에서 판타지가 처음 등장한 것은 1930년대로 비교적 이른 시기였지만, 식민지 현실과 해방 후의 반민주적 현실 속에서 제대로 성장할 수 없었다. 주요섭의 『웅철이의 모험』(『소년』 1937.4~1938.3)이 등장한 이후 이원수의 『숲속 나라』(『어린이나라』 1949.2~12), 강소천의 「꿈을 찍는 사진관」(『소년세계』 1954.3), 김요섭의 『하늘을 나는 코끼리』(현암사 1968.1)가 판타지 장르의 명맥을 간신히 유지할 수 있었다. 그 후 1990년대 후반 '해리 포터' 시리즈가 전 세계적으로 유행하면서 국내에서도 판타지 창작이 활성화되기 시작했다. 아동문학에서는 공지희의 『영모가 사라졌다』(비룡소 2003)를 필두로 다양한 작품이 등장해 관심을 모으기 시작했고, 이제는 아동문학의 중심 서사로 자리매김했다.

그러나 판타지 장르를 규정하는 판타지소는 갈수록 패턴화되는 단점을 지닐 수밖에 없다. 서구의 판타지는 이미 1950년대 이후부터 탈패턴화하는 경향을 보이기 시작했다. 국내의 작품들 역시 두 세계간의 경계 구분이 완화되는 동시에 심리적 깊이를 더하면서 패턴화된 공간 구성에서 보다 자유로워지고 있다. 이는 현실성을 훼손하지 않는 범위 내에서 환상성을 극대화하고자 하는 시도이자 다양하고도 새로운 환상 세계를 구현하고자 하는 노력이라고 할 수 있다.

조태봉

동화의 소설화 논쟁

동화의 소설화 논쟁은 동화의 대상 독자와 아동문학다움을 둘러싸고 아동문학 비평가들 사이에서 불붙었던 논쟁을 말한다. 2000년대 중반 발표된 일련의 단편동화들이 기존 작품들과 다른 경향을 보이고 있다는 진단과 문제의식에서 시작되었다. 2006년 한 해를 돌아보는 한 좌담회(「2006년 창작동화를 돌아보며」, 『어린이와 문학』 2007.2)에서 '동화의 소설화'라는 표현이 처음 사용되었으며, 이후 아동문학의 본령과 확장 가능성을 둘러싼 비평들(여을환·박숙경·조은숙 등)이 잇달아 발표되면서 쟁점화되었다. 논의 대상 작품으로는 안미란의 『너만의 냄새』(사계절 2005), 이현의 『짜장면 불어요!』(2006), 김남중의 『자존심』(2006), 박관희의 『힘을, 보여 주마』(2006), 유은실의 『만국기 소년』(2007, 이상 창비) 등이 있으며, 보다 냉엄한 현실 인식을 바탕으로 세련된 문체와 서사 기법을 활용함으로써 새로운 문학성을 성취해 냈다는 긍정적 평가와 세계에 대한 환멸, 아이러니 등 성인 취향에 맞는 작품들이라 정작 어린이 독자들에게 제대로 받아들여지지 못할 것이라는 부정적 평가가 맞부딪혔다.

1990년대 이후 어린이책 출판의 활황과 새로운 작가군 유입으로 2000년대 한국 아동문학은 황금기를 맞는다. 문학사적으로 의미 있는 작품들이 축적되면서 본격적인 비평적·학문적 담론이 형성되고 평론가와 연구자 들이 새로운 활기를 불어넣는 시기이기도 했다. 또한 대입 논술 제도와 단행본 위주의 독서 시장은 교사와 학부모 등 성인들이 보다 적극적으로 어린이책을 들여다보게 만들었고, 아동문학의 이차 독자인 '동화 읽는 어른'의 존재감은 그 어느 때보다 강렬했다. 아동문학의 기본 속성이라 할 수 있는 이중독자 문제가 본격적으로 대두된 것이다. 이러한 상황에서 동화의 소설화 경향에 대한 논의는 당시 창작·출판·비평·연구·교육 등 다양한 분야의 아동문학 종사자들이 각자의 견해를 드러내고 따져 볼 수 있는 비평의 최전선이기도 했다.

일단 동화의 소설화란 동화가 소설처럼 쓰이고 있다는 문제의식에서 비롯되므로 동화와 소설의 구분을 전제로 한다. 당시 동화라는 장르 용어를 둘러싸고 다양한 논의가 이루어졌지만, 동화와 소설의 각기 다른 장르적 특성을 인정하고 구분하자는 주장과 아동서사 전체를 동화라고 일컫는 것이 도리어 혼란을 줄이는 길이라는 주장 사이의 대립은 여전히 해결되지 않고 있다. 그런데 동화의 소설화에서 대상으로 삼은 작품들이 대부분 고학년 대상 단편이었다는 점을 감안하면 동화와 소설의 장르적 구분 자체가 문제되었다기보다는 소년소설이 일반소설화되었다는 데 문제의 핵심이 있다고 할 수 있다. 더 단순하게는 아동을 위한 동화가 성인을 위한 소설처럼 보인다는 것이다. 동화가 소설처럼 보인다는 것은 한편으로 동화가 그간의 단순성과 노골적인 계몽주의, 낭만적 동심주의 등 문학적 한계를 극복했다는 칭찬이었지만 다른 한편으로는 어린이다운 낙천성과 희망을 잃어버리고 어른의 비관적 세계 인식을 분별없이 가져왔다는 비난이기도 했다.

이러한 사정으로 동화의 소설화 논의가 '아동문학'이 무엇인지에 대한 근본적인 질문에 가닿는 것은 필연적인 일이었다. 어린이 독자를 대상으로 하는 문학은 보편적인 의미에서 높은 수준의 문학성을 성취해 내기 어려운 것일까, 일반문학에서 문학적 성취를 가늠하는 잣대가 아동문학에서도 여전히 유효한가, 이중으로 존재하는 어린이 독자와 성인 독자는 개별 텍스트를 어떻게, 얼마나 다르게 읽어 낼 것인가, 평가는 누구의 몫인가 등의 질문이 제기되었다. 이후 유년동화와 저학년동화 같은 독자 연령에 따른 하위 장르가 성립되고 판타지와 SF 등이 본격적인 갈래를 형성하면서 특정 장르의 쏠림이나 장르 사이의 위계는 점차 흐릿해졌다. 동화는 동화대로, 소설은 소설대로 각기 다른 장르 문법과 세계관을 지니고 있으며 개별 작품에 관한 한 장르적 구분이 명확하지 않다는 점도 분명해 보인다. 동화의 소설화가 다시금 비평 담론으로 떠오르기는 어려워 보이지만 당시의 논의들이 아동문학 창작과 비평에 깊이 있는 화두를 던져 주었다는 점은 기억할 필요가 있을 것이다. 아동문학다움에 대한 질문은 현재 진행 중이다.

김민령

아동문학교육

아동문학교육이란 교육적 의도 속에 아동문학을 제재로 하여 어린이의 정서와 가치관, 흥미와 삶의 방식 등을 가르치는 것이다. 아동문학에 표상된 가치나 정서, 의미 등을 교육적 의도 속에 가르치고자 하는 아동문학교육은 어린이가 아동문학을 듣거나 읽는 경험을 통해 시작된다. 아동문학을 통한 교육을 경험함으로써 어린이는 타자의 정서와 가치관, 흥미와 삶의 방식, 그리고 아동문학작가가 전달하려는 바람직한 삶의 방식 등을 이해하면서 삶을 총체적으로 인식하고 새로운 삶을 모색할 수 있다.

아동문학교육이라는 용어가 본격적으로 사용되기 시작한 것은 제7차 교육과정기 이후부터이다. 그전의 교육과정에서는 아동문학 자체에 대한 교육이 강조되었으나, 반응 중심 문학 이론이 본격적으로 아동문학교육 현장에서 활용된 제7차 교육과정 이후부터는 아동문학 자체에 대한 지식보다는 아동문학을 활용한 교육적 활동인 학생의 문학적 반응이 강조되었기 때문이다.

아동문학교육은 어린이가 아동문학 작품을 통해 삶을 총체적으로 인식하고 새로운 삶을 모색하도록 하는 것이 될 필요가 있다. 이를 위해서는 아동문학 작품을 타당하게 이해하고 수용할 수 있는 문학적 지식과 문학적 활동이 필요하다. 예를 들어 권정생의 「강아지똥」을 이해하여 새로운 삶을 모색하기 위해서는 이 작품에 담긴 환상성이나 주제의식 등에 대한 지식을 바탕으로 '작고 하찮은 것도 쓸모가 있다'는 것을 이해하는 문학적 활동이 필요하다. 이처럼 아동문학 작품을 이해하고 수용하는 행위에는 아동문학 작품의 구조나 구성 요소, 서술 방법 등에 대한 지식과 이해, 그리고 상상력을 통한 사고 과정이 필요하다. 따라서 어린이가 아동문학 작품에 형상화된 인간 삶에 대한 심화된 이해를 하고, 자신의 삶을 성찰하여 새로운 삶을 모색하기 위해서는 문학적 지식에 의한 타당한 문학적 활동과 자신의 정체성에 대한 성찰의 태도가 필요하다. 이런 점을 고려한다면, 아동문학교육은 어린이가 아동문학 작품에 대한 지식을 학습하는 교육임과 동시에 인간과 삶에 대한 교육이며, 나아가 인간의 문화를 경험하고 창조하게 하는 교육이라 할 수 있다.

아동문학교육을 통해 어린이가 도모할 수 있는 발달의 양상은 정서·언어·사회성·윤리성·상상력 등의 측면에서 논의될 수 있다. 첫째, 등장인물이나 시적 화자의 정서나 세계관, 주제, 반영된 현실, 리듬 등에 의한 언어적 아름다움 등을 통해 어린이는 정서적인 면에서 즐거움과 순화의 정서를 얻을 수 있다. 둘째, 아동문학 작품에는 다양한 언어적 형상화에 의한 심미적 아름다움이 담겨 있다. 이야기의 배경이나 구성 방식에 의한 심미성, 시의 리듬이나 언어적 함축성 등에 의한 작가의 풍부한 감성과 이성의 구현은 어린이가 언어적 아름다움을 충분히 느끼고 공감하면서 언어 발달을 도모할 수 있게 한다. 셋째, 아동문학 작품에는 어린이의 정서나 가치관뿐만 아니라, 어린이가 살고 있는 현실 세계와 지향하는 이상 세계가 형상화되어 있다. 따라서 아동문학 작품을 읽음으로써 어린이는 현실 세계를 살아가기 위해 필요한 것과 그러한 현실 세계를 변혁하기 위해 필요한 것을 인식할 수 있다. 어린이는 문학 작품 속의 세계를 간접 경험함으로써 현실 세계와 타자에 대한 이해를 증진시켜, 현실 세계에 대한 적응뿐만 아니라 미래 세계에서 더 좋은 삶을 지향하는 존재로서 성장할 수 있다. 넷째, 아동문학에는 이상적인 사회에 부합하는 많은 윤리적 가치가 표상되어 있는데, 이러한 가치에 대한 인식을 통해 어린이는 개인적 차원뿐만 아니라 사회적 차원에서 바람직한 가치에 대한 성찰을 한다. 또한 어린이는 아동문학을 읽는 과정에서 건전한 정체성을 지닌 시민으로 자라기 위해 갖추어야 할 윤리성과 도덕적 가치를 내면화한다. 물론 그러한 내면화는 주입이 아닌 어린이의 자발적인 감흥과 몰입에 의해 가능하며, 어린이는 윤리성과 도덕적 가치의 함양을 통해 자신의 삶을 주체적으로 설계하고, 타자와 세계에 대한 더 많은 이해를 통해 바람직한 공동선을 추구할 수 있다. 다섯째, 아동문학은 환상성을 본질적인 특성으로 한다. 아동문학작가는 환상성을 통해 어린이가 지향하는 이상 세계를 그리고, 어린이가 현실 세계를 견딜 수 있는 새로운 꿈과 힘을 제공한다. 아동문학을 읽음으로써 어린이는 현실 저편의 세계에 존재하는 상상의 세계를 인식하면서 현실을 보다 총체적으로 인식할 수 있다. 또한 자신과 다른 지역의 어린이나 성인이 살아가는 삶에 대한 확장된 이해를 함으로써, 현실을 인식하는 조응적 상상력을 촉발시켜 현재 삶의 지평을 전환하는 초월적 상상력을 증진시킬 수 있다.

선주원

2000년대 아동문학

교훈주의와 동심주의에 갇힌 생활동화가 주류를 이루어 어린이 독자의 외면을 받아 왔던 한국의 아동문학은 1990년대 후반부터 갑작스러운 호황기에 접어들었고, 2000년대에 들어서자 비약적인 발전을 이루게 되었다. 동화 장르로부터 시작된 발전은 아동문학의 전 분야로 확산되어 질적·양적 성장을 이루게 되었다.

한국 아동문학사에 의미 있게 기록될 이러한 변화는 사소한 에피소드를 중심으로 한 생활동화와 교훈주의 문학에 대한 아동문학계의 내부의 반성과 사회적·문화적 환경 등 외부적 영향이 맞물려 촉발되었다. 교육 수준이 높아진 젊은 부모들은 핵가족의 중심이 된 자녀들에 대한 교육적 관심이 커졌고, 민주화투쟁 참여로 인한 세대 의식의 변화는 어린이 독서를 위한 시민운동으로 확산되었다. 어린이도서연구회를 비롯한 시민 단체들은 자신들의 관점으로 좋은 아동도서를 선별하려 했고, 이런 움직임이 어린이책 시장을 자극, 아동문학 발전의 계기를 마련해 주었다.

여러 어린이책 전문 출판사가 생겨나고, 아동문학상 공모가 확대되었으며, 우수한 외국 작품의 번역 소개도 활발하게 이루어졌다. 아동문학 전문 정기 간행물이 늘어난 점도 고무적이었는데 2003년에 창간한 『창비어린이』는 이론과 평론으로 창작을 측면에서 지원하는 역할을 했다. 전국적으로 어린이 전용 도서관이 많이 생겨나 독서하는 사회적 분위기가 형성되고 어린이책 수요를 촉진했다.

발전은 사실동화·저학년동화·역사동화·동시·비평 등 아동문학의 전 분야로 확장되었다. 사실동화는 기존의 리얼리즘에서 벗어나 새로운 시대의 요구에 호응하며 갱신되었다. 황선미의 『나쁜 어린이 표』(웅진닷컴 1999)는 교사는 가르치고 어린이는 교화되어야 하는 존재라는 수직적 구도를 깨고 교사와 어린이 모두 개별적인 고민과 욕망을 가진 존재라는 점을 일깨워 준 작품이다. 『일기 감추는 날』(웅진닷컴 2007)도 어른들이 정해 놓은 규칙에 의문을 제기하고 주체적으로 판단하려는 어린이의 내면을 그려 내고 있어 이전 시대의 작품과 차별된다. 김중미는 도시 변두리 빈민가에 사는 어린이와 청소년의 삶의 현장을 그려 냈는데, 『괭이부리말 아이들』(창비 2000), 『종이 밥』(낮은산 2002), 『우리 동네에는 아파트가 없다』(도깨비 2002) 등으로 자본주의 현실에 놓인 어린이들과 그를 둘러싼 어른들의 삶의 현장을 세세하면서도 따듯하게 그려 내어 새로운 리얼리즘의 시대를 열었다. 박기범의 『문제아』(창비 1999) 또한 기존 사실동화의 흐름을 바꾸어 놓은 작품이다. 페미니즘으로 변화해 가는 사회 분위기를 그려 내는 작품들도 한 부류를 형성했는데 최나미의 『엄마의 마흔 번째 생일』(청년사 2005)이 주목을 받았다.

저학년동화도 이전 시대에 볼 수 없었던 유쾌하고 발랄한 상상력을 보여 주는 작품이 많이 창작되었는데, 채인선은 핵가족 질서에서 파생한 일상의 억압을 유쾌한 언어로 그려 냈으며, 김기정은 『바나나가 뭐예유?』(시공주니어 2002), 『해를 삼킨 아이들』(창비 2004)을 통해 체제를 어지럽히는 전복자인 트릭스터 인물을 창조하여 독자에게 즐거움을 주었다. 반전과 평화의 메시지를 발랄한 언어로 그려 낸 위기철의 『무기 팔지 마세요!』(청년사 2002)도 많은 독자들의 사랑을 받았다.

이 외에도 문학성 높은 역사동화로 평가받는 배유안의 『초정리 편지』(창비 2006), 이영서의 『책과 노니는 집』(문학동네 2009) 등이 주목되었다. 김진경의 『고양이 학교』(전 16권, 문학동네 2001~2016)는 한국적 판타지의 가능성을 보여 주며 수많은 독자들의 열띤 호응을 받았다.

동시 분야에서도 성인시를 흉내 내는 시와 낡은 동시에 대한 경종을 울리는 비판이 쏟아졌고, 중견 시인인 권오삼·이상교 등이 어린이들의 관점으로 쓴 작품을 발표했다. 비평과 연구 분야에서 원종찬·이재복·김이구·김상욱 같은 신진 비평가들의 활발한 활동도 아동문학 발전의 한 축을 담당했다. **권혁준**

어린이도서관운동

어린이도서관은 어린이를 위한 도서나 출판물 등을 모아 두고 볼 수 있도록 만든 시설을 말한다. 어린이도서관운동은 1990년대 후반 시작되어 2000년대 들어 널리 퍼진 어린이도서관 건립 운동으로, 지식과 정보 제공, 양서 보급, 다양한 체험 활동 등 어린이들의 삶과 문화에 큰 영향을 끼쳤다. 현재 우리나라에는 관이 설립한 도서관, 민·관이 협력하여 설립한 도서관, 개인이나 민간단체가 설립한 도서관 등 여러 형태의 어린이도서관이 있다.

어린이도서관운동은 1970년대 말 부산에서 처음 시작된 양서협동조합 운동에 그 뿌리를 두고 있다. 양서협동조합은 함께 지식을 나누고 공유하는 도시형 지식공동체운동의 성격을 지녔는데, 이들의 활동은 1980년대 부산의 노동도서원과 마산의 책사랑, 서울의 난곡주민도서실 등이 세워지는 데 직간접적으로 영향을 끼쳤다. 특히 1990년대는 어린이도서관운동과 관련해서 특히 주목할 만하다. 이 시기는 민주화를 통해 성숙해진 시민 의식, 어린이도서연구회의 양서 보급 운동, 핵가족화 후 자녀 교육에 대한 부모들의 적극적인 관심과 투자 등에 힘입어 서울 파랑새어린이도서관(1997), 청주 참도깨비어린이도서관(1997), 대전 선배어린이도서관(1997), 인천 늘푸른어린이도서관(1998), 용인 느티나무어린이도서관(2000) 등이 설립되었다. 이들은 설립 목적과 규모 등에서 다소 차이가 있지만, 어린이도서관의 필요성을 확산시키는 동시에 이후 기적의도서관과 국립어린이청소년도서관 설립에 중요한 역할을 했다. 특히 책읽는사회만들기국민운동과 MBC가 공동으로 만든 '기적의도서관 프로젝트'로 어린이도서관의 서비스 모형 창출에 획기적인 전기를 마련했다. 현재 기적의도서관은 순천(2003), 제천(2003), 진해(2004), 서귀포(2004), 제주(2004), 청주(2004), 울산(2004), 금산(2005), 부평(2006), 정읍(2008), 김해(2011), 도봉(2015), 강서(2018), 구로(2019), 인제(2023)에 설립되었는데, 이들 중 상당수가 어린이 전용 도서관이다. 국립어린이청소년도서관은 2006년 서울 강남구에 설립되었으며, 지하 2층, 지상 4층 규모에 2023년 3월 현재 총 76만 여권의 장서를 보유하고 있다. 어린이·청소년 독서 문화 진흥을 위한 콘텐츠 개발, 지역 공공도서관과 학교도서관 지원 사업 등의 업무를 담당하고 있다.

어린이도서관은 그동안 지역 어린이를 위한 복합 문화 공간으로써 그 역할을 충실히 해 왔다. 또한, 공공도서관에 대한 인식 개선 및 어린이도서관의 필요성에 대해 사회적 관심을 불러일으켰다. 특히 기적의도서관과 국립어린이청소년도서관은 어린이도서관의 설립과 운영에 새로운 방향을 제시함으로써 큰 기대를 모으고 있다. 반면에 초창기 어린이도서관운동을 이끌었던 민간 주도의 어린이도서관들은 재정적 어려움과 전문성 부족으로 점차 쇠락하고 있다. 향후 전문사서 배치 및 지자체의 재정 지원 등 이들에 대한 지속적인 관심과 지원이 필요할 것으로 보인다.

황수대

어린이 독자

어린이 독자는 연령에 따른 구분으로, 주로 아동문학을 읽는 미성년 독자를 의미한다. 연령과 학령을 아울러 좁게는 초등학교 6학년인 13세까지, 넓게는 고등학교 3학년인 19세까지의 청소년 독자를 포함한다. 아동문학은 '어린이를 대상으로 하는 문학'으로, 어린이라는 특수한 독자 정체성이야말로 아동문학의 핵심이라고 할 수 있다. 아동문학작가는 어린이 독자를 염두에 두고 대상 독자에 맞춰 서사의 내용과 형식, 문장, 어휘 등을 세심하게 고려한다. 어린이 독자의 존재는 개별 작품이 다루는 세계관이나 문학적 전망에도 영향을 미치며, 폭력이나 섹슈얼리티 등 까다로운 문제에 있어 최소한의 금기가 있는 이유이기도 하다. 어린이가 독자라는 사실은 아동문학을 해석하는 데 있어서도 중요한 기준점이 된다. 개별 작품의 수용에 있어 대상 독자인 어린이가 이해할 수 있는가, 제대로 이해했는가는 언제나 중요한 문제로 간주된다.

어린이는 성인과 구분되는 한에서 미성년으로 통칭되지만 균질한 단일 집단이 아니며 연령에 따라 각기 다른 발달 과정에 놓여 있다. 성인과 다른 고유한 관심과 요구를 가진 존재로서 어린이 독자를 구분해 낸 것과 같은 맥락에서 아동문학의 독자 내부에도 다양한 층위가 존재할 수 있다. 이러한 독자 구분은 아동문학이 유년동화·아동·소설·청소년소설 같은 하위 갈래를 형성하는 데 있어서 결정적인 기준으로 작용한다. 오늘날 아동문학의 창작, 출판과 유통, 비평과 연구 전 분야에서 어린이 독자의 층위를 나누는데 그 이유는 크게 두 가지다. 하나는 난이도와 관련하여 독자들이 적절한 책을 선택하고 읽을 수 있도록 돕기 위해서이고, 다른 하나는 개별 작품을 해석하고 평가하는 데 있어 기준이 필요하기 때문이다. 유년동화와 청소년소설이 각기 다른 내용과 형식을 가져야 한다면 그 기준은 개별 작품이 상정하고 있는 독자의 수용 여부에 달려 있을 것이다. 그러나 연령이나 학령에 따라 문해력이 차이 날 것이라는 전제는 어디까지나 잠정적이며 어린이 독자 개개인에 따라 달라질 수 있다. 최근에는 어린이·청소년 대상 도서를 추천할 때 대상 독자의 연령·학령이 아니라 도서 자체의 난이도를 제시하는 경우도 늘고 있다.

마리아 니콜라예바의 설명대로 아동문학은 "발신자와 수신자가 언제나 서로 다른 두 사회에 속해 있는 아주 드문 텍스트 타입"(『용의 아이들—아동 문학 이론의 새로운 지평』 95면)으로서 어른-발신자와 어린이-수신자 사이에는 근본적인 간극이 존재한다. 학부모, 교사, 비평가, 출판 종사자 등 성인 중재자는 이러한 간극을 해결하기 위해 존재하며, 이로써 아동문학은 이중독자라는 특수한 사정을 갖게 된다. 아동문학이 어린이와 어른, 이중의 내포독자를 갖는다는 것은 아동문학의 제약인 동시에 특징이 된다. 성인과 어린이의 위계로부터 아동문학담론 내의 권력 구조가 발생하며, 아동문학의 계몽성과 이데올로기, 아동의 사회화와 주체성 등 까다로운 문제들이 대두되기도 한다.

어른과 어린이는 실제 독자로서 같은 텍스트를 읽는다. 아동문학의 일차 독자는 어린이지만 개별 작품을 이해하고 의미를 부여하는 비평적 역할에 있어서는 어른 독자의 역할이 절대적이다. 더욱이 독자의 연령이 어릴수록 어른 중재자가 작품을 선별하고 전달하는 과정에 더 많이 개입할 수 있는데 어린이 독자는 나이를 먹어 감에 따라 자연스럽게 자율성을 획득해 나간다. 여기에서 어린이 독자가 얼마나 발언권을 가질 수 있는가는 여전히 문제로 남는다.

어린이 독자는 자신을 위해 쓰인 아동문학을 통해 스스로를 독자로 인식하면서 사회적 정체성을 형성할 수 있다. 한국 아동문학사에서 독자의 자리는 사회적 약자인 어린이가 스스로를 '어린이'라는 특별하고 단일한 집단으로 인식하는 데 결정적 역할을 한 바 있다. 1923년 창간된 『어린이』를 읽은 어린이들은 독자 정체성을 체득함으로써 아동-성인의 전통적 위계를 극복하고 당대 소년운동이 해결하고자 한 시대적 과제를 풀어 나갈 수 있었던 것이다. 당대 어린이 독자들은 잡지 구독을 통해 독자 공동체를 형성하고 공중(公衆)으로서 새로운 자기 인식을 갖는 등 능동적인 독서 행위자였다. 1930년대 이후 독자의 연령과 관심사를 둘러싸고 벌어진 여러 논쟁들과 독자 구분은 아동문학의 장르 분화와 형성에 일정 부분 영향을 미치기도 했다.

김민령

일하는 아이들을 넘어서 논쟁

'일하는 아이들을 넘어서' 논쟁은 21세기 전환을 맞으며 벌어진 리얼리즘 아동문학 갱신 논쟁이다. 김이구가 「아동문학을 보는 시각— '일하는 아이들' 이후의 길」(『아침햇살』 1998년 가을호)에서 시대 변화에 부응하는 새로운 아동관과 아동문학 창작의 방향을 모색할 필요가 있다고 주장하면서 1960~70년대에 발견된 '일하는 아이들'이 1990년대 이후에는 시효가 지난 관념이 되었다고 전제한 것에 대해 이오덕이 강하게 반박하면서 촉발되었다.

이 논쟁의 입론은 김이구 「아동문학을 보는 시각」에서 세워졌다. 본래 '일하는 아이들'은 이오덕이 1977년에 엮은 어린이들의 시 모음집 제목이었는데, 김이구가 전유하여 사용한 것이다. 김이구는 일본의 비평가 가라타니 고진(柄谷行人)의 논리에 기대어 아동은 언제나 '발견'되는 것이라고 하면서 이오덕의 '일하는 아이들' 또한 당대의 문학사적 과제에 응답하면서 발견된 것인데, 자본주의가 고도화된 지금은 '아이가 된 아이' 또는 '관리되고 사육되는 아이'가 현실이 되었으므로 변화된 현실에 따라 아동문학도 새로운 방향을 모색해야 한다고 주장했다. 원종찬 또한 「한국 아동문학의 어제와 오늘— 반성과 과제를 중심으로」(『아동문학과 비평정신』, 창비 2000)에서 아동문학에 내재해 온 동심주의, 교훈주의, 속류사회학주의 등을 극복해야 할 한계로 지적하며 변화를 촉구했다. 이후 그는 「'일하는 아이들'과 '유희정신'을 넘어서」(『창비어린이』 2003년 여름호)에서 이오덕과의 견해 차이를 더욱 확실히 드러냈는데, 20세기 아동문학이 '일하는 아이들'을 위한 '리얼리즘 아동문학'이었다면, 이제는 '유희(정신)'이라는 말에 억눌려 있던 놀이의 중요성을 환기하고 공상이나 환상을 동화에 적극적으로 도입하여 리얼리즘의 '갱신' 또는 '확장'을 해야 할 시점이라고 주장했다.

김이구의 글은 1998년 발표 직후에는 큰 반향이 없었으나 2~3년 후 자신의 아동문학론에 대한 비판적 언급이 담겼음을 뒤늦게 인지한 이오덕이 적극적으로 반론을 폄으로써 실제 논쟁은 2002년부터 본격화되었다. 이오덕은 「'일하는 아이들'은 버려야 할 관념인가」(『문학의 길 교육의 길』, 소년한길 2002)라는 장문의 글에서 김이구의 논리를 조목조목 비판했다. 요컨대 첫째, 자신이 일하는 아이들만이 진정한 아이들이라고 했다는 말은 사실과 다르며 둘째, 글쓰기 교육의 방법이나 성과에 대한 실제적인 이해 없이 단정적으로 판단하고 있으며 셋째, 아동문학에서의 문제와 어린이 글쓰기 교육에서의 문제를 혼동하였으며 넷째, 아이다운 정서를 보여 준 작품으로 꼽은 채인선의 작품에 대한 해석에 동의할 수 없으며 다섯째, 무엇보다 '일하는 아이들'의 교육이란 "일과 놀이와 공부가 하나로 되는 삶"을 나날이 즐기도록 지향하는 것이라는 점을 진지하게 이해하지 못했다는 것이다.

통칭 '일하는 아이들을 넘어서' 논쟁은 김이구와 견해를 같이한 원종찬이 한 축을 이루고, 이에 반론을 제기한 이오덕·이지호·이주영·이성인 등이 한 축을 이루어 논박이 이어졌으나 이오덕이 2003년 여름에 작고함으로써 당해 말에 일단락되었다. 이러한 논쟁을 이오덕 계열 내부의 비판 또는 분열로 한정하여 보는 시각도 있으나, 논쟁의 과정에서 제기된 아동에 대한 인식을 비롯하여 놀이와 환상의 필요성에 대한 문제 제기는 특정 그룹을 넘어 2000년대 이후의 창작과 비평에 광범위하게 영향을 미쳤다.

조은숙

청소년문학교육

'청소년문학'이라는 용어가 본격적으로 사용되기 시작한 것은 2000년대 이후부터이다. 그 이전까지는 소년소설이나 성장소설이라는 용어 등이 사용되었으나, 2000년대 이후 박상률·이옥수·신여랑·구병모 등과 같은 작가들과 출판사에서는 그 이전에 발표된 소년소설이나 성장소설과는 다른 경향을 보이는 소설들을 청소년문학이라 지칭하기 시작했다. 2020년대에 들어 주요 독자를 청소년으로 상정하는 문학인 청소년문학은 고유한 독자층을 갖는 문학으로 그 자리를 확고하게 잡게 되었다.

청소년문학교육은 청소년 학습 독자를 위해 창작된 문학 작품을 목적을 가지고 교육하는 것을 의미한다. 즉 청소년문학교육은 청소년의 다양한 삶을 반영한 문학을 통한 교육으로, 학교 내 교육뿐만 아니라 학교 밖 교육을 통해 청소년이 자아 성찰을 하고 더 나은 삶을 꿈꿀 수 있게 하는 윤리적 특성을 갖는다. 청소년문학교육의 대상이 되는 학습 독자는 통상 학교급에 따라 13~18세에 해당되는 중학생과 고등학생이 해당된다. 이 연령대의 청소년 학습 독자가 갖는 고유한 문학 경험과 성향을 고려하여, 그들의 실제 삶을 변화시킬 수 있는 다양한 청소년문학 작품이 2000년대 이후 활발하게 창작되고 있다. 청소년문학교육은 청소년기의 고유한 특성을 반영한 작품에 표상된 사춘기 시절의 갈등과 자아 성장, 어른의 세계로 편입하는 과정에서 겪는 세계 인식 등을 강조하며, '나는 누구인가'라는 질문에 대한 답을 찾는 과정에서 진정성을 탐색할 수 있도록 한다. 이러한 경향을 보이는 청소년문학 작품으로는 채지민의 『내 안의 자유』(사계절 1999), 이상운의 『중학생 여러분』(바람의아이들 2008), 신여랑의 『몽구스 크루』(사계절 2006) 등을 들 수 있다.

청소년문학교육은 교사와 학습 독자가 능동적으로 역할을 하는 현상 속에 존재한다. 그렇기 때문에 청소년문학교육은 교사, 학습 독자, 상황 맥락 등이 다양하게 작용하는 가운데 수행된다. 교사는 단순히 지식을 전달하기보다는 학습 독자와 함께 문학 지식을 구성하면서 그들의 자아 성장을 촉진하고, 학습 독자는 자아 성찰을 기반으로 자아 성장을 도모하면서 청소년문학에 표상된 다양한 의미를 구체적인 맥락에서 자기 것으로 만들어 간다. 그 과정에서 학습 독자는 개인적 맥락뿐만 아니라 문학 공동체의 맥락을 고려하는 가운데, 청소년문학에 표상된 고유한 특성, 특히 청소년 인물의 갈등, 정체성 혼란 및 자아 성장에 관련된 문제를 자신의 문제와 관련시킨다. 따라서 청소년문학교육은 청소년문학이 청소년 학습 독자에게 어떤 의미를 전달하는가가 아니라, 어떤 의미를 가질 수 있는지 그리고 청소년의 실제 삶을 어떻게 변화시킬 수 있는지의 관점에서 그 지향점이 모색되고 있다. 이러한 지향점은 학습 독자가 청소년문학에 표상된 인물의 정체성 혼란과 성장 등을 이해하고 해석하는 것부터 시작해서 작품 세계를 스스로의 세계에 조응시키면서 인물이나 다른 학습자와의 소통을 통해 자신의 삶을 성찰하고 성장을 모색하는 것에 이르기까지 다양한 차원에서 설정될 수 있다.

인간 삶의 본질이 다른 사람과의 대화적 관계에 의한 자기 인식이라 할 때, 교육의 목표는 인간의 대화적 관계에 초점이 맞추어져야 한다. 따라서 청소년문학교육도 학습 독자가 청소년문학에 표상된 인물을 이해하고 해석하여 소통함으로써 자기 인식을 수행할 수 있게 할 필요가 있다. 예를 들어 구병모의 『위저드 베이커리』(창비 2009)를 제재로 하여 청소년문학교육을 수행할 때, 학습 독자는 자신의 경험이나 지식을 동원하여 이 소설에 나타난 주인공의 가정사와 가족 관계를 파악하고, 자신의 가족 관계를 성찰함으로써 정체성에 대한 고민을 할 수 있을 것이다. 이처럼 청소년문학교육은 학습 독자가 작품에 대한 이해와 해석을 바탕으로 삶의 본질을 인식하고, 자기 정체성을 확립하는 면에서 그 의의를 가질 수 있다.

이런 점을 고려한다면, 청소년문학교육의 목표는 '삶의 본질 인식' '자기 정체성 확립' '미래 삶에 대한 비전 마련' 등의 차원에서 설정될 수 있다. '삶의 본질 인식'은 청소년 학습 독자가 청소년문학에 표상된 인물의 다양한 삶에 대한 이해와 해석을 바탕으로 실제 삶의 다양성을 인식하는 것과 관련된다. '자기 정체성 확립'은 청소년 인물의 정체성 문제를 자신의 정체성 문제에 조응시켜, 자아 성찰을 통해 정체성을 새롭게 확립하는 것과 관련된다. '미래 삶에 대한 비전 마련'은 새롭게 확립한 자기 정체성을 통해 청소년기 이후의 삶을 대비하면서 그 비전을 마련하는 것과 이어진다. 이 목표들은 당위적 차원에서만 규정되어서는 안 되며, 문학교육의 실천적 목표인 문학 능력의 증진과 연관되어야 한다. 아울러 학습 독자가 문학 생활화를 실천하는 과정에서 학교뿐만 아니라 학교 밖에서도 그 목표들을 지속적으로 실천할 수 있어야 한다. 이런 과정에는 학습 독자가 청소년문학을 수용하고 생산하면서 자기 이해와 자아 성찰을 통해 자아 성장을 수행하고, 다른 사람과 소통하는 능력을 키우는 것이 동반되어야 한다.

선주원

『고양이 학교』

『고양이 학교』는 김진경(金津經, 1953~)의 연작동화로, 지구의 모든 생물이 평화롭게 공존하는 황금시대를 꿈꾸는 수정 고양이들과 자연을 파멸로 이끌고 있는 인간종을 멸망시키고자 하는 그림자 고양이들의 대결을 축으로 삼은 판타지이다. 2001년부터 2016년까지 1부 5권, 2부 3권, 3부 3권, 외전으로 '앙코르와트의 비밀편' 3권, '파리편' 2권 총 5권이 추가되어 모두 16권으로 완간되었다. 대만·러시아·일본·중국·태국·폴란드·프랑스 등 세계 여러 나라에 번역 출간되었으며, 2006년 프랑스 어린이들이 직접 투표하여 뽑는 앵코뢉티블 상(Le Prix des incorruptibles)을 수상했다.

이 시리즈의 저자인 김진경은 1974년 『한국문학』 신인상에 시가 당선되어 작품 활동을 시작했고, 1980년대 '5월시' 동인으로 활동했다. 1985년 부정기 간행물 『민중교육』의 발간 및 원고 집필에 관계된 교사들을 징계한 사건으로 옥살이를 하고, 전교조 초대 정책실장을 역임하는 등 1980~90년대 대표적인 교육운동가로 이름을 알렸다. 시인이자 교육운동가였던 김진경은 1990년대 변화된 학생들을 이해하기 위해 신화 공부를 시작했고, 이성의 지위보다 몸의 지위가 높아지고 있는 이 시대에 서구 따라잡기 방식이 아닌 '한국형 판타지'를 쓰는 것이 그의 임무임을 깨닫고 『고양이 학교』 시리즈 집필을 시작했음을 여러 지면에서 밝힌 적이 있다.

그래서 그는 국가 탄생 이전 시기에 형성된 길리약족이나 부랴트족 등 동북아 소수 민족 신화에 주목했고, 주제의 차원에서는 자연과 인간의 대칭적 세계관의 복원, 창작 방법으로는 '고립-타계(他界) 여행-현실 문제 해결' 등으로 압축되는 샤먼의 입사(initiation) 과정을 판타지 구조로 활용했다. 즉 『고양이 학교』는 고대 예언과 신화, 수정동굴에 얽힌 비밀을 중심으로 현실과 초현실 공간을 넘나들며 잃어버린 세계를 회복해 가는 판타지이다.

21세기 초반, 그림 형제가 채록한 민담이 안데르센을 거쳐 어린이를 위한 동화 장르로 안착된 서구의 예나 한국 최초의 동화라고 알려진 마해송의 「바위나리와 아기별」의 예를 통해 설화적 상상력이 아동문학의 젖줄이라는 걸 명확히 인식하고 있던 일군의 신진작가들은 서정오의 '옛이야기 보따리' 시리즈(보리 1999), 신동흔 기획의 '한겨레 옛이야기 시리즈(신화편)'(1999), 이재복의 판타지 담론 『판타지 동화 세계』(사계절 2001), 북유럽 신화를 바탕으로 쓰인 『해리 포터와 마법사의 돌』(문학수첩 1999)과 『반지의 제왕』(황금가지 2001)의 열풍에 주목했다. 이들은 동화뿐만 아니라 판타지의 2차 세계가 자민족의 문화적 상징 마당을 바탕으로 함을 깨달았다. 그래서 이들은 판타지 창작 시 적극적으로 우리의 신화, 전설, 민담과 접목시키고자 했다.

『고양이 학교』는 설화적 상상력의 접목이란 신화에서 소재만을 차용하는 것이 아니라 신화가 탄생한 배경과 의미 자체를 이해하여 현재성을 되살리는 가운데 주제와 형식 양쪽 모두에서 이루어지는 것임을 깨닫게 했다. 이처럼 한국형 판타지의 전범을 세우려는 『고양이 학교』는 작품으로서의 성과뿐만 아니라, 작품 자체가 담론이 되어 우리 어린이문학사에 영향을 주었다는 점에서도 의미가 각별하다.

유영진

『동시마중』

『동시마중』은 2010년 5월에 창간되어 2022년 9·10월호 현재까지 통권 제75호를 출간한 동시 전문잡지이다. 그 이전에 『오늘의 동시문학』이 계간으로 2003년 봄에 창간되어 2016년 가을호(통권 50호)까지 발행되었다.

『동시마중』이 격월간 형태로 발간되는 것은, 이중독자를 염두에 둔 다양한 기획상의 필요에 따른 것으로, 원고 모집 및 편집 전략에서 기인한다. 잡지 발행 및 편집 책임은 송선미(발행인), 이안(편집위원) 시인이 맡고 있다. 그 외에도 역할에 따라 김륭·김준현·방주현·송진권·송찬호·신민규·장철문·정유경 등이 창작과 평론을 통해서, 김환영·홍성지(75호부터는 박정섭)·송승훈 등이 그림과 디자인으로, 백창우가 동요 작곡을 통해 참여하고 있다. 성인시와 동시를 함께 쓰는 비중이 높고 그들이 주요 논쟁적 지점의 글쓰기에 깊이 관여하고 있다. 편집위원인 이안의 글 중 일부를 소개하면 다음과 같다.

이번 가을에는 윤제림(『거북이는 오늘도 지각이다』 문학동네), 김륭(『첫사랑은 선생님도 1학년』 창비), 정유경(『파랑의 여행』 문학동네), 김개미(창비), 송현섭(문학동네), 함민복(문학동네) 시인의 동시집이 잇따라 독자를 만나게 됩니다. 이들의 동시집으로 우리 동시는 몇 개의 풍경과 깊이, 내면을 새로이 갖게 되겠지요. 굳이 나눈다면 정유경만이 동시단 내부이고, 윤제림, 김륭, 김개미, 송현섭, 함민복은 시와 동시를 함께 쓰는 시인이지요. 2000년대의 첫 10년 동안 오갔던, 시인들의 동시 쓰기에 대한 이런저런 우려는 일찌감치 불식되거나 무용해졌습니다. 내적 성장과 외적 수혈 사이의 균형과 긴장은 앞으로도 중요하게 가꾸어 갈 방향 중 하나일 겁니다.

—이안 「머리말: 리을 형께」, 『동시마중』 2018년 9·10월호 11~12면

이 잡지를 통해 소통되는 비평적 기준은 뒤표지의 손글씨 동시를 비롯해 격월평, 서평, 작가 혹은 작품 소개 등의 파라텍스트를 통해 추론해 볼 수 있다. 내용 면에서는 어린이의 생생한 생활 현실에 주목한다. 시의 기법 면에는 발상의 참신성, 비유의 탁월성, 의미 전개의 논리성 및 중층성 등을 강조한다. 동시의 시적 성취에 노력하는 모습이다.

21세기 현재 발간되는 시 전문지는 수십 종에 이르고, 정형시인 시조 전문지도 10여 종에 이른다. 이에 비해 동시단의 작가 발표 지면은 영성(零星)한 편이다. 21세기에 이르러, 성인문단에서 활약하던 작가들이 아동문단으로 대거 진출하면서 발표 지면의 확대가 요구되었고, 특히 동시단의 작가 대비 전문잡지의 필요성이 증대되었다. 이때, 동시문학의 작품성을 확보하면서 출발한 것이 『동시마중』이다. 『동시마중』 이외에도, 2018년 봄에 창간된 『동시 먹는 달팽이』와 2019년 봄에 창간된 『동시발전소』 등이 계간으로 발행된다. 하위

갈래 및 형태상 성격이 다른 것으로, 2016년 7월에 발간된 『한국동시조』, 2017년 10월에 발행된 격월간 웹진 『동시빵가게』, 그리고 2018년 봄에 창간된 동요 작곡집 『동시YO』, 2021년 6월부터 발행된 팟캐스트에 기반한 『오디오 동시마중』 등이 있다.

『동시마중』의 추구 방향은 동시의 시적 성취에 있다. 아동문학가도 예술가의 일원임을 포기하지 않을 때, 작품의 미학적 추구는 불가피한 것이다. 동시 부문에서 심미성을 추구한다고 할 때, 그 실천적인 예시를 『동시마중』이 보여 준다고 하겠다. **염창권**

『마당을 나온 암탉』

『마당을 나온 암탉』은 2000년에 출간된 황선미(黃善美, 1963~)의 장편동화이다. 개성적인 인물과 치밀한 구성에 대중 서사전략이 결합되어 출간되자마자 국내에서 베스트셀러가 되었다. 2002년에 연극으로 각색된 이후 애니메이션, 창작 발레, 한국 무용, 판소리, 음악극 등 여러 장르로 재창작되며 한국 아동문학의 대표적인 콘텐츠가 되었다. 또한 일본을 시작으로 미국, 영국 등 세계 여러 나라에서 번역·출간되었으며, 2023년 현재까지 총 30개국에 판권이 팔렸다. 국내에서도 내포독자의 범위를 넓혀, 유아용 그림책, 어린이용 동화, 청소년과 성인을 위한 양장본 등으로 출간되었다. 관련 연구 성과들도 함께 꾸준히 도출되고 있으며 초등학교와 중학교 교과서에 수록되어, 교실 속 문학교육의 현장에서도 다층적으로 활용되고 있다.

『마당을 나온 암탉』의 서사적 특성은 다음과 같다. 체제에 순응하기보다 고통을 감수하면서도 자신의 길을 만들어 가는 중심인물 잎싹을 통해 '정체성 찾기와 꿈에 대한 추구·실현'이라는 주제를 효과적으로 드러내고 있다. 난용종 암탉인 잎싹은 자신에게 주어진, 안락하고 보호받지만 갇혀 있는 양계장의 삶을 거부하고, 스스로에게 이름을 부여하면서 주체적 인물로 변화한다. 이후 잎싹은 자유와 위험이 동시에 존재하는 주체적 삶을 타자와의 적극적인 관계 속에서 살아간다. 잎싹은 장소를 이동(양계장-숲-마당-들판-저수지)하면서 다른 인물과의 '만남-이별'의 상호작용 속에서 변화하며 정체성을 찾아가고, 종을 넘어선 사랑을 통해 자신의 꿈을 확장·실현한다. 잎싹은 다양한 타자와의 관계를 통해 새로운 시선을 확보하고 힘을 얻으며 개인에게 규정된 질서의 바깥을 꿈꾼다. 잎싹은 세계가 규정한 질서 속에서 억압받지만, 주체적으로 사유하고 실천함으로써 사회적 관계 속에서 자신의 존재성을 탐색한다. 잎싹의 심리적 변화와 구체적인 행동을 반복적으로 배열하는 것은 '나'와 '타자'의 관계 맺음이라는 상호작용을 강조하면서 규정된 질서를 넘어 자신의 꿈을 이룰 수 있다는 작가의 세계관을 독자에게 보여 주는 서사전략이라 할 수 있다. 잎싹을 억압하는 세계의 질서가 아동청소년을 비롯한 우리 사회 타자들에게도 작동하는 것으로 보고, 여성주의, 생태주의, 자본주의 등 다양한 관점으로 이 질서를 해석하고 비평하는 작업도 이어지고 있다.

『마당을 나온 암탉』은 완성도 높은 아동문학 작품으로서뿐만 아니라 몇 가지 경계를 넘어 확산된 서사로서 의의가 있다. 먼저, 주체적인 캐릭터와 역동적인 서사 전개를 통해 내포독자인 어린이 독자를 넘어 유아, 청소년, 성인 등 다양한 연령층의 독자에게 매력적인 작품으로 다가갔으며, 다층적 내포독자를 위한 맞춤 출간도 진행되었다. 또한 인류 보편의 주제를 드러냄으로써 국가의 경계를 넘어 전 세계에 번역 출간되며 세계의 많은 독자에게 읽히는 성과를 거두었다. 마지막으로, 아동청소년문학이라는 장르를 넘어, 연극, 애니메이션 등 다양한 예술 장르로 재창작되었다. 이처럼 아동청소년문학이 작품 자체의 완성도를 통해 연령과 국가, 장르의 경계를 넘어 확산될 수 있음을 구체적인 현상으로 드러낸 텍스트였다는 점에서 문학사적 가치를 지닌다.

박성애

『말놀이 동시집』

『최승호 시인의 말놀이 동시집』 시리즈(비룡소, 이하 『말놀이 동시집』)는 모음편(2005), 동물편(2006), 자음편(2007), 비유편(2008), 리듬편(2010)의 총 5권으로, 2000년대 최고 베스트셀러 동시집이다.

1977년 「비발디」로 『현대시학』의 추천을 받고 등단한 최승호(崔承鎬, 1954~)는 등단 후 20여 권의 시집과 동시집을 출간했다. 『대설주의보』(민음사 1983), 『세속도시의 즐거움』(세계사 1990)으로 시작되는 작품 세계는 소멸, 파괴, 고통의 정서를 바탕으로 현실을 고발하고 문명을 비판한다. 비극적 현실 인식은 생태적 세계관이나 죽음과 공(空)의 세계관으로 제시됐다. 시의 표현 형식 또한 실험적으로 모색된다. 『모래인간』(세계사 2000)은 시행이 구분된 형식과 산문시 형식이 교차하는 구성을, 『아메바』(문학동네 2011)는 기존 작품에서 시행을 추출하고 변주하는 재창작 과정을, 『쌍둥이 별에서는 다른 시간이 흐른다』(민음사 2022)는 단어의 나열로 형태를 만드는 '그림시'를 선보였다. 『말놀이 동시집』은 그가 동시에서 모색한 형식 실험으로 볼 수 있다.

『말놀이 동시집』이 큰 인기를 얻자 말놀이 동시에 노래를 붙인 『최승호 방시혁의 말놀이 동요집 1, 2』(2011, 2013), 『최승호·뮤지의 랩 동요집』(2015)이 뒤이어 출간됐다. 『말놀이 동시집』은 말놀이에서 발생하는 유머, 난센스, 풍자 등 새로운 감각과 아울러 언어 학습의 효용 면에서도 관심을 받았다. 『말놀이 동시집』은 언어의 의미에 집중한 기존 동시와 달리 소리를 구성 원리로 삼아 동시의 미학을 전환시킨 점에서 의의가 크다. 음운을 반복하고 동음이의어를 활용하며 소리에서 의미를 발생시키고, 소리와 의미를 낯선 방식으로 결합시키면서 새로운 감수성과 상상력을 선보였다.

『말놀이 동시집』이 주목받으면서 동시에서는 말놀이를 비롯한 유머, 의미 전복이 발생하는 시적 구성과 전개, 대화체, 문자와 기호를 이용한 형태시 등 다양한 창작 기법과 표현이 늘어났다. 또한 한국 대표 시인 중 한 명인 최승호의 창작 실천과 『말놀이 동시집』의 상업적 성공은 어른 독자 대상의 시를 써 온 시인들이 대거 동시를 창작하는 계기가 됐다. 두 변화는 서로 긴밀하게 조응하며 동시 창작 경향과 창작의 토대를 전환시켰다. 즉 최승호의 『말놀이 동시집』을 전환점으로 2000년대 중반부터 이전과는 다른 동시 장르의 미학과 작가군이 태동했고 오늘날까지 그 흐름이 이어진다고 할 수 있다.

이 과정은 김이구의 평론 「해묵은 동시를 던져버리자」(2007)와 이어진 논쟁에서 더욱 공고하게 자리매김됐다. 이 평론은 최승호, 신현림, 최명란, 안도현 동시의 "시도들이 지닌 의미와 공과에 대해서는 더 짚어 볼 점이 있고, 늘 빼어난 성취를 기대할 수 있는 것도 아니다"고 하면서도 "기존 동시단이 뿌리 깊게 갖고 있는 어린이 인식과 자기도 모르게 재생산하는 낡은 감각의 동시를 시원하게 배반하고 있는 것은 분명"하다고 평가했다. 이후 논쟁에서는 이 평가가 이분법적 구도로 재생산되고 확장된다.

김유진

2000년대 전후 아동문학잡지

어린이는 아동문학의 궁극적 독자지만 비평의 주체는 아니다. 오늘날 대다수 아동문학잡지는 어린이를 대상으로 하지 않지만 그들이 생산하는 비평 담론은 동시대 아동문학 창작자와 관계자 사이에 여론을 형성하여 어린이가 읽는 작품에도 직간접으로 영향을 끼친다. 1980년대부터 현재에 이르기까지 우리 아동문학담론을 형성해 온 문학잡지를 일별해 보면 다음과 같다.

1979년 박정희 대통령 사망과 12·12군사반란, 5·18광주민주화운동 등 어지러운 정세 속에서 극심한 언론 탄압이 자행되었다. 문학잡지의 양대 산맥인 『창작과비평』과 『문학과지성』이 강제 폐간되고 언론기본법이 공표되면서 한동안 문학 종합지 등록이 철저히 제한되었는데 이런 외적 억압은 당대의 사회적 모순을 드러내고 새로운 매체를 창출하려는 욕구를 부추겨 비정기 간행물인 무크(mook)지의 간행을 촉발시켰다. 아동문학에서는 농촌 어린이, 근로 청소년, 도시 서민 가정 어린이를 대상으로 하여 민족·민중문학, 생활동화, 글쓰기운동의 관점에서 비판적 시각을 개진한 **『살아 있는 아동문학』**(인간사 1983), **『겨레와 어린이』**(1986), **『어린이, 우리의 희망』**(1987)이 당대 민족문학으로서의 아동문학을 지탱했다. 시기는 90년대지만 한국어린이문학협의회가 낸 『우리 어린이문학』(지식산업사 1993)도 이 연장선이다.

1990년대 중반 이후 한국 아동문학은 양적으로나 질적으로 르네상스를 맞이하게 된다. 민족·민주화운동 영향권에서 성장한 세대가 부모가 되기 시작했고 도시 중산층이 급속히 확대되어 새로운 어린이책에 대한 수요와 관심도 급속히 늘어난 것이다. 과거 어느 때보다 어린이책이 활발히 출판되고 아동청소년문학에 대한 관심이 사회 저변으로 확대되며 새로운 아동문학지들이 잇따라 나오기 시작했다. 1995년 봄 계간지로 창간된 『아침햇살』은 80년대와 차별된 90년대 아동문학지 발간의 포문을 열었다. 작가 이윤희가 주도한 이 잡지는 '어린이문학을 근간으로 하는 어린이문화 전문지'라고 규정한 대로 아동문학은 물론 연극·영화·만화·게임·문화운동·교육 등 아동문학 전반에 대한 폭넓은 내용을 담았다. 1997년 작가 강정규가 주도한 『시와 동화』, 1998년 11월 한국 어린이문학협의회 주관으로 창간되어 한겨레문화센터 아동문학작가학교 졸업생들이 주로 활동한 『어린이문학』, 1998년 12월 유경환 시인이 주도한 『열린아동문학』은 기성뿐 아니라 역량 있는 신인작가들이 작품 활동을 펼칠 수 있는 장이 되었다. 아동문학은 아니지만 그림책 전문가들의 동인지였던 『꿀밤나무』는 1999년 1월 창간되어 그림책 업계 종사자뿐 아니라 그림책 공부를 하는 학부모들로부터도 큰 호응을 얻었으나 2년 남짓한 짧은 활동 후 폐간되어 아쉬움을 남겼다.

2000년대에는 좀 더 다양한 성격을 가진 아동문학지의 창간이 이어졌다. 2003년 여름에 출판사 창비가 창간한 『창비어린이』는 '새롭게 떠오르는 논점과 비평적 쟁점들을 때맞춰 다루면서 생산적인 토론'을 만들어 간다는 취지에서 창간되었다. 그에 따라 현실주의, 판타지, 동시, 옛이야기, 그림책 등 매호마다 특집 주제를 정해 집중적으로 조명하여 어린이책, 아동문학의 담론을 생산하고자 애썼다. 2003년 6월 창간된 『**동화 읽는 가족**』은 출판사 푸른책들이 냈는데 동화, 동시, 서평, 독서 지도법 등 아동문학 창작과 주변적 요소에 대해 비교적 쉬운 내용을 실어 '온가족이 보는 잡지'라는 창간 취지를 반영했다. 두 잡지는 아동청소년문학평론가 신인공모전을 열어 전문가를 배출하고, 출판사와 연계하여 신인을 발굴하여 작가들의 작품 발표의 장을 제공하는 등 나름의 역할을 했다. 그러나 출판사와 연계되었다는 태생적 한계 때문에 자본의 논리로부터 자유롭지 못하다는 비판을 받기도 했다. 이는 출판사와 독립된 아동문학지에 대한 요구로 이어져 2005년 8월 『**어린이와 문학**』이 창간되었고 기성과 신인을 아우르는 창작과 비평의 장이 되고 있다. 2008년 봄 창간된 『**어린이책이야기**』는 대학원에서 아동문학 이론과 창작을 연구하는 사람들이 주축이 되어 어린이책 서평을 중심으로 아동문학담론의 장을 마련했다. 『**동시마중**』은 2010년 5월 이안 시인이 주축이 되어 창간되었는데 창작 동시 외에도 동시와 관련된 가벼운 읽을거리부터 전문성 있는 내용까지 다양하게 접근하고 있다.

2000년대의 아동문학지는 시중에 쏟아지는 신작 아동문학을 평가, 분류하고 아동청소년문학의 방향을 설정하려는 의지를 갖고 비평과 담론에 힘을 많이 싣고 있다. 그러나 예나 지금이나 아동문학 비평 전문가 층이 얇아 전문적이면서 실천적인 담론 생산은 여전히 부족한 것이 현실이다.

박숙경

10부 2010년대

다양성

현대 사회에서 다양성은 공동체 형성의 핵심 조건이다. 아동문학은 인종, 장애, 국적, 성별과 성적 지향성 등을 중심으로 형성된 억압과 차별, 그에 대한 도전을 다룸으로써 어린이가 이에 대한 감정적인 경험을 공유하게 하여 자기 이해를 증진시킨다. 그를 통해 어린이는 인간의 존엄성을 기반으로 각자의 권리와 고유한 정체성을 인식할 수 있다. 아동문학은 동물을 포함한 다른 존재의 생태적 특수성을 존중하고 연결된 세계 안에서 공존하는 삶을 지향한다. 문학 안에서 다양한 존재가 주체로 그려진 서사를 만날수록 어린이는 차이 안에서 보편성을 발견하고 타인과 평등하게 소통하며 공동체 안에서 자기를 긍정할 수 있게 된다.

다양성에 대한 논의는 2000년대 초반부터 시작되었으나 국내외의 담론이 활발해진 것은 2010년대 이후다. 그동안 아동문학이 주류 집단의 편협한 가치만을 대변해 왔다는 문제의식이 배경이 되었다. 다문화 동화, 인권 동화, 장애 인식 개선 동화 등의 표제를 내세운 그 이전의 작품들은 도식적이라는 비판을 받았다. 이후 문학의 본질과 다양성의 재현에 대한 고민이 깊어지면서 서사 안에서 자연스럽게 다양성을 보여 주는 작품이 늘어났다. 이경혜의 『마지막 박쥐 공주 미가야』(문학과지성사 2000), 황선미의 『마당을 나온 암탉』(사계절 2000)은 다양성에 대한 비평적 계기를 내포한 초기의 작품으로 평가된다. 임정자의 『무지무지 힘이 세고, 대단히 똑똑하고, 아주아주 용감한 당글공주』(문학동네 2002)는 성역할 고정관념을 뒤집었으며 고정욱의 『안내견 탄실이』(대교출판 2002)에는 장애인 당사자인 작가의 시선으로 본 장애인의 삶이 담겼다. 국가인권위원회가 기획에 참여한 『블루시아의 가위바위보』(창비 2004)는 다각도에서 다양성과 인권의 문제를 제기했다. 공진하는 『왔다갔다 우산아저씨』(청년사 2004)에서 장애인과 장애인의 가족 등 당사자의 삶을 직접 들려준다. 김송순의 『모캄과 메오』(문학동네 2006)가 이주노동자의 삶을, 최나미의 『걱정쟁이 열세 살』(사계절 2006)이 가족 다양성을 본격적으로 다루었으며 김려령의 『완득이』(창비 2008)는 이주여성과 장애인의 아들인 완득이가 겪는 혼란을 특수한 것이 아닌 개인 성장의 과정으로 바라보는 접근을 시도한다. 유은실의 『멀쩡한 이유정』(푸른숲주니어 2008)은 정상성 패러다임을 비판하면서 다름을 포용하는 시선을 보여 준다. 『오늘의 날씨는』(창비 2010)에 실린 이현의 「모두가 하얀 날」, 『박순미 미용실』(한겨레아이들 2010)에 실린 김해원의 「연극이 끝나면」은 이주노동자와 난민의 고통을 입체적으로 다룬다.

2010년대 중반 이후 작품들은 한층 높은 문학적 완성도를 갖춘다. 김중미의 『모두 깜언』(창비 2015)은 주인공의 이주 배경이 자연스럽게 녹아 있는 서사다. 공진하의 『도토리 사용 설명서』(한겨레아이들 2014)와 김혜온의 『바람을 가르다』(샘터사 2017)는 장애 인물의 자아를 적극적으로 표현하며 서사 주도권을 당사자에게 준다. 정재은의 『내 여자

친구의 다리』(창비 2018)는 포스트휴먼 시대의 신체성과 장애에 대한 새로운 시각을 제시한다. 이금이의 『알로하, 나의 엄마들』(창비 2020)은 하와이 이주노동의 역사를 여성의 눈으로 바라보았으며 진형민의 『곰의 부탁』(문학동네 2020)은 배달노동자, 성소수자, 난민 당사자의 목소리를 다각도로 드러낸다. 김해원의 『나는 무늬』(낮은산 2021)는 청소년 노동자의 죽음을, 백온유의 『페퍼민트』(창비 2022)는 사각지대에 놓인 청소년 돌봄노동의 문제를 깊게 조명한다.

그림책 중에는 이수지의 『파도야 놀자』(비룡소 2009)가 어린이의 자기 긍정을, 윤재인 글, 오승민 그림의 『찬다 삼촌』(느림보 2012)이 이주노동자의 삶을, 백희나의 『알사탕』(책읽는곰 2017), 최민지의 『문어 목욕탕』(노란상상 2018)은 가족 다양성을 나타낸 대표적 작품들이다. 윤정미의 『안녕? 나의 핑크 블루』(우리학교 2021)는 색채에 대한 성역할 고정관념을 허무는 이야기다. 그밖에도 장면에 등장하는 이미지와 인물의 다양성을 확보하는 빈도는 빠르게 높아지고 있다.

아동문학의 다양성은 어린이가 읽고 쓰는 자유와 긴밀한 관련이 있다. 다양성은 어린이가 공동체에 갖는 소속감을 높이고 생명력 있는 역할 모델을 제공한다. 어린이를 다른 현실에 개방할수록 더 안전하고 풍부한 공감이 가능한 사회가 된다. 따라서 다양성은 아동문학의 중요한 기준이 되고 있으며 향후 더욱 관심이 높아지리라고 예상한다.

김지은

한국 그림책의 세계 진출

2000년대 전후 한국의 그림책 작가들은 해외에서 작품을 출간하거나 저작권을 수출하면서 다른 나라 독자를 만나기 시작했다. 2005년 프랑크푸르트 국제도서전과 2009년 볼로냐 국제아동도서전(이하 '볼로냐 도서전')에 한국이 주빈국으로 참여하면서 더욱 다양한 한국 그림책이 해외에 소개되었다. 2010년대부터 볼로냐 도서전, 브라티슬라바 국제일러스트레이션 비엔날레(이하 'BIB') 등에서 꾸준히 수상작을 내며 주목받던 한국 그림책은 2020년 백희나 작가의 아스트리드 린드그렌 추모 문학상(ALMA), 2022년 이수지 작가의 한스 크리스티안 안데르센 상(HCAA) 수상으로 국제적 위상을 드높였다. 국립어린이청소년도서관은 2021년 '세계를 여행하는 우리 그림책' 전시를 열어 해외 진출의 성과를 확인했고 한국 그림책의 예술성과 확장 가능성에 주목한 문화체육관광부와 한국출판문화산업진흥원은 2023년 1월 26일 한국 그림책의 세계화를 위해 '올해의 그림책상'(가칭)을 제정하고 번역과 마케팅 등을 지원하겠다는 계획을 공표했다.

강우현은 『사막의 공룡』에 그림을 그려 1986년 제5회 노마 국제그림책원화콩쿠르 대상, 1989년 BIB 황금패상을 수상하는 등 국내 그림책 작가 중 최초로 국제적 상을 수상했으나 이 책은 일본의 고단샤

(講談社)에서 출간되고 글은 일본의 타시마 신지가 썼다. 2000년 일본 도쿄에서는 국립국회도서관 국제어린이도서관 개관을 기념해 '어린이의 세계로부터'라는 주제로 '한국그림책원화전'이 열렸다. 2002년에는 류재수의 『노란 우산』(재미마주 2001)이 국제어린이도서협의회(IBBY)가 선정한 '50년 통산 세계의 어린이책 40권' 목록에 올랐으며 그해 '뉴욕타임스 베스트 그림책'으로 선정됐다.

2002년 이수지는 이탈리아의 코라이니 출판사(Corraini Edizioni)에서 첫 그림책 『이상한 나라의 앨리스』(*Alice in Wonderland*)를 출간한다. 그리고 『토끼들의 밤』(*La Revanche des lapins*)으로 2002년 볼로냐 도서전 올해의 일러스트레이터, 2003년 '스위스의 가장 아름다운 책' 상을 수상한다. 이수지는 '경계 그림책 3부작'으로 불리는 『거울 속으로』(2003), 『파도야 놀자』(2008), 『그림자 놀이』(2010)을 통해 책의 물성을 독창적으로 조망하며 세계 그림책의 역사에 큰 획을 긋는다. 『거울 속으로』가 출간된 해에 이호백의 『도대체 그동안 무슨 일이 일어났을까』(재미마주 2000)가 '뉴욕타임스 베스트 그림책'에 선정됐고, 2008년에는 『파도야 놀자』가 '뉴욕타임스 베스트 그림책'으로 꼽혔다.

2004년에는 윤미숙의 『팥죽할멈과 호랑이』(조호상 글, 웅진다책 2003)가 "20세기 예술사에서 가져온 소재들로 완성한 독창성 가득한 시적 그림책"이라는 평가를 받으며 볼로냐 도서전 라가치 상 픽션 부문에서 스페셜 멘션을, 신동준의 『지하철은 달려온다』(초방책방 2003)가 라가치 상 논픽션 부문 스페셜 멘션을 수상했다. 우리 창작 그림책 최초의 라가치 상 수상이다. 2005년 한병호는 『새가 되고 싶어』(캐릭터

플랜 2004)로 한국 그림책 최초 BIB 황금사과상을 수상했고 김재홍은 『영이의 비닐우산』(윤동재 시, 창비 2005)으로 어린이심사위원상을 받았다. 2011년에는 『달려, 토토』(보림 2011)의 조은영이 BIB 그랑프리를, 2013년에는 『양철곰』(리잼 2012)의 이기훈이 어린이심사위원상을 수상한다. 2015년에는 볼로냐 도서전 라가치 상 전 부문에서 한국 그림책이 입상하는 등 수상 소식이 끝없이 이어졌다.

2020년 백희나 작가의 아스트리드 린드그렌 추모 문학상 수상은 한국 그림책이 세계의 중심에 있음을 확인하는 일이었다. 그는 『구름빵』(한솔수북 2004), 『알사탕』(책읽는곰 2017) 등을 통해 "수공예와 애니메이션의 요소를 흥미롭게 결합해 비타협적이고 대담한 테크닉과 예술적 해결점을 선보이며 그림책 분야를 새롭게 발전시키는 예술가"라는 심사평을 받았다. 2022년에는 이수지 작가가 한스 크리스티안 안데르센 상을 수상했다. 그는 2021년 『우로마』(차오원쉬엔 글, 책읽는곰 2020), 2022년 『여름이 온다』(비룡소 2021)로 연달아 라가치 상 스페셜 멘션을 수상한 후 "글 없는 그림책으로 그림책의 문학적, 미학적 혁신을 이루었다"는 심사평과 함께 안데르센 상의 그림작가 부문 수상자가 되었다.

한국 그림책은 어린이 문학의 보편적 주제를 예술적인 방식으로 구현하면서도 어린이를 위한 최초의 미술관으로서 실험성이 돋보이는 독창적 양식의 그림책을 창작해 내고 있다. 한글의 조형적 아름다움과 한국의 생활 문화를 알리는 역할도 한다. 노르웨이의 출판인 스베인 스트뢰크セン(Svein Strksen)은 "한국 그림책을 보면 한글의 모양과 짜임새가 그림과 함께 숨을 쉬면서 공존하고 있다는 생각을 지울

수 없다."고 말하며 한국 그림책을 번역할 때 한글을 병기하는 이유를 설명했다. 모든 대륙 다양한 국가에 한국의 그림책이 수출되고 세계가 한국의 신진 작가를 주목하는 가운데 2022년 한스 크리스티안 안데르센 상 심사위원으로 이지원이 활약하는 등 국제 그림책계에서 한국의 영향력도 점차 커지고 있다.

김지은

나다움어린이책 논쟁

나다움어린이책 논쟁이란 행정 부서인 여성가족부와 민간이 합동으로 진행한 성평등 어린이책 문화 사업이 찬반논쟁 끝에 중단된 사건을 가리킨다. 2018년 12월 여성가족부는 민간기업 및 아동복지재단과 '성평등 아동도서 및 문화 확산 사업' 양해 각서를 체결한다. 그리고 씽투창작소를 사업자로 선정한 후 해당 사업명을 '나다움어린이책'으로 결정한다. 이 사업은 성역할 고정관념을 줄이고 남자다움, 여자다움이 아닌 '나다움'을 책이라는 매체를 통해 인지하고 찾아가는 것을 목표로 하였으며 자기긍정·다양성·공존을 3대 가치로 삼아 도서 선정, 연구, 전시, 공모전, 토론회, 포럼, 교육 프로그램 개발 등의 사업을 진행했다. 그런데 2020년 8월 25일 국회 교육상임위에서 한 국회의원이 나다움어린이책의 선정 도서 가운데 7종에 대하여 '동성애를 조장'하고 '조기성애화의 우려'가 있다고 여성가족부를 향해 문제를 제기했다. 이 내용이 주요 일간지에 게재되면서 성평등과 성교육 어린이책에 대한 논쟁이 격화되었고 2020년 11월 사업이 최종 중단되었다. 이후 나다움어린이책 도서 선정위원과 씽투창작소는 이 사업을 자체적으로 지속하기로 하고 독자 북펀드를 기반으로 『오늘의 어린이책 1』(다움북클럽, 오늘나다움 2021), 『오늘의 어린이책 2』

(다움북클럽 2023)를 발간하며 성평등 어린이책 문화에 대한 논의를 지속했다.

2006년 타라나 버크가 소수인종 여성과 아동들이 자신의 피해 사실을 드러낼 수 있도록 독려하고 피해자와 공감하고 연대하자는 미투 운동(Me Too Movement)을 제안했고 2010년대 들어 세계 곳곳에서 성평등을 향한 움직임이 활발하게 일어났다. 국내에서도 2016년 고양예고, 2018년 용화여고 학생들의 스쿨미투 운동 등이 이어졌다. 텔레그램을 비롯한 메신저 앱에서 영유아, 아동청소년 성착취물을 촬영하고 유포한 'n번방' 범죄도 충격을 안겼다. 이처럼 성차별, 성폭력에 어린이가 노출된 현실은 나다움어린이책 사업의 배경이 되었다. 어린이책 전문가로 구성된 나다움어린이책 도서선정 위원회는 주체성, 몸의 이해, 일의 세계, 가족, 사회적 약자, 표현, 혐오 반대, 사회적 인정, 안전, 연대라는 10개 범주를 중심으로 성평등 가치를 실현할 수 있는 26가지 질문을 도서 선정 기준으로 수립했다. 2019년 4월 포럼을 개최하고 2019년 134종, 2020년 65종의 추천도서목록을 발표하고 공모를 통해 전국의 5개 초등학교를 선정하여 도서와 책놀이 묶음을 지원했다. 코로나19로 돌봄의 사각지대에 놓인 한부모 가족 800가구에 책 꾸러미를 전달했으며 창작 공모전을 열어 제1회 수상작으로 『비밀 소원』(김다노 글, 이윤희 그림, 사계절 2020)을 선정했다.

그러나 국회 교육상임위에서 이 사업을 공격하는 발언이 있은 후, 하루 만인 26일 사업에 참여했던 민간재단이 철수 의사를 밝혔으며 여성가족부는 초등학교에 지원했던 도서 7종의 회수를 결정했다. 전국교직원노동조합, 한국여성단체연합, 대한출판문화협회 등 여러 단체에서 사업의 지속을 요구하는 지지 성명을 발표했으나 2020년 11월 여성가족부와 후원사였던 민간기업은 사업을 중단한다.

나다움어린이책 사업은 한국 아동청소년문학계에 성인지 감수성과 성폭력, 성차별에 대한 문제의식을 환기시키고 다양성과 포용이라는 아동문학 창작의 세계적 흐름에 함께 동행하도록 이끈 계기가 되었다. 차별주의자들의 반대 여론을 의식한 정부의 성급한 철회 결정에 의해 사업은 중단되었지만 이 사업의 영향으로 성인지 감수성과 인권 감수성이 반영된 작품을 창작하고 선택하는 흐름이 본격적으로 확산되기 시작했다.

김지은

디지털 시대와 어린이

디지털은 아날로그와 대비되는 개념이다. 아날로그가 사물의 변화를 연속적인 값으로 나타낸 것이라면 디지털은 이를 이진화하여 표현한 것이다. 우리 사회는 디지털 기술로 인해 자동화·전산화되면서 효율을 높일 뿐만 아니라 사물 인터넷, 클라우드 컴퓨팅, 인공 지능, 빅데이터 활용에 이르기까지 혁명적인 변화를 겪고 있다. 아날로그 시대가 물질을 바탕으로 질서화되고 구조화되었다면 디지털 시대는 탈구조화·분권화·개인화를 지향한다.

이러한 디지털 시대에 어린이는 어떻게 생활하고 있는가? 디지털 시대의 어린이를 표현한 용어로 '디지털 원주민'을 들 수 있다. 일찍이 2001년 마크 프렌스키(Mark Prensky)는 그 당시 학생을 '디지털 원주민'(digital native)이라고 했다. 태어나면서부터 디지털 언어와 기기를 사용함에 따라 디지털 친화적인 사고와 행동을 가진 세대로 본 것이다.

디지털 시대에는 미디어 리터러시를 갖추는 것이 무엇보다 중요하다. 미디어 리터러시는 일상적인 정보 습득과 사회적 의사소통 및 문화 향유에 깊숙이 자리한 미디어가 우리의 삶을 어떻게 매개하고 있는가에 대해 비판적으로 이해하고 이를 창의적으로 활용할 수 있는 능력이라고 할 수 있다(정현선). 미디어 리터러시는 디지털 미디어가 작동하는 방식, 소통하는 방식, 세상을 재현하는 방식, 생산되고 사용되는 방식에 대해 깊이 있고 비판적인 이해를 수반해야 한다(Buckingham). 미디어 리터러시는 단순히 미디어를 이용한다고 해서 저절로 길러지는 것이 아니라 미디어 교육을 통해 이루어진다고 보았다. 그래서 미디어 리터러시 교육을 강조하고 있다.

디지털 시대에 광범위하게 소통되고 있는 콘텐츠 방식은 1인 미디어다. 1인 미디어는 원래 개인이 콘텐츠를 직접 기획·생산하고 공유할 수 있는 커뮤니케이션 플랫폼을 의미했으나 최근에는 플랫폼이나 기술적 차원을 넘어 문화 현상으로 자리 잡고 있다. 스마트폰의 폭넓은 보급, 간편한 영상 촬영 및 편집, 단순화된 업로드 방식이 가능해지면 1인 미디어를 손쉽게 향유하고 제작할 수 있게 되었고 그중에서 유튜브가 대표적인 1인 미디어로 떠올랐다(윤미·이지영). 더불어 어린이를 대상으로 하는 다양한 유튜브가 제작되었으며, 어린이를 위한 전문 유튜브 채널도 성황을 이루고 있다.

2020년대 어린이의 유튜브 한류 스타를 뽑으라면 '핑크퐁'을 들 수 있다. 핑크퐁은 머리에 왕관을 쓰고 목에 별을 단 분홍색 여우 캐릭터이다. 핑크퐁을 제작한 업체는 어린이 교육용 앱에서 시작하여 애니메이션, 동요, 게임 등 다채로운 어린이 콘텐츠 브랜드가 되었다. 대표 동영상으로는 '아기 상어'가 있는데, 핑크퐁 유튜브에 업로드된 후 엄청난 조회 수를 기록하며 전 세계적으로 히트한 동요이다. 어린이들이 놀면서 배울 수 있는 다채로운 콘텐츠를 앱으로 즐길 수 있다.

디지털 시대를 살아가는 어린이는 그 시대에 맞는 문화 콘텐츠를 공유하고 소통한다. 2000년대 초반 어린이가 텔레비전을 통해 애니메이션 「뽀로로와 친구들」을 보면서 평범하고 사고뭉치인 주인공들에게 감정이입을 하고 '뽀로로'를 '뽀통령'이라고 부를 정도로 열광했다면 2020년대 어린이는 유튜브 채널과 앱으로 문화 콘텐츠를 즐긴다. 2030년대, 2040년대의 어린이는 어떤 유형의 디지털 문화 콘텐츠를 향유하게 될 것인가? 아동문학에서 디지털 문화 콘텐츠에 대한 진지한 성찰과 연구가 필요한 시점이다. **이지영**

세월호와 아동청소년문학

세월호 참사는 2014년 4월 16일 수요일, 전라남도 진도군 인근 해상인 맹골수도에서 인천항과 제주항을 오가는 청해진해운의 정기 여객선 세월호가 전복된 뒤 침몰하여 승선객 476명 중 304명이 사망하거나 실종된 사고다. 특히 수학여행을 떠났던 안산단원고등학교 2학년 학생들과 교사들 250여 명이 배 안에서 구조를 기다리는 급박한 상황이 텔레비전 실시간 화면으로 전해지면서 이를 지켜보던 국민들은 큰 충격을 받았다. 이 사건은 노후 선박의 안전 점검을 소홀히 해 왔던 점이 일차적 원인으로 지적되었으나 선박 침몰 후 후속 조치 과정에서 해경, 지방자치단체, 정부가 보여 준 무능력함이 큰 공분을 샀고 제대로 이루어지지 않은 책임자 처벌 과정 역시 국민의 실망을 불러일으켰다.

즐거워야 할 수학여행에서 삶을 마감한 학생들의 소식에 전 국민이 충격받은 가운데 어린이·청소년과 가장 가까운 자리에 있는 아동청소년문학작가들은 더욱 큰 충격을 받았다. 이들은 세월호 참사의 진상 파악과 책임자 처벌을 촉구하는 행동에 나서는 한편 자신들의 작품에 이 사건을 반영하거나 애도하며 아동청소년문학인으로의 역할을 감당하고자 했다.

작가들의 활동은 '세월호 한뼘그림책'이라는 이름으로 글과 그림을 넣은 현수막을 제작하여 광화문을 시작으로 전국 여러 지역에서 전시하며 세월호를 기억하고 유가족을 응원하며 특별법 제정을 촉구하는 것에서 출발했다. 동시인·동화작가·그림책작가 65명이 쓰고 그린 '세월호 한뼘 그림책'은 이후 『세월호 이야기』(별숲 2014)라는 제목의 책으로 출간되었으며 작가들의 인세 전액과 출판사의 기부금은 4·16재단에 전달되었다.

작가들은 또한 '세월호 기억의 벽을 만드는 어린이문학인들'이라는 이름과 '잊지 않겠습니다'라는 주제로 세월호 추모 타일 벽화 제작을 주관했다. 가로·세로 각 10센티미터의 도자기 타일에 세월호에 관한 이미지를 글과 그림으로 표현하는 추모 예술 활동에 전국 각 지역의 어린이를 포함한 시민이 참여했으며 '기억의 벽'이라는 이름으로 팽목항 등대 인근에 195미터, 총 4,656장의 타일이 부착되어 현재까지 팽목항을 찾는 시민들의 추모하는 마음을 대신하고 있다. 이들의 활동은 어린이청소년작가연대의 세월호 대책위원회와 정기적으로 팽목항 주변의 길을 걸으며 희생자를 기억하는 '팽목바람길'로 이어졌다. 세월호 추모 앤솔러지인 『슬이는 돌아올 거래』(문학동네 2020)가 이 과정에서 탄생한 동화집이다.

아동청소년문학인들이 세월호 참사와 관련하여 엮은, 또 다른 주목할 만한 책은 『416 단원고 약전 '짧은, 그리고 영원한'』(굿플러스북 2016)이 있다. 아동청소년문학작가가 주축이 되고 소설가·시인·극작가·르포작가 등 139명의 문학인이 참여하여 단원고 희생자 유가족들과 친구들을 인터뷰한 후 세월호 참사 희생자인 단원고등학교 학생 250명 중 231명, 교사 11명 그리고 아르바이트 청년들 3명의 약전(略傳)을 집필한 총 12권의 책이다. 이 외에도 여러 작가들이 자신의 작품에서 세월호 사건을 추모하고 애도했다. 가령 소설가 이청준의 글에 김세현이 그림을 그린 『아기 장수의 꿈』(낮은산 2016)은 옛이야기를 모티프로 가져와 피어나지 못한 청년의 꿈을 세월호 이미지로 형상화한 그림책이다.

문학이 당대에 일어난 사회적 사건을 간과하지 않는 증언의 역할을 가지고 있다고 할 때 세월호 참사는 2014년 이후 아동청소년문학인의 실천적 역할을 다시 한번 깊이 각성시켜 주었다. 또한 세월호 이후 '애도'가 우리 사회의 문학적 정서를 관통하면서 같은 시대를 살아가는 존재들의 내면에 공통의 집단무의식으로 새겨지는 것을 목도하면서 문학과 현실이 얼마나 깊은 관계를 가지고 있는지 다시 한번 생각하는 계기가 되었다.

오세란

저작권

저작권은 작가가 자신이 창작한 저작물에 대해 갖는 권리로, 저작물을 독점적으로 이용하거나 이용을 남에게 허락할 수 있는 인격적이고 재산적인 권리를 뜻한다. 저작권은 저작을 개시한 때부터 자동적으로 발생하며 등록과 같은 어떤 다른 절차의 이행도 필요치 않다. 놀이와 교육이라는 측면에서 어린이들에게 광범위하게 소비되어 온 아동문학은 저작권 이용에 있어서도 다른 장르에 비해 빈번하고 다양하게 이루어져, 다수의 작가들이 경험을 공유하는 편이다. 그에 반해 저작권 행사나 출판 계약 같은 권리 인식은 매우 낮은 편이었는데, 이는 저작권 교육이 부재했던 출판계 전반의 문제이기도 했다.

백희나의 『구름빵』 분쟁은 저작권을 재인식하는 계기가 되었다. 『구름빵』은 2004년 한솔교육에서 출간된 백희나의 첫 창작그림책으로, 국내외로 베스트셀러가 되면서 뮤지컬, 애니메이션, 캐릭터 상품 등으로 흥행했다. 그러나 백희나는 2011년 한솔교육 등을 상대로 저작권 침해를 주장하며 저작권을 돌려받기 위한 손해배상의 소를 제기했고, 대법원까지 이른 2020년에 패소했다. 판결의 쟁점은 백희나와 한솔교육 간에 작성한 '저작물개발용역계약서'의 해석으로, 재판부는 판매량에 상관없이 원고료를 일시불로 지급받는 대신 2차저작물작성권을 포함한 저작재산권 일체를 양도하게 하는 이른바 '매절 계약서'가 위법하지 않다고 판단한 것이다. 매절 계약 그 자체가 문제는 아니지만 불공정한 매절 계약은 결코 바람직하지 않다는 전제를 간과한 판결이었다.

불공정한 매절 계약은 아동문학 저작권 문제에서 고질적인 병폐로 꼽힌다. 교과서, 참고서, 학습지, 전집 등을 출간하며 독서 사교육 회사를 운영하는 대형 교육출판사 중에는 이른바 3무(계약 기간 종료 없음, 2차적 저작물 작성권 선택적 양도 없음, 판매 보고 없음)의 저작재산권 양도 계약을 요구하는 곳이 흔하다. 출판권 이용 역시 문제인데 타 출판사의 종이책을 대량 납품이라는 이유로 절반 이하의 납품가로 요구하고, 전자책도 터무니없는 비용으로 매절 계약을 종용하는 등 불공정이 만연하다.

작가의 저작권료 희생을 전제로 하는 불공정한 저작권 이용과 계약의 민낯이 『구름빵』의 법정 다툼과 협소한 판결 과정에서 드러나며 변화가 감지되었다. 재판부가 넘지 못한 현행법상의 부득이함을 해소하기 위해 국회는 여러 저작권법 개정안을 발의했다. 공정거래위원회도 계약서의 불공정 조항을 시정할 것을 시중 출판사에 요구했고, 문화체육관광부는 출판 분야 표준 계약서를 마련하는 등 작가의 저작권을 보호하는 정책들이 모색되었다.

아동문학작가들 역시 계약 당사자인 저작권자로서의 정체성을 재고하며 연대의 필요성을 절감하고 어린이청소년책작가연대를 창립했다. 2017년 발족한 어린이청소년책작가연대는 저작권위원회를 두고 계약 불공정 실태 조사, 문화체육관광부 표준 계약서 개선안 자문, 저작권 및 계약 실무 교육, 공공대출보상권 도입 촉구, 저작권법 개정 운동 등 다양한 저작권 보호 활동을 벌여 왔다. 저작권자들이 스스로 저작권 보호를 선언하고 운동하는 일은 꼭 필요하지만, 작품에 쓰일 에너지를 분산하는 일은 결코 쉬운 일이 아니라는 점에서 한계가 보이기도 한다.

코로나 팬데믹 이후 급등한 디지털 저작물의 저작권 이용 및 저작권료 문제 그리고 도서 대출로 인해 저작자에게 발생한 손실을 보전하는 보상청구권으로서의 '공공대출보상권' 문제 등은 근래의 저작권 이슈라 하겠다.

유영소

한 학기 한 권 읽기

'한 학기 한 권 읽기'는 2015 국어과 교육과정에서 학생들의 독서 활동을 강조하기 위하여 설계한 국어교육의 한 방법이다. 『국어과 교육과정』(2015)은 국민 공통 기본 교과인 『국어』 과목의 "교수·학습 방향"에, "한 학기에 한 권, 학년(군) 수준과 학습자 개인의 특성에 맞는 책을 긴 호흡으로 읽을 수 있도록 도서 준비와 독서 시간 확보 등의 물리적 여건을 조성하고, 읽고, 생각을 나누고, 쓰는 통합적인 독서 활동을 학습자가 경험할 수 있도록 한다"(69면)라고 제시했다.

이 안내는 초등학교 1학년부터 고등학교 1학년까지 해당하는 『국어』 과목뿐 아니라, 고등학교 『독서』 과목의 "교수·학습 방향"(101면)을 비롯하여 『문학』(132면), 『실용 국어』(151면), 『심화 국어』(161면) 과목 교육과정에도 같은 항목으로 제시되어 있다. 같은 문구를 모든 국어과 과목에 제시함으로써 국어과 교육이 독서 여건을 조성하여 초·중·고 학습자의 독서 활동을 12년 동안 지속하게 했다.

'독서 단원'은 교육과정이 기획한 '한 학기 한 권 읽기'를 정규 차시의 학습으로 운영하도록 개발한 초등 『국어』 교과서의 특화 단원이다. 초등학교 3학년부터 6학년까지의 『국어』 교과서에 독서 활동 및 체험이 이루어지도록 독서 및 독서 활동을 단원 학습으로 구현했다. '독서 단원'은 매 학기 『국어』 교과서 '가' 권의 맨 앞에 수록했으나, 실제 수업 시기는 학교와 교실 및 학생의 여건에 맞게 교사가 정한다. 법정 수업 시수인 8~10차시를 각자 설정한 목표에 따라 운영하는 여러 방안을 국어과 교사용 지도서에 명시하여, 다양한 독서 수업이 가능하도록 설계했다. 3~4학년에서는 '책을 읽고 생각을 나누어요'로, 5~6학년에서는 '책을 읽고 생각을 넓혀요'로 단원명을 설정하고, 중학년과 고학년의 발달 단계에 적합한 독서 학습이 교육과정 성취기준과 연계되도록 했다.

'독서 단원'의 활동과 학습은 독서 전-중-후의 과정을 거쳐 책을 읽는 과정 중심 읽기 전략을 비롯하여 수용 미학, 구성주의 문예학 등의 이론에 바탕을 두고 설정되어 있다. 수용 미학의 이론으로는 텍스트의 의미가 독자와의 상호작용으로 구성되므로 독서 행위를 텍스트와 독자 사이의 상호작용으로 보는 관점이 반영되었다. 여기에 구성주의 문예학의 중추인 '경험 사실 구성적 문예학'의 추구가 일상의 경험을 바탕으로 인식과 통찰을 지속하여 획득해 나가도록 독서 활동에 녹아들어 있다. 단원 전체의 독서 활동은 '독서 준비-독서-독서 후'의 단계를 거치게 함으로써 독서 과정과 체험이 중요하게 다루어지도록 구성되었다.

'한 학기 한 권 읽기'와 '독서 단원'에 따라 대한민국 교육사에서 최초로 독서 활동과 독서교육이 정규 수업으로 이루어지게 되었다. 독서 활동을 교과 학습과 통합하여 운영하고, 독서 방법을 지도하며, 독서 활동이 교과 학습 시간에 이루어지는 의의를 거두었다. 그 궁극의 지향이 학생들의 독서 활동과 독서 경험의 장려를 추구하는 데 있어 독서를 생활화하는 시민 양성에 이바지할 수 있다. 여기에는 '한 학기 한 권 읽기'의 적용 초기에 빚어진 혼란과 그것을 극복하고 해결한 창의적 적용 사례가 토대를 이룬다.

'한 학기 한 권 읽기' 적용의 난점으로는 '독서 단원'을 이미 현장에서 운영하고 있던 '온작품 읽기'나 '온책 읽기'와 유사하게 보는 시각이 거론된다. 그러나 '온책 읽기'에는 글이나 작품이 교과서에 일부분만 수록되면서 작품을 전체로 감상할 기회를 제한하는 문제를 극복하고자 전국 교사 공동체를 중심으로 나타난 자율적 추구와 지향이 담겨 있어, 그 목적과 추구가 '한 학기 한 권 읽기'와 같지 않다. 국어과 교과서가 작품의 전문을 수록하지 못하는 한계는 제7차 국어과 교육과정 시기를 전후하여 첨예하게 제기되어 왔으나, 이후 교육 주체들의 주체적 개선 방향 설정과 실현으로 극복이 이루어졌다. '독서 단원'과 '온책 읽기'는 시도와 적용의 동기가 다르고 교육 내용이 같지 않다.

'독서 단원'의 창의적 적용은 교사 공동체의 연구와 연수 등을 기반으로 다양하게 나타났다. 학생의 독서 실태 및 교사 역량 중심의 다채로운 접근법이 이루어지면서, '한 학기 한 권 읽기'가 '독서 단원'을 넘어 학교 독서교육과 독서 수업을 풍성하게 일구어 내는 성과를 거둔 사례가 많다. 여기에는 2015 국어과 교과서 개발 과정에서 '독서 단원'의 구성에 참여한 교사 공동체의 노력이 반영된 성과가 크다. 학교 독서교육의 활성화에 대한 교사 공동체의 열의는 2022 국어과 교육과정에도 '한 학기 한 권 읽기'가 지속될 수 있도록 하는 노력으로도 나타났다.

'한 학기 한 권 읽기'는 학교 독서교육의 추구와 의의를 살리려는 국어과 교육의 시도다. 이를 간과하거나 글자 그대로 해석하여, 독서 단원 수업 시 한 학기에 책 한 권을 읽는 데만 치중하는 지도나 인식은 궁극적인 목표와 취지에 부합하지 않는다. '한 학기 한 권 읽기'도 '독서 단원'도 학생들이 한 학기에 적어도 책 한 권은 읽을 수 있도록 제도 교육의 장에서 지도할 뿐 아니라, 더 나아가 독서 활동과 책을 즐기고, 문학에 흥미를 갖고 독서를 생활화하며 성장하게 지원하는 독서 역량의 함양에 역점을 둔다. **한명숙**

2010년대 아동문학

2010년대 들어 전통적인 기담이나 의인동화에서 상상력을 가져와 절묘한 설득력을 지닌 서사와 서늘한 현실 인식으로 단편동화의 미래를 보여 주는 신진 작가들이 등장했다. 장편동화에서는 학교 회장 선거와 부정비리, 엘리트 체육 등을 다루며 어린이 곁에 더욱 바짝 다가서면서도 관습적 재현을 뛰어넘어 구체성을 획득한 리얼리즘 계열의 작품이 돋보였다. 장애인, 여성, 이주 배경을 지닌 어린이, 동물 등 여러 약자와 소수자의 목소리를 담은 작품이 늘어났고 그들의 당사자성이 반영되었다. 어린이의 강력한 요구에 부응하여 장르물과 시리즈 아동문학이 본격 출간되기 시작한 것도 이 시기다.

동화의 소설화 논쟁에 이어 단편의 성장을 선두에서 이끈 것은 송미경이다. 『복수의 여신』(창비 2012), 『어떤 아이가』(시공주니어 2013), 『돌 씹어 먹는 아이』(문학동네 2014)에는 기이한 불안 속에서 현실과 접촉하는 어린이의 상상이 담겨 있다. 박숙경은 송미경이 "자기 검열 없이 자신의 백일몽을 드러내 공감을 얻었다"고 평가했다. 김태호는 『네모 돼지』(창비 2015)를 통해 동물권을 명확히 제안하며 생태적 위기 국면에서 개, 돼지와 같은 비인간의 눈에 비친 인간의 모습을 그렸다. 『제후의 선택』(문학동네 2016)에서는 어른에게 의지하지 않고 스스로 자신을 지키는 어린이가 등장한다.

한윤섭은 남과 북의 어린이가 제3국에서 조우하는 『봉주르, 뚜르』(문학동네 2010), 175년 동안 동물원에 갇혔던 거북의 죽음을 앞둔 탈출을 그린 『해리엇』(문학동네 2013)에서 자유와 연대의 의미를 질문하며 동화의 소재와 이야기 반경을 크게 넓힌다. 진형민은 『기호 3번 안석뽕』(창비 2013)으로 모순된 정치적 구조의 건강한 재구축을 시도하고 이현의 『플레이 볼』(한겨레아이들 2016)은 승자독식의 현실에 좌절하지 않고 자신만의 리그에 서는 당당한 어린이를 보여 준다. 5·18광주민주화운동을 다룬 김해원의 『오월의 달리기』(푸른숲주니어 2013)에서는 어린이가 역사를 살아 낸 주체의 자리에 선다. 이은정의 『목기린 씨, 타세요!』(창비 2014)는 소수자의 권리 찾기를 유년동화로 친근하게 풀어냈으며 이반디의 『꼬마 너구리 요요』(창비 2018)는 어린이의 욕망과 그들이 세운 원칙을 존중하며 성장을 응원하는 환대의 공동체를 그린다. 김리리의 『만복이네 떡집』(비룡소 2010), 천효정의 『삼백이의 칠일장』(문학동네 2014), 주미경의 『와우의 첫 책』(문학동네 2018)은 옛이야기의 리듬감과 해학을 현대적 감각으로 되살린 동화다. 허교범의 『스무고개 탐정과 마술사』(비룡소 2013)는 2020년까지 12권을 완간하며 시리즈 추리동화의 탄탄한 독자층을 확보했다. 아프리카 대륙의 초원을 배경으로 어린 사자 와니니와 동물들의 모험과 성장을 보여 주는 이현의 『푸른 사자 와니니』(창비 2015)는 서로 다른 생명체들이 대립하고 긴장하며 생태계를 이루어 나가는 모습을 압도적인 밀도로 그려 낸 시리즈 대작이다. 2010년대 후반부에는 다양성과 포용의 가치를 담은 작품들이 중요한 흐름을 형성했다. 차영아는 동화집

『쿵푸 아니고 똥푸』(문학동네 2017)에서 특유의 서정적인 결을 지키면서도 반려동물과 어린이의 관계, 이주 배경을 지닌 가족, 여성 영웅의 활약 등에 대해 굵직한 맥을 짚는 단편동화를 선보였다. 정재은의 『내 여자 친구의 다리』(창비 2018)와 이금이의 『망나니 공주처럼』(사계절 2019)도 장애인과 소수자, 여성주의의 맥락에서 중요한 작품이다.

2010년대 동화는 어린이의 주체성을 지지하고 동물권을 제안했으며 사회적 약자의 당사자성에 주목하면서 다양성과 포용의 방향으로 나아갔다. 장르적 특징에 기반한 시리즈 아동문학도 이 시기에 첫 권을 내기 시작한다. 그러나 2020년, 팬데믹이라는 전지구적 재난을 맞이하면서 현실에 바탕을 둔 다채로운 이야기들이 정체기에 접어든다. 어린이의 현실 자체가 온라인 공간, 폐쇄된 개인적 영역으로 축소되었기 때문이다.

2010년대 동시는 새로운 상상력을 발휘하며 관습적인 문법에서 벗어난 작품을 선보인다. 송찬호는 『초록 토끼를 만났다』(문학동네 2017)로 독창적인 비유를 통해 깊이 있는 환상성을 구현했으며 송현섭은 『착한 마녀의 일기』(문학동네 2018)로 그동안 우리 동시에서 보기 힘들었던 당돌하고 위악적인 시적 주체를 내세워 주목받았다. 유강희는 『손바닥 동시』(창비 2018)에서 3행이라는 짧은 구조에 느낌표·마침표·쉼표 같은 문장 요소를 활용해 압축적인 이미지를 제시하였고, 신민규는 『Z교시』(문학동네 2017)로 시어의 리듬을 새롭게 재편했다. 김개미는 『어이없는 놈』(문학동네 2013)으로 어린이의 본래 모습을 생생히 지닌 인물을, 『레고 나라의 여왕』(창비 2018)으로 결핍된 현실을 상상력으로 채워나가는 여자 어린이의 내면을 보여 주었다. 정유경은 『파랑의 여행』(문학동네 2018)으로 사물의 내면을 깊이 들여다보는 시선을, 김준현은 『나는 법』(문학동네 2017)으로 어린이의 정직한 심리를, 김유진은 『뽀뽀의 힘』(창비 2014)으로 동시의 본질은 숨김없는 어린이의 목소리 자체에 있음을 드러냈다. 김지은

한·중·일 평화그림책

2010년부터 2023년 4월 현재까지 11권이 출간된 사계절출판사의 '평화그림책' 시리즈는 2005년 10월 일본의 그림책작가 4명이 한국의 정승각 작가에게 보낸 편지에서 시작되었다. 그들은 근대 일본의 침략 전쟁을 반성하고 이에 대한 국가 차원의 사과와 배상이 없음을 부끄러워하며 한·중·일 3국의 '평화그림책' 공동 출판을 제안했다. 2006년 8월, 서울에서 한일 양국의 작가들이 만난 뒤 2007년 10월 중국 난징에서 한·중·일 그림책작가 12명과 편집자들이 첫 기획회의를 열었다. 이때 '기록과 공감, 그리고 희망의 연대'를 캐치프레이즈로 정했다. 당시 한·중·일 동시 출간을 맡을 출판사는 사계절(한국), 도신샤(童心社, 일본), 이린출판사(译林出版社, 중국)로 결정되었다.

2010년부터 지금까지 출간된 작품은 총 11권으로,『꽃할머니』(권윤덕, 2010),『비무장지대에 봄이 오면』(이억배, 2010),『평화란 어떤 걸까?』(하마다 케이코, 2011),『경극이 사라진 날』(야오홍, 2011),『내 목소리가 들리나요』(타시마 세이조, 2012),『군화가 간다』(와카야마 시즈코, 2014),『사쿠라』(다바타 세이이치, 2014),『불타는 옛 성』(차이까오 글, 아오쯔 그림, 2014),『낡은 사진 속 이야기』(천룽, 2015),『강냉이』(권정생 글, 김환영 그림, 2015),『춘희는 아기란다』(변기자 글, 정승각 그림, 2016)가 있다.

열두 번째 그림책인 저우샹의 『토요일, 맑음』은 아직 출판이 이루어지지 않은 것에서 짐작할 수 있듯 애초 기획과 달리 공동 출간은 순조롭지 않았다. 첫 번째 작품 『꽃할머니』의 일본 출간이 우익 공격에 대한 우려 등으로 인해 미뤄져 한중 출간보다 8년 늦게 이루어졌다. 이 과정에서 출판사가 도신샤에서 고로카라(ころから)로 바뀌게 된다. 한편 한국에서는 '조선적(朝鮮籍)' 재일동포 변기자에게 비자를 발급하지 않아 『꽃할머니』의 일본어판 번역 기획회의가 무산된 적도 있었다. 『강냉이』와 『춘희는 아기란다』는 2016년 사드(THAAD) 배치로 인한 한중 갈등 상황 속에서 중국 출간이 미뤄지기도 했다.

한국에서는 권윤덕·이억배·김환영·정승각이 이 기획에 참여했다. 권윤덕의 『꽃할머니』는 일본군 성노예가 되었던 심달연 할머니의 실화를 바탕으로 한 이야기로, 독자와 눈을 마주치는 인물의 시선을 강렬하게 클로즈업하여 반전(反戰)이라는 주제를 독자에게 직접 전달하는 그림책 문법을 시도했다. 이억배의 『비무장지대에 봄이 오면』은 남북분단과 이산의 아픔을 반복되는 계절의 변화 속에 담아냈다. 특히 작품의 후반부에서 독자가 직접 굳게 닫힌 통일문을 열게 만드는 상호작용을 통해 주제의식을 구현하고 있다. 권정생의 동시에 김환영이 그림을 그린 『강냉이』는 어린이가 겪은 전쟁과 피난을 다루고 있으며, 재일조선인 2세 변기자의 동화에 정승각이 그림을 그린 『춘희는 아기란다』는 제2차세계대전으로 인한 원폭 피해와 재일조선인의 애환을 그리고 있다. 이 두 작품의 글 작가 모두 일제강점기에 일본에서 태어나 재일조선인의 삶을 살았다는 공통점이 있다.

우리나라 고대사부터 시작된 한·중·일의 역사는 교류와 동맹, 침략과 지배가 얽혀져 오늘날까지 이어지고 있다. 한·중·일 평화그림책의 기획과 출간 과정 역시 그러한 역사적 난맥상을 고스란히 보여 준다. 『꽃할머니』의 일본 출간이 어려워지는 위기 속에서 권윤덕은 한일 어린이 대상 모니터링을 수차례 거쳐 2015년 개정판을 내고 새로운 출판사를 찾았다. 일본 시민들도 참여한 크라우드 펀딩을 통해 남북정상회담이 열리던 2018년 4월 27일, 마침내 그림책이 일본 서점에 선보인 과정은 한·중·일의 평화를 위해 어떤 노력이 필요한지를 상징적으로 보여 준다.

남지현

참고문헌

1부 *1910~20년대*

동화

김상욱 외 『한국 아동청소년문학 장르론』, 청동거울 2013.

원종찬 『동화와 어린이』, 창비 2004.

동요와 동시

김제곤 「해방 이후 아동문학 운문 장르 명칭에 대한 고찰」, 『한국 아동청소년문학 장르론』, 청동거울 2013.

김제곤 「2000년대 동시 흐름과 전망」, 『동시발전소』 창간호, 2019.

박영기 「일제 강점기 동요, 동시명의 시대적 고찰」, 김상욱 외 『한국 아동청소년문학 장르론』, 청동거울 2013.

아동극

손증상 『한국근대 아동극과 아동잡지』, 연극과인간 2022.

심상교 『교육연극 연극교육』, 연극과인간 2004.

주평·홍문구·어문선 『학교극사전』, 교학사 1961.

국제아동청소년연극협회 한국본부 홈페이지(http://assitejkorea.org)

아동소설

오현숙 「한국 아동문학의 형성과 장르 분화」, 서울대학교 박사학위논문 2016.

원종찬 『한국 근대문학의 재조명』, 소명출판 2005.

조은숙[1] 「일제강점기 아동문학 서사 장르의 용어와 개념 고찰」, 『아동청소년문학연구』 제4호, 2009.

계급주의 아동문학

류덕제 「일제강점기 계급주의 아동문학의 방향전환론과 작품적 대응양상 연구—『별나라』와 『신소년』을 중심으로」, 『문학교육학』 제43호, 2014.
류덕제 「『별나라』와 계급주의 아동문학의 의미」, 『국어교육연구』 제46호, 2010.
槇本楠郎 『(푸로레타리아 동요집)赤い旗』, 紅玉堂書店 1930.
槇本楠郎 『新児童文学理論』, 東宛書房 1936.

색동회

손진태 「동경 있는 조선 아이들」, 『어린이』 제5권 1호, 1927.
원종찬 「방정환 담론 변천사」, 『아동문학의 오래된 미래』, 창비 2020.
정인섭 『색동회어린이운동사』, 학원사 1975; 개정판 휘문출판사 1981.
이재철 『한국민족문화대백과사전』, 한국정신문화연구원 1995.

세계아동예술전람회

조은숙[1] 「'세계아동예술전람회(1928)'를 통해 본 아동예술의 이념과 세계 표상의 기획」, 『인문사회21』 제7권 6호, 2016.

소년운동

김정의 『한국의 소년운동』, 혜안 1999.
이기훈 「일제하 청년담론 연구」, 서울대학교 박사학위논문 2005.
조찬석 「일제하의 한국 소년운동」, 『교육논총』 제4호, 1973.
최명표 『한국 근대소년문예운동사』, 경진 2012.
최명표 『한국근대소년운동사』, 선인 2011.

어린이날

염희경 「어린이날 의미와 풍경의 변천사」, 『민속소식』 제275호, 2022.5.
이주영 『어린이문화운동사』, 보리 2014.

한영혜 「두 개의 어린이날: 선택된 이야기와 묻혀진 이야기」, 『한국사회학』 제39집 5호, 2005.

마해송

마해송 『아름다운 새벽』(마해송 전집 10), 문학과지성사 2015.
박금숙 「마해송 문학 초기 작품 서지에 대한 오류—「바위나리와 아기별」, 「福男이와 네 동무」, 「어머님의 선물」을 중심으로」, 『동화와 번역』 제42집, 2021.

방정환

염희경 「소파 방정환 연구」, 인하대학교 박사학위논문 2007.
원종찬 「방정환 담론 변천사」, 『아동문학의 오래된 미래』, 창비 2020.

윤극영

윤극영 지음, 이향지 엮음『윤극영 전집 1, 2』, 현대문학 2004.
윤삼현 「윤극영의 동요세계—일제강점기 창작동요를 중심으로」, 『한국아동문학연구』 제20호, 2011.
장유정 「미공개 『어린이』에서 발견한 윤극영의 동요」, 『근대서지』 제12호, 2015.

계급주의 출판물

김병호 외 『(푸로레타리아동요집)불별』, 중앙인서관 1931.
뮈흐렌(Zur Mühlen, Hermynia) 『왜』, 최규선 옮김, 별나라사 1929.
뮈흐렌(Zur Mühlen, Hermynia) 『어린 페터』, 최청곡 옮김, 유성사서점 1930.
박태일 「1930년대 한국 계급주의 소년소설과 『소년소설육인집』」, 『현대문학이론연구』 제49호, 2012.
이동규 외 『소년소설육인집』, 신소년사 1932.

기독교계 출판물

류덕제 「한국근대 아동문학과 『아이생활』」, 『근대서지』 제24호, 2021.
박금숙 「일제강점기 『아이생활』의 이중어 기능 양상 연구」, 『동화와 번역』 제30집, 2015.

박금숙 「1930년대 『가톨릭소년』지의 아동문학 양상 연구」, 『한국아동문학연구』 제34호, 2018.
장수경 「1960년대」, 『가톨릭소년』과 어린이 교양」, 『동화와 번역』 제35집, 2018.
최기영 「1930년대 『가톨릭소년』의 발간과 운영」, 『교회사연구』 제33호, 한국교회사연구소 2009.

『사랑의 선물』

염희경 『소파 방정환과 근대 아동문학』, 경진출판 2014.
오현숙 『한국 근대 아동문학 서사장르론』, 청동거울 2021.
이정현 「方定煥の飜譯童話硏究」, 오사카대학교 박사학위논문 2008.
장정희 「『사랑의 선물』 재판 과정과 이본 발생 양상」, 『인문학연구』 제51호, 2016.
조은숙[1] 「사랑의 선물」, 『한국근대문학해제집 1』, 국립중앙도서관 근대문학정보센터 2015.

개벽사 출판물

김은영 「1920~30년대 '학생잡지'의 교육담론」.『역사연구』 제40호, 2021.
사단법인 방정환연구소 『어린이를 기다리는 동무에게 — 잡지 『어린이』(1923-1949) 완독 기념』, 이담북스 2022.
이재철 「아동잡지 『어린이』 연구」, 『논문집』 제16호, 1982.
정용서 「개벽사의 잡지 발행과 편집진의 역할」, 『한국민족운동사연구』 제83호, 2015.

신문관 출판물

박숙경 「신문관의 소년용 잡지가 한국 근대 아동문학에 끼친 영향」, 『아동청소년문학연구』 제1호, 2007.
조은숙[1] 「1910년대 아동 신문 『붉은 져고리』 연구」, 『한국근대문학연구』 제8호, 2003.

2부 1930년대

유년동화

박인경 「1930년대 유년문학의 형성과 전개에 관한 연구」, 인하대학교 박사학위논문 2021.

이미정 『유년문학과 아동의 발견』, 청동거울 2022.

정진헌 「아동문학의 장르 분화와 유년문학의 등장: 1930년대 미발굴 유년문학 텍스트를 중심으로」, 『동화와 번역』 제34집, 2017.

조은숙[1] 「일제강점기 아동문학 서사 장르의 용어와 개념 고찰: 아동 잡지에 나타난 '동화'와 '소설' 관련 용어를 중심으로」, 『아동청소년문학연구』 제4호, 2009.

추리탐정문학

오현숙 「한국 아동문학의 형성과 장르 분화」, 서울대학교 박사학위논문 2016.

장수경 「『학원』의 문학사적 위상 연구」, 고려대학교 박사학위논문 2010.

조은숙[1] 「탐정소설, 소년과 모험을 떠나다」, 『우리어문연구』 제38집, 2010.

최애순 「방정환의 소년탐정소설 연구」, 『우리어문연구』 제30호, 2008.

어린이방송

나카무라 오사무 「조선아동문화 연구(1920~45): 어린이날의 발생, 소년소녀잡지 발간, 경성방송국의 어린이 시간을 중심으로」, 『아동청소년문학연구』 제13호, 2013.

방송문화진흥회 편 『한국방송총람(韓國放送總覽)』, 나남 1991.

최미진 「라디오방송 어린이 프로그램과 어린이문학의 자리(1)」, 『대중서사연구』 제20권 1호, 2014.

최미진 「라디오방송 어린이 프로그램과 어린이문학의 자리(2)」, 『한국문학논총』 제73호, 2016.

한국방송70년사 편찬위원회 『한국방송70년사(韓國放送70年史)』, 한국방송협회·한국방송공사 1997.

어린이신문

김현숙 「소년조선일보(1937~1940)의 아동서사 연구」, 『근대서지』 제20호, 2019.

이주훈 「어린이 신문에 대한 소고」, 『신문연구』 제11호, 1966.
조은숙[1] 「1910년대 아동 신문 『붉은져고리』 연구」, 『한국근대문학연구』 제4권 2호, 2003.

송완순

류덕제 「송완순의 아동문학론 연구」, 『동화와 번역』 제31집, 2016.
우지현 「송완순 연구」, 『동아인문학』 제35호, 2016.
현대조선문학선집편찬위원회 편 「략력 — 송완순」, 『현대조선문학선집 11』, 조선작가동맹출판사 1960.

윤석중

김제곤 「윤석중 연구」, 인하대학교 박사학위논문 2012.
노경수 「윤석중 연구」, 단국대학교 박사학위논문 2008.

이원수

박종순 「이원수문학의 리얼리즘 연구」, 창원대학교 박사학위논문 2009.
이원수 탄생 백주년 기념논문집 준비위원회 엮음 『이원수와 한국 아동문학』, 창비 2011.

이주홍

박태일 「향파 이주홍의 등단작 시비」, 『인문논총』 제16권, 2003.
윤주은 「槇本楠郎와 이주홍의 프롤레타리아 아동문학 비교 연구」, 부산외국어대학교 박사학위논문 2007.
이주홍아동문학상 운영위원회 엮음 『이주홍 문학 연구』, 대산 2000.
이주홍아동문학상 운영위원회 엮음 『이주홍의 문학과 인생』, 세한 2001.
장영미 「이주홍 동화의 현실 인식 연구」, 성신여자대학교 석사학위논문 2004.

현덕

원종찬 「현덕 연구」, 『한국 근대문학의 재조명』, 소명출판 2005.
이오덕 『동화를 어떻게 쓸 것인가』, 삼인 2011.

이재철 『한국아동문학작가론』, 개문사 1983.

『아기네동산』

정진헌 「화가 임홍은 그림책의 이미지텔링과 활동 양상 연구」, 『스토리앤이미지텔링』 제6호, 2013.

정진헌 「1930년대 유년의 발견과 '애기그림책'」, 『아동청소년문학연구』 제16호, 2015.

『웅철이의 모험』

두전하 「한국 『웅철이의 모험』과 중국 『앨리스 아가씨』의 반제(反帝) 특성 연구」, 『아동청소년문학연구』 제21호, 2017.

조은숙[1] 「한국 아동 판타지에 나타난 '어린이 나라' 공간과 유토피아적 상상력의 계보」, 『한국학연구』 제37호, 2015.

일제강점기 아동문학선집

김제곤 「1920, 30년대 번역 동요 동시 앤솔러지에 대한 고찰」, 『아동청소년문학연구』 제13호, 2013.

류덕제 「김기주의 『조선신동요선집』 연구」, 『아동청소년문학연구』 제23호, 2018.

류덕제 「엄필진의 『조선동요집』과 아동문학사적 의미」, 『어문학』 제149집, 2020.

염희경 「일제 강점기 번역·번안 동화 앤솔러지의 탄생과 번역의 상상력」, 『문학교육학』 제39호, 2012.

이순욱 「카프의 매체 투쟁과 프롤레타리아 동요집 『불별』」, 『한국문학논총』 제37집, 2004.

조선일보사 출판물

송수연 「잡지 『소년』에 실린 1930년대 후반 아동소설의 존재양상과 그 의미」, 『아동청소년문학연구』 제7호, 2010.

조은숙[1] 「전시체제기 어린이 미디어의 공간, 지상(紙上)의 헤테로토피아」, 『근대서지』 제20호, 2019.

3부 1940년대

친일아동문학

김재용·김화선 외 『친일문학의 내적 논리』, 역락 2003.

나카이 히로코 「김소운 주재 과외아동잡지에 협력한 일본인들」, 김광식 옮김, 『근대서지』 제24호, 2021.

원종찬 「친일 아동문학 재론」, 『한국학연구』 제48호, 2018.

권태응

도종환 「권태응의 생애와 농민소설」, 『창비어린이』 2006년 겨울호.

이오덕 『농사꾼 아이들의 노래』, 소년한길 2001.

박영종

김유진 『한국 현대 동시론』, 청동거울 2022.

류덕제 「박영종의 동시 연구 — 일제강점기와 해방기를 중심으로」, 『국어교육연구』 제81호, 2023.

박목월 『동시 교실』, 1963, 서정시학 2009.

박목월 『보랏빛 소묘』, 신흥출판사 1958.

유경환 『한국현대동시론(韓國現代童詩論)』, 배영사 1978.

이향근 「낭만주의 관점에서 바라본 동시 문학의 아동관 변화양상」, 『새국어교육』 제108호, 2016.

장정희 「발굴 『어린이』誌와 정지용·박목월의 동시」, 『근대서지』 제12호, 2015.

한용희 『한국동요음악사』, 세광음악출판사 1987.

일제강점기 어린이책 삽화가

김소원 「김용환의 일본에서의 작품 활동 연구: 1930~40년대 삽화를 중심으로」, 『만화애니메이션연구』 제33호, 2013.

박대헌 『한국 북디자인 100년 — 1883~1983』, 21세기북스 2013.

조성순 「한국 그림책 발달 과정 연구: 삽화에서 그림책으로의 변화 과정을 중심으로」, 인하대학교 박사학위논문 2019.

최열 『한국근대미술의 역사 — 1800-1945 한국미술사사전』, 열화당 1998.

을유문화사 출판물

을유문화사 『을유문화사 50년사』, 을유문화사 1997.
정진숙 『출판인 정진숙』, 을유문화사 2007.
조성순 「한국 그림책 발달 과정 연구: 삽화에서 그림책으로의 변화 과정을 중심으로」, 인하대학교 박사학위논문 2019.
진나영 「해방기에 출간된 〈小派童話讀本〉에 관한 서지적 연구」, 『서지학연구』 제80호, 2019.

4부 1950년대

교훈주의

박세영 「조선 아동문학의 현상과 금후방향」, 『건설기의 조선문학』, 온누리 1988.
원종찬 「한국 아동문학의 어제와 오늘」,『아동문학과 비평정신』, 창비 2001.
이원수 『아동문학입문』, 웅진출판 1986.
이재철 「한국현대아동문학사의 연구(해방후편)」, 『대구교육대학교 논문집』 제7권, 1971.
이주영 「이오덕 어린이문학론 연구: 어린이문학에 대한 논쟁을 중심으로」, 백석대학교 박사학위논문 2010.

명랑소설

김지영 「'명랑성'의 시대적 변이와 문화정치학 — 통속오락잡지 『명랑』의 명랑소설(1956~ 1973)을 중심으로」, 『어문논집』 제78호, 2016.
이주라 「식민지시기 유머소설의 등장과 그 특징」, 『현대소설연구』 제51호, 2012.
정미영 「조흔파 소년소설 연구」, 인하대학교 석사학위논문 2002.
최애순 「50년대 『아리랑』 잡지의 명랑과 탐정 코드」, 『현대소설연구』 제47호, 2011.

어린이헌장

김정의 『한국소년운동사』, 민족문화사 1992.

이주영 『어린이 문화 운동사』, 보리 2014.

이주영 『방정환과 어린이 해방 선언 이야기』, 모시는사람들 2021.

한국아동문학회

이상현 「한국아동문학회 창립 50주년의 역사적 의의와 나아갈 방향」, 『제33회 한국아동문학회 세미나 자료집』, 2003.

이재철 『세계아동문학사전』, 계몽사 1989.

이충일 『해방 후 아동문학의 지형과 담론』, 청동거울 2016.

한국아동문학인협회 『한국아동문학인협회 30년사』, 2021.

한국아동문학회 『현대 한국아동문학선집』, 동국문화사 1955.

강소천

박금숙 「강소천 동화의 서지 및 개작 연구」, 고려대학교 박사학위논문 2015.

이재철 『세계아동문학사전』, 계몽사 1989.

김내성

이영미·최애순 외 『김내성 연구』, 소명출판 2011.

최애순 「1930년대 모험탐정소설과 김내성 『백가면』의 관계 연구」, 『동양학』 제44호, 2008.

여성작가

권오순 『꽃숲 속의 오두막집』, 가톨릭출판사 1987.

정선혜 편 『신지식 동화선집』, 지식을만드는지식 2013.

정인섭 『김복진, 기억의 복각』, 경인문화사 2020.

조은숙[1] 「유성기 음반에 담긴 옛이야기 — 1930년대 김복진의 구연동화음반을 중심으로」, 『민족문화연구』 제45호, 2006.

월북작가

류덕제 「윤복진의 아동문학과 월북」, 『아동청소년문학연구』 제17호, 2015.

박주혜 「이태준과 현덕의 유년동화에 나타난 아동의 구현 양상 연구」, 『동화와 번역』 제27집, 2014.

송수연 「식민지시기 소년탐정소설과 '모험'의 상관관계」, 『아동청소년문학연구』 제8호, 2011.

원종찬 『아동문학과 비평정신』, 창비 2001.

원종찬 「동요시인 윤복진 연구」, 『동화와 번역』 제17집, 2009.

장정희 「발굴 『어린이』誌와 정지용·박목월의 동시」, 『근대서지』 제12호, 2015.

한낙원

김민선 「1950~1960년대 남북한 SF 연구」, 동국대학교 박사학위논문 2020.

김이구 「한국 과학소설의 개척자 한낙원」, 『한낙원 과학소설 선집』, 현대문학 2013.

모희준 「한낙원의 과학소설에 나타나는 냉전체제 하 국가 간 갈등 양상 — 전후 한국 과학소설에 반영된 재편된 국가 인식을 중심으로」, 『우리어문연구』 제50호, 2014.

장수경 「한낙원의 초기 SF의 양상과 낙관주의적 전망 —「사라진 행글라이더」「어떤 기적」「미애의 로봇친구」를 중심으로 —」, 『우리어문연구』 제71호, 2020.

『알개전』

장수경 『학원과 학원세대』, 소명출판 2013.

『학원』

장수경 『학원과 학원세대』, 소명출판 2013.

5부 *1960년대*

아동문학평론

류덕제 『한국현대 아동문학비평론 연구』, 역락 2021.

원종찬 『한국 아동문학의 계보와 정전』, 청동거울 2018.

이재철 「한국 현대아동문학 연구사 시론」, 『국문학논집』 제17권, 2000.
이충일 『해방 후 아동문학의 지형과 담론』, 청동거울 2016.
『아동문화』 제1집, 1948.

북한 아동문학

박종순 「북한 아동 잡지의 체제와 아동 글쓰기의 이데올로기 내면화 경향 연구」, 『아동청소년문학연구』, 2019.
원종찬 『북한의 아동문학』, 청동거울 2012.

세계명작동화

강기준 「한국 아동전집 출판 현황과 활성화 방안 연구」, 중앙대학교 석사학위논문 2011.
염희경 「근대 어린이 이미지의 발견과 번역·번안동화집」, 『현대문학의 연구』 제62호, 2017.
정복화 「해방 이후 한국 아동전집 출판에 관한 역사적 고찰 — 아동전집 출판기획을 중심으로 —」, 동국대학교 석사학위논문 2000.
국립중앙도서관 홈페이지 (www.nl.go.kr)
대한출판문화협회 홈페이지 (kpa21.or.kr)
어린이도서연구회 홈페이지 (www.childbook.org)

본격동시 논쟁

김유진 『한국 현대 동시론 — 1960~70년대 동시 장르의 담론』, 청동거울 2022.
이재철 『아동문학개론』, 서문당 1983.
이재철 『한국현대아동문학사』, 일지사 1978.

주평

손증상 「주평의 아동극계 권력 획득 과정 연구」, 『어문학』 제151집, 2021.
주평 『막은 오르고 막은 내리고』, 보성사 1992.
황세희 「연극인 주평(朱萍) 연구」, 동국대학교 석사학위논문 2004.

1960년대 작가

이재철 『한국아동문학 작가론』, 개문사 1983.

이재철 『한국현대아동문학사』, 일지사 1978.

『싸우는 아이』

김이구 「소년에 대한 기대가 넘치는 '작은 어른' 서사」, 『어린이문학을 보는 시각』, 창비 2005.

송수연 「손창섭 소년소설 연구」, 인하대학교 석사학위논문 2006.

『아동문학』

이충일 『해방 후 아동문학의 지형과 담론』, 청동거울 2016.

『아동문학』 제1~14집, 배영사 1962~67.

『학생과학』

조계숙 「국가 이데올로기와 SF, 한국 청소년 과학소설」, 『대중서사연구』 제20권 3호, 2014.

최애순 「1960~1970년대 과학소설에 대한 인식과 창작 경향—『학생과학』 지면의 과학소설을 중심으로」, 『대중서사연구』 제23권 1호, 2017.

『한국아동문학독본』

이충일 『해방 후 아동문학의 지형과 담론』, 청동거울 2016.

장수경 「아동문학전집에 나타난 문화적 상상력과 정전 구성에 대한 욕망—1960년대 을유문화사 『한국아동문학독본』을 중심으로」, 『아동청소년문학연구』 제11호, 2012.

6부 1970년대

리얼리즘 아동문학

원종찬 『한국 아동문학의 계보와 정전』, 청동거울 2018.

이오덕 『시정신과 유희정신』, 창비 1977.
이원수 『아동문학 입문』, 한길사 2011.
한국아동청소년문학회 편 『한국 아동청소년문학 장르론』, 청동거울 2013.

아동문학의 서민성

원종찬 『한국 아동문학의 쟁점』, 창비 2010.
이오덕 『시정신과 유희정신』, 창비 1977.
한국아동문학가협회 편 『아동문학의 전통성과 서민성』, 세종문화사 1974.

권정생

엄혜숙 「권정생 문학 연구」, 인하대학교 박사학위논문 2010.
엄혜숙 『권정생의 문학과 사상』, 소명출판 2017.
원종찬 엮음 『권정생의 삶과 문학』, 창비 2008.

김요섭

박상재 「한국 창작동화에 나타난 환상성 연구」, 단국대학교 박사학위논문 1998.
서향숙 「김요섭문학의 장르별 특성 연구」, 명지대학교 박사학위논문 2012.

이오덕

이주영 「이오덕 어린이문학론 연구」, 백석대학교 박사학위논문 2009.
이주영 『이오덕, 아이들을 살려야 한다』, 보리 2011.

이재철

김용희 「사계 이재철 선생의 10주기를 맞으며」, 『아동문학평론』 제179호, 2021.
오현숙 「이재철의 현대아동문학사 인식 연구」, 『아동문학평론』 제160호, 2016.
원종찬 「한국아동문학사 서술방법론 연구 — 이재철 이후의 모색」, 『아동청소년문학연구』 제22호, 2018.
이재철 『세계아동문학사전』, 계몽사 1989.
장정희 「한국 아동문학 이론의 개척자」, 『월간문학』 2008년 5월호.

1970년대 어린이잡지

강대호 「〔1970년대 어린이잡지〕 ④ 반공만화 혹은 일본만화」, 『뉴스포스트』 2022년 4월 14일자.

최성일 「1970년대의 어린이잡지」, 『황해문화』 2010년 가을호.

7부 1980년대

옛이야기와 전래동화

국립한글박물관 『옛날 옛날 아주 먼 옛날에 — 한글 전래 동화 100년』, 국립한글박물관 2017.

손동인 『한국 전래 동화 연구』, 정음문화사 1984.

장덕순·조동일·서대석·조희웅 『한글개정판 구비문학개설』, 일조각 2000.

최운식·김기창 『전래동화 교육론』, 집문당 1988.

최원오 「옛이야기의 활용과 '새로운' 가능성」, 『아동청소년문학연구』 제25호, 2019.

최원오 「일제강점기 옛이야기의 식민문화적 흔적과 극복 방향」, 『구비문학연구』 제54집, 2019.

최원오 온라인한글문화강좌 (https://www.youtube.com/watch?v=r3rkesMRCVk&t=1300s)

교육민주화운동과 어린이문학

교육문예창작회 엮음 『아버지가 아닐까』, 우리교육 2003.

원종찬 「'일하는 아이들'과 '유희정신'을 넘어서」, 『창비어린이』 창간호, 2003.

유영진 「교육문예창작회 동화 모임 '숲속나라' 소사」, 『교육과 문예』 제3호, 2019.

윤지형 『다시, 닫힌 교문을 열며 — 전교조 27년, 그리고 그 후를 위하여』, 양철북 2016.

이재복 『우리 동화 바로 읽기』, 한길사 1995.

『백두산 이야기』

조은숙[2] 「그림책 『백두산 이야기』의 출간 의의 고찰」, 『동화와 번역』 제37집, 2019.

「오세암」

권혁준 「'동심을 지닌 성인'은 아동문학의 독자인가」, 『아동청소년문학연구』 제31호, 2022.

김현숙 「동심을 의역하면 — 정채봉의 동화들」, 『두 코드를 가진 문학 읽기』, 청동거울 2003.

『탄광마을 아이들』

김찬양 「임길택 동시에 나타난 아버지 연구」, 명지대학교 석사학위논문 2009.

신동재 「임길택 동시집 『탄광마을 아이들』 연구 — 이미지로 표출된 정동의 페다고지」, 『아동청소년문학연구』 제29호, 2021.

염창권 「어린이 체험은 어떻게 형상화되는가? — 임길택 동시를 중심으로」, 『동화와 번역』 제31집, 2016.

이웅률 「임길택 동시 『탄광마을 아이들』 연구」, 대구교육대학교 석사학위논문 2019.

조르주 디디-위베르만 『모든 것을 무릅쓴 이미지들』, 오윤성 옮김, 레베카 2017.

8부 1990년대

옛이야기와 어린이책

김환희 『옛이야기의 발견』, 우리교육 2007.

김환희 『옛이야기와 어린이책』, 창비 2009.

이지호 『옛이야기와 어린이문학』, 집문당 2006.

임석재 『임석재전집 한국구전설화』(전 12권), 평민사 1987~93.

최운식·김기창 『전래동화 교육의 이론과 실제』, 집문당 1998.

그림책

김서정 『잘 나간다, 그림책』, 책고래 2020.

마리아 니콜라예바, 캐롤 스콧 『그림책을 보는 눈』, 서정숙 옮김, 마루벌 2011.

소피 반 데르 린덴 『album[s]그림책 — 글·이미지·물성으로 지은 세계』, 최혜진 옮김, 시공사 2021.

어린이 공연예술

백창우 『초록 토끼를 만났어』, 왈왈 2017.

편해문 『위험이 아이를 키운다』, 소나무 2019.

극단 민들레 홈페이지 (www.mdl.or.kr)

사다리연극놀이연구소 홈페이지 (www.playsadari.com)

겨레아동문학연구회

박숙경 「인천의 아동문학 연구와 비평」, 『작가들』 제49호, 2014.

어린이도서연구회

김은옥 『한국 어린이 독서운동사—어린이도서연구회를 중심으로』, 단비 2019.

어린이도서연구회 역사편찬위원회 「어린이도서연구회 25주년 기념자료집」, 2005.

어린이도서연구회 목록위원회 「어린이도서연구회 2013목록발간보고회 자료집」, 2013.

9부 2000년대

아동문학과 성장

권혁준 「어린이는 판타지세계에서 어떻게 성장하는가」, 『강의실에서 읽은 동화』, 문학동네 2018.

역사동화

박은식, 신채호 「조선상고사/한국통사」, 윤재영 옮김, 동서문화사 2012.

이윤희 「한국역사동화 연구」, 중앙대학교 박사학위논문 2002.

장정희 「한국 현대 역사동화의 환상성」, 『아동문학평론』 2016년 가을호.

청소년문학과 영어덜트

오세란 『한국 청소년소설 연구』, 청동거울 2013.

판타지

로지 잭슨 『환상성 — 전복의 문학』, 서강여성문학연구회 옮김, 문학동네 2001.

마리아 니콜라예바 『용의 아이들 — 아동 문학 이론의 새로운 지평』, 김서정 옮김, 문학과지성사 1998.

조태봉 『동화의 재인식』, 청동거울 2018.

츠베탕 토도로프 『환상문학 서설』, 이기우 옮김, 한국문화사 1996.

Maria Nikolajeva, *THE MAGIC CODE: The use of magical patterns in fantasy for children*, Almqvist&Wiksell 1988.

동화의 소설화 논쟁

박숙경 「'어린이문학'을 대하는 어른의 자세」, 『창비어린이』 2007년 여름호.

여을환 「'어린이문학다움'에 대하여」, 『창비어린이』 2007년 봄호.

조은숙[1] 「낯선 징후들과 함께」, 『창비어린이』 2007년 겨울호.

아동문학교육

선주원 『아동문학교육론』, 박이정 2013.

2000년대 아동문학

원종찬 『동화와 어린이』, 창비 2004.

좌담 「아동문학의 르네상스를 돌아본다」, 『창비어린이』 2010년 봄호.

어린이도서관운동

김소희 외 『작은도서관 운동의 역사찾기』, (사)어린이와작은도서관협회 2004.

이연옥 「현단계 어린이도서관운동의 내용과 특성에 관한 연구」, 『한국도서관·정보학회지』 제36호, 2005.

정기용 『기적의 도서관』, 현실문화 2010.

어린이 독자

김민령 「한국 근대 아동 독자의 형성 연구 — 일제강점기 아동용 정기간행물의 독자 전략을 중심으로」, 인하대학교 박사학위논문 2020.

마리아 니콜라예바 『용의 아이들 — 아동 문학 이론의 새로운 지평』, 김서정 옮김, 문학과지성사 1998.

일하는 아이들을 넘어서 논쟁

김이구 「아동문학을 보는 시각」, 『아침햇살』 15호, 1998.
원종찬 「'일하는 아이들'과 '유희정신'을 넘어서」, 『창비어린이』 창간호, 2003.
이오덕 「'일하는 아이'들은 버려야 할 관념인가」, 『문학의 길 교육의 길』, 한길사 2002.
이주영 『이오덕, 아이들을 살려야 한다』, 보리 2011.

청소년문학교육

선주원 『청소년 문학교육론』, 역락 2008.

『고양이 학교』

김진경 「한국형 판타지, 근대주의의 큰 산을 넘어가는 유목민들의 상상력」, 『창비어린이』 2003년 여름호.
김진경 「언어와 신화적 사유, 그리고 판타지」, 『우리 어린이문학』 창간호, 2004.
염현숙 「세계 어린이와 함께 읽는 『고양이 학교』: 『고양이 학교』 번역 출판 과정」, 『한국문학번역원 제5회 한국문학 번역출판 국제워크숍: 번역, 그 소통의 미학: 출판의 기준에서 본 번역 평가』, 이화여자대학교 통역번역연구소 2006.
유영진 「신화적 상상력과 동화」, 『몸의 상상력과 동화』, 문학동네 2008.
이지호 「『고양이 학교』, 그 환상의 논리와 서사 문법」, 『동화의 힘 비평의 힘』, 주니어김영사 2004.

『동시마중』

염창권 「잡지 『동시마중』을 통해 소통되는 창작의 경향성 분석」, 『아동청소년문학연구』 제27호, 2020.
『동시마중』 제1~75호.
이안 「머리말: 리을 형께」, 『동시마중』 2018년 9·10월호.

『마당을 나온 암탉』

안수경 「한국아동문학의 아웃바운드 번역에서 나타난 직역과 중역」, 『번역학연구』 제22권 5호, 2021.

장수경, 「동화 『마당을 나온 암탉』의 서사전략과 교과서·그림책 각색의 서사전략 비교 연구」, 『비평문학』 제52호, 2014.

『말놀이 동시집』

권영민 편 『한국현대문학대사전』, 서울대학교출판부 2004.

김이구 『해묵은 동시를 던져 버리자』, 창비 2014.

2000년대 전후 아동문학잡지

임성규 「1980년대 어린이문학 운동의 정치적 실천 — 합동 작품집과 무크지 운동을 중심으로」, 『아동청소년문학연구』 창간호, 2007.

황영숙 「최근 아동문학지의 흐름과 역할(1976~2010년)」, 『동화 읽는 가족』 2010년 겨울호.

10부 2010년대

다양성

공진하 「혐오 표현은 대항 표현과 함께」, 『창비어린이』 2019년 봄호.

김민령 「포스트휴먼과 장애아동의 신체성」, 『아동청소년문학연구』 제29호, 2021.

이지영 「다문화 교육을 위한 독서교육 방향 탐색」, 『독서연구』 제40호, 2016

한국 그림책의 세계 진출

김세희 「독특한 예술작업으로서 그림책의 번역 출간」, 『한국어린이문학교육학회 2011춘계학술대회 자료집』, 2011.

김지은·이상희·최현미·한미화 『그림책 한국의 작가들』, 시공주니어 2013.

나다움어린이책 논쟁

다움북클럽『오늘의 어린이책 1』, 오늘나다움 2021.

디지털 시대와 어린이

데이비드 버킹엄『미디어교육 선언』, 조연하 외 옮김, 학이시습 2019.

윤미·이지영「1인 미디어 이해와 제작 수업에 대한 초등교사의 자문화 기술지」,『독서연구』제60호, 2021.

정현선『미디어 교육과 비판적 리터러시』, 커뮤니케이션북스 2007.

한 학기 한 권 읽기

교육부『국어과 교육과정』, 고시 제2015-74호 [별책 5], 2015.

교육부『교사용 지도서 국어 3-1』, 미래엔 2018.

이경화·한명숙·김혜선「초등학교 국어 '독서 단원' 중심 학교교육과정 재구성 방안」,『통학교육과정연구』제11권 4호, 2018.

한명숙「새 시대의 독서교육, 사제동행의 책 읽기」,『아동청소년문학연구』제20호, 2020.

2010년대 아동문학

김지은『어린이, 세 번째 사람』, 창비 2017.

박숙경「단편, 병속의 메시지 — 2010년대 아동청소년문학의 지형도」,『창비어린이』 2016년 가을호.

송수연「장편, '가능성'으로서의 문학 — 2010년대 아동청소년문학의 지형도」,『창비어린이』 2016년 가을호.

한·중·일 평화그림책

이령경「평화로 피워낸 '꽃 할머니'」,『시사인』 2018년 6월 15일자.

채지은「잘못 사과하고, 다르다고 화 안내고, 귀한 목숨 아는 것이 평화란다」,『한국일보』 2012년 9월 21일자.

최이락「위안부 비극적 삶 다룬 그림책 '꽃할머니' 일본서도 나온다」,『연합뉴스』 2018년 1월 29일자.

집필위원 약력

강수환(姜受芄, Kang Soohwan) 아동청소년문학평론가, 매체연구자.

#어린이방송

권혁준(權赫俊, Kwon Hyugjun) 아동청소년문학평론가, 공주교육대학교 교수. 평론집 『문학이론과 시교육』 『강의실에서 읽은 동화』 등을 냈다.

#1960년대 작가　#아동문학과 성장　#2000년대 아동문학

김경희(金璟姬, Kim Kyung Hee) 가천대학교 문화유산역사연구소 연구교수. 「심의린의 동화운동」을 연구하고 동화의 의미를 탐색하고 있다.

#개벽사 출판물

김민령(金玟鈴, Kim Minryoung) 동화작가, 아동청소년문학평론가, 인하대학교 강사. 『나의 사촌 세라』 『누군가의 마음』 『오늘의 인사』 등을 냈다.

#동화의 소설화 논쟁　#어린이 독자

김상한(金常漢, Kim Sanghan) 아동문학 교육자, 한국교원대학교 교수. 『초등문학교육론』(공저) 등을 냈다.

#역사동화

김서정(金瑞廷, Kim Inae Sujung) 어린이책 평론가, 번역가, 작가. 『두로크 강을 건너서』 『판타지 동화를 읽습니다』 『잘 만났다 그림책』 등을 냈다.

#그림책

김유진(金維眞, Kim Yoojin) 아동문학평론가, 동시인. 연구서 『한국 현대 동시론』, 평론집 『언젠가는 어린이가 되겠지』, 동시집 『나는 보라』 등을 냈다.

#본격동시 논쟁 **#『말놀이 동시집』**

김제곤(金濟坤, Kim Jegon) 아동문학평론가, 『창비어린이』 기획위원. 『윤석중 연구』 『동시를 읽는 마음』 등을 냈다.

#동요와 동시 **#윤석중** **#권태응**

김종헌(金鍾憲, Kim Jongheon) 동시인, 아동문학평론가, 대구교육대학교 연구교수. 『동심의 발견과 해방기 동시문학』 『포스트휴먼 시대 아동문학의 윤리』 등을 냈다.

#한국아동문학회

김지은(金志恩, Kim Jieun) 아동청소년문학평론가, 서울예술대학교 문예학부 교수. 『어린이, 세 번째 사람』 『거짓말하는 어른』 등을 냈다.

#다양성 **#한국 그림책의 세계 진출** **#나다움어린이책 논쟁** **#2010년대 아동문학**

김태호(金台鎬, Kim Taeho) 한국아동문학학회 편집위원, 한국아동청소년문학학회 편집위원, 춘천교육대학교 부교수.

#이주홍

김현숙(金鉉淑, Kim Hyunsook) 아동문학평론가, 아동문학 연구자, 단국대학교 강사. 평론집 『두 코드를 가진 문학 읽기』를 냈다.

#조선일보사 출판물

김화선(金和仙, Kim Hwaseon) 한국아동청소년문학학회 편집위원, 배재대학교 교수. 『친일문학의 내적 논리』(공저) 등을 냈다.

#신문관 출판물 **#친일아동문학**

김환희(金歡姬, Kim Hwan Hee) 옛이야기 연구자, 비교문학 박사, 전 춘천교육대학교 연구교수. 『옛이야기와 어린이책』 등을 냈다.

#옛이야기와 어린이책

남지현(南智賢, Nam Jihyeon) 아동문학평론가. 『깊고 그윽하게 우리 그림책 읽기』 『책 읽어주기와 문학토의』 등을 냈다.

#한·중·일 평화그림책

류덕제(柳德濟, Ryu Duckjee) 대구교육대학교 교수. 『한국현대아동문학비평론 연구』 『한국아동문학비평사자료집』(전 8권) 등을 냈다.

#계급주의 아동문학 **#계급주의 출판물** **#송완순**

박금숙(朴錦淑, Park Keum Sook) 한국아동청소년문학학회 출판이사, 고려대학교·건국대학교·공주교육대학교 강사. 시집 『강아지의 변신』 등을 냈다.

#마해송 **#기독교계 출판물** **#강소천**

박성애(朴聖愛, Park Seongae) 아동청소년문학 연구자, 서울시립대학교 강의전담 객원교수. 공저로 『김유정 문학과 세계문학』 등을 냈다.

#『마당을 나온 암탉』

박숙경(朴淑慶, Park Sook-kyoung) 아동청소년문학평론가, 번역가. 평론집 『보다, 읽다, 사귀다』를 냈다.

#겨레아동문학연구회 **#2000년대 전후 아동문학잡지**

박종순(朴宗順, Park Jongsoon) 아동문학평론가, 창원대학교 강사. 『이원수와 한국 아동문학』(공저) 등을 냈다.

#이원수 **#북한 아동문학**

박종진(朴鍾振, Park Jongjin) 한일아동문학 연구가, 번역가, 연세대학교 학술연구 교수. 『어린이를 기다리는 동무에게』(공저)를 냈다.

#세계명작동화

방은수(方銀洙, Bang Eunsoo) 아동문학평론가, 서울교육대학교 교수. 『문학적 마음, 서사 그리고 교육』 등을 냈다.

#김요섭

선안나(宣안나, Sun Anna) 동화작가, 아동문학평론가. 『온양이』 『일제강점기 그들의 다른 선택』 등 많은 어린이청소년 책을 썼다.

#「오세암」

선주원(宣株源, Seon Ju Won) 한국아동문학회 편집위원장, 광주교육대학교 교수. 『청소년 소설, 어떻게 읽을 것인가』 등을 냈다.

#아동문학교육 #청소년문학교육

손증상(孫曾相, Son Jeungsang) 아동극 연구가, 한국대학교육협의회 연구교수 및 부경대 강의교수. 『일제강점기 아동극 연구』 『한국 근대 아동극과 아동잡지』 등을 냈다.

#아동극 #주평 #어린이 공연예술

송수연(宋受娟, Song Sooyeon) 아동청소년문학평론가, 어린이청소년SF연구공동체플러스 알파 회원, 『작가들』 편집위원. 평론집 『우리에게 우주가 필요한 이유』를 냈다.

#『싸우는 아이』

신동재(申東宰, Shin Dongjae) 시인, 초등학교 교사, 연세대학교 국문과 박사과정 수료. 논문 「임길택 동시집 『탄광마을 아이들』 연구」 「김현의 '한국문학의 이념형' 구체화 작업 연구」 등을 썼다.

#『탄광마을 아이들』

신민경(申珉京, Shin Minkyoung) 어린이도서연구회 사무총장. 『교사를 위한 온작품 읽기』(공저)를 냈다.

#어린이도서연구회

신헌재(愼憲縡, Shin Heonjae) 아동문학평론가, 한국교원대학교 명예교수. 『아동문학의 숲을 걷다』『아동문학의 이해』(공저) 등을 냈다.

#동심

엄혜숙(嚴惠淑, Eom Hyesuk) 번역가, 그림책평론가. 『나의 즐거운 그림책 읽기』『권정생의 문학과 사상』『해의 동쪽 달의 서쪽』『우렁각시』 등을 냈다.

#권정생　#『백두산 이야기』

염창권(廉昌權, Yeom Changgwon) 시인, 문학평론가, 광주교육대학교 교수. 『어린이 문학과 교육』 등을 냈다.

#『동시마중』

염희경(廉喜瓊, Yeom Heekyung) 한국아동청소년문학학회 연구이사, 한국방정환재단 연구부장, 춘천교육대학교 강사. 『소파 방정환과 근대아동문학』 등을 냈다.

#색동회　#방정환　#어린이날

오세란(吳世蘭, Oh Seran) 아동청소년문학평론가, 공주교육대학교·청주교육대학교·충남대학교 강사, 어린이도서연구회 회원. 『한국 청소년소설 연구』『청소년문학의 정체성을 묻다』『기묘하고 아름다운 청소년문학의 세계』 등을 냈다.

#1990년대 후반에서 2000년대 초반 아동문학　#청소년문학과 영어덜트

#세월호와 아동청소년문학

오현숙(吳炫淑, Oh Hyunsook) 서울대학교 국문과 BK조교수. 『한국 근대 아동문학 서사 장르론』『서울은 소설의 주인공이다』(공저), 『신선한 동화를 들려주시오』(공저) 등을 냈다.

#아동소설　#추리탐정문학

원종찬(元鍾讚, Won Jongchan) 아동문학평론가, 인하대학교 한국어문학과 교수. 『아동문학과 비평정신』『동화와 어린이』『한국 근대문학의 재조명』『한국아동문학의 쟁점』『북한의 아동문학』 등을 냈다.

#동화　#현덕　#아동문학의 서민성

유영소(柳永昭, You Youngso) 동화작가, 어린이청소년책작가연대 저작권위원회 위원. 『불가사리를 기억해』 『꼬부랑 할머니는 어디 갔을까?』 『네가 오니 좋구나』 등을 냈다.

 # 저작권

유영진(劉榮鎭, Yu Youngjin) 아동청소년문학평론가, 초등학교 교사. 평론집 『몸의 상상력과 동화』 『동화의 윤리 — 사라진 아이들을 찾아서』를 냈다.

#『고양이 학교』 # 교육민주화운동과 어린이문학

이미정(李美正, Lee Mijung) 건국대학교 글로컬캠퍼스 동화·한국어문화학과 교수. 『유년문학과 아동의 발견』 등을 냈다.

 # 유년동화

이주영(李柱暎, Lee Juyoung) 어린이문화연대 상임대표, 우리헌법읽기국민운동본부 이사장. 『방정환과 어린이 해방 선언 이야기』 등을 냈다.

 # 어린이헌장 # 이오덕

이지영(李智永, Lee Jiyoung) 경인교육대학교 교수. 『스토리텔링과 수업기술』(공저) 등을 냈다.

 # 디지털 시대와 어린이

이충일(李忠一, Lee Chungil) 아동문학평론가, 초등학교 교사. 평론집 『통증의 맛』, 이론서 『해방후 아동문학의 지형과 담론』 등을 냈다.

 # 아동문학평론 #『아동문학』 # 1970년대 어린이잡지

이향근(李香根, Lee Hyang Geun) 한국아동청소년문학학회 부회장, 서울교육대학교 교수. 『아이의 어휘력』 『시 교육과 감성의 힘』 『초등 시 교육론』(공저) 등을 냈다.

 # 박영종

장수경(張壽慶, Jang Sukyung) 동화작가, 목원대학교 교수. 논저 『학원과 학원세대』, 창작동화 『오줌 멀리싸기 시합』 『전교 모범생』 『피어라 못난이꽃』 『지붕이 뻥 뚫렸으면 좋

겠어』『악어입과 하마입이 만났을 때』 등을 냈다.

#『얄개전』 #『학원』 #『한국아동문학독본』

장영미(張英美, Jang Youngmi) 성신여자대학교 초빙교수. 『전후 현실과 아동의 세계』『나를 바꾸는 글쓰기』 등을 냈다.

#월북작가

장정희(張貞姬, Jang Jeunghee) 사단법인 방정환연구소 이사장, 서울대학교 인문학연구원 책임연구원. 장편동화 『마고의 숲 1, 2』 등을 냈다.

#어린이신문 #이재철

정선희(鄭仙熹, Jung Sunny) 아동문학 연구자, 고려대학교 국어국문학과 박사 수료. 『『부인』·『신여성』 총목차 1922-1934』『신성한 동화를 들려주시오』(공저) 등을 냈다.

#『사랑의 선물』

정진헌(鄭震憲, Jeong Jinheon) 시인, 동화와번역연구소 학술이사, 한국아동청소년문학학회 출판이사, 건국대학교 교수. 『한국 근대 아동문학 장르 인식과 분화』를 냈다.

#윤극영 #『아기네동산』 #일제강점기 아동문학선집

조성순(趙成順, Jo sungsoon) 아동문학평론가, 한우리열린교육 미래교육연구소 연구원. 『한국 그림책의 역사』 등을 냈다.

#일제강점기 어린이책 삽화가 #을유문화사 출판물

조은숙(趙銀淑, Cho Eunsook) 한국아동청소년문학학회 회장, 춘천교육대학교 교수. 『한국 아동문학의 형성』 등을 냈다.

#세계아동예술전람회 #『웅철이의 모험』 #리얼리즘 아동문학
#일하는 아이들을 넘어서 논쟁

조태봉(趙泰奉, Jo Taebong) 동화작가, 아동문학평론가. 동화집 『기린을 고발합니다』, 평론집 『동화의 재인식』 등을 냈다.

#판타지

진선희(陳善姬, Jin Sunhee) 대구교육대학교 국어교육과 교수. 『문학체험연구』 『문학과 사랑의 교육학』 등을 냈다.

#여성작가

최배은(崔培垠, Choi Baeeun) 한국아동청소년문학학회 연구이사, 숙명여자대학교 초빙교수. 『한국 근대 청소년소설의 정치적 무의식』 등을 냈다.

#한낙원

최애순(崔愛洵, Choi Aesoon) 계명대학교 타불라라사 칼리지 조교수. 『조선의 탐정을 탐정하다』 『공상과학의 재발견』 『한국 과학소설사』 등을 냈다.

#김내성 **#명랑소설** **#『학생과학』**

최원오(崔元午, Choi Wonoh) 광주교육대학교 교수. 『동아시아 비교서사시학』 『동아시아 여성신화』(공저) 『창조신화의 세계』(공저) 등을 냈다.

#옛이야기와 전래동화

한명숙(韓明淑, Han, Myoung-Sook) 공주교육대학교 교수. 『이야기문학교육론』 『세계동화 독서지도』(공저) 『초등문학교육론』(공저) 등을 냈다.

#한 학기 한 권 읽기

황선열(黃善烈, Hwang Sun Yeol) 문학평론가, 인문학연구소 문심원 원장. 『아동문학의 근원』 등을 냈다.

#소년운동 **#교훈주의**

황수대(黃修垈, Hwang Soodae) 아동문학평론가, 『동시 먹는 달팽이』 발행인. 『동심의 눈으로 바라보는 세상』 『직관과 비유의 힘』 등을 냈다.

#어린이도서관운동

100개의 키워드로 읽는 한국 아동청소년문학

초판 1쇄 발행 • 2023년 5월 1일
초판 2쇄 발행 • 2023년 8월 31일

지은이 • 한국아동청소년문학학회
펴낸이 • 강일우
책임편집 • 한지영
조판 • 박지현
펴낸곳 • (주)창비
등록 • 1986년 8월 5일 제85호
주소 • 10881 경기도 파주시 회동길 184
전화 • 031-955-3333
팩스 • 영업 031-955-3399 편집 031-955-3400
홈페이지 • www.changbi.com
전자우편 • enfant@changbi.com

ISBN 978-89-364-4840-0 03810